Ana Roquero
Fernando Lourenço Fernandes
Gwilym P. Lewis
Haroldo Cavalcante de Lima
Jean-Marc Montaigne
Max Justo Guedes
Nivaldo Manzano

Axis Mundi Editora

Eduardo Bueno
PAU-BRASIL

Patrocínio:

Machado, Meyer, Sendacz e Opice
Advogados

Abertura

Movidos pelo idealismo de construir um escritório de advocacia no qual os seus integrantes pudessem realizar os seus sonhos profissionais, com liberdade e participação, um pequeno grupo de advogados fundou, em meados de 1972, este escritório. Partilhando todas as conquistas e dificuldades por que passou o Brasil ao longo desses últimos trinta anos, esses advogados hoje podem se orgulhar de terem constituído um escritório dos mais respeitados no país. Somos gratos aos nossos clientes por isso, mas também revelamos enorme gratidão pela sociedade em que vivemos e construímos os nossos sonhos. Nesse estágio de nossa vida, chegamos a um ponto de mutação em que duas forças imperiosas se fundem: à necessidade de continuar crescendo se alia o desejo de retribuição. Desse binômio deriva uma lei natural, segundo a qual aquele que muito obtém sente gratidão e quer compartilhar com os outros uma parcela daquilo que conquistou.

Ao completar trinta anos — a idade da razão —, nosso escritório assume plenamente o seu ponto de mutação. A decisão de apoiar a Coleção 4 Ciclos, da Axis Mundi Editora, nessa primeira etapa, insere-se nesse contexto. Os livros contemplados no projeto partem, todos, da história dos ciclos da economia brasileira. Economia entendida não apenas como jogo de números estatísticos, mas sim — e principalmente — como motor de cultura e como força geradora da identidade nacional.

Pau-brasil, primeiro volume da série, é bom espelho das nossas intenções. Por si só, o tema dessa árvore-símbolo integra todas as questões cruciais do Brasil no passado, no presente e no futuro. Ela fala dos nossos sonhos e das nossas realidades; da nossa nação tão jovem, e talvez por isso mesmo vítima, desde o início, de espoliações vindas tanto de fora quanto de dentro; da resiliência confiante que nos faz resistir a tantos desgastes e, mesmo assim, seguir adiante; da necessidade de aprofundarmos nossa consciência de proteção e preservação do meio ambiente; da urgência, a cada dia mais premente, de conquistarmos uma forte e verdadeira identidade como povo e como nação.

Se *Pau-brasil* nos seduz pela beleza da sua forma, o mesmo se pode dizer da riqueza do seu conteúdo. Eduardo Bueno capitaneou uma equipe de grandes especialistas que foi capaz de criar textos inteligentes, ao mesmo tempo profundos e de leitura fácil.

Viabilizamos o projeto. *Pau-brasil* é o nosso presente de trigésimo aniversário.

Machado, Meyer, Sendacz e Opice Advogados

Direção editorial: Caio Kugelmas, Luis Pellegrini e Merle Scoss
Capa e projeto gráfico: Diana Mindlin
Fotos atuais: Fernando Bueno (salvo as que contêm créditos anexos)
Produção gráfica: Regina Célia Soares de Sousa
Assistente de produção: Lilian Irene Queiroz
Pesquisa iconográfica: Rodrigo Mindlin Loeb
Reproduções: Lucia Mindlin Loeb
Editoria de texto: Eduardo Bueno, Eduardo Araia e Merle Scoss
Revisão de textos: Beatriz de Freitas Moreira
Fotolitos: Novofotolito

Dados Internacionais de Catalogação na Publicação (CIP)
(Câmara Brasileira do Livro, SP, Brasil)

Pau-brasil / Eduardo Bueno... [et al.]. -- São Paulo : Axis Mundi, 2002.

Bibliografia.

ISBN 85-85554-22-3 (brochura)
ISBN 85-85554-21-5 (capa dura)

1. Brasil - História 2. Pau-brasil I. Título

02-3049   CDD-981

Índice para catálogo sistemático:
1. Pau-brasil : Brasil : História 981

Copyright © 2002 Axis Mundi Editora

Todos os direitos reservados:
AXIS MUNDI EDITORA LTDA.
Rua Ruy Godoy Costa 29
04549 030 São Paulo Brasil
Tel./fax: (11) 3846 6229
E-mail: axismundi@uol.com.br
www.axismundieditora.com.br

Nota dos Editores

No início de 2001, estudávamos com nosso amigo e incentivador Luiz Hafers, membro do Conselho Nacional do Café e então presidente da Sociedade Rural, a publicação de um livro sobre o café. Partiu de Luiz a idéia: "Por que a Axis Mundi, ao invés disso, não dá continuidade ao seu trabalho de reavaliação da história do Brasil, nos mesmos moldes do *Espelho Índio*, levando ao público livros sobre nossos ciclos econômicos, talvez por meio do texto de um autor como Eduardo Bueno?".

Gostamos da idéia e a apresentamos a Machado, Meyer, Sendacz e Opice Advogados, patrocinadores do *Espelho Índio*, que estavam justamente em busca de algo significativo para comemorar os trinta anos de existência do seu conceituado escritório. Obtivemos de imediato seu apoio valioso e entusiástico para a Coleção 4 Ciclos, cujo primeiro volume é justamente este *Pau-brasil*.

O passo seguinte foi procurar nossos bons amigos Guita e José Mindlin, que mais uma vez nos abriram as portas da sua inigualável biblioteca para enriquecer o projeto.

Faltava o autor, e fomos atrás do próprio Eduardo Bueno.

Polêmico, instigante e extremamente criativo, Eduardo Bueno se apaixonou pelo projeto à primeira vista. Concebeu um livro no qual não estaria sozinho, mas cercado pelos maiores conhecedores do assunto. Seu objetivo era montar uma *história real e iconográfica* do pau-brasil. "Gostaria de ampliar o curto verbete das enciclopédias e as poucas linhas dos manuais escolares sobre a árvore que, por várias vias, acabou batizando o país. Acho que seria extraordinário investigar com quantos paus se faz uma nação."

E foi justamente isso que Eduardo fez. Ele próprio escolheu seus colaboradores dentre os maiores estudiosos do pau-brasil, aqui e no exterior, pautou os assuntos, uniformizou os estilos e construiu esta obra conjunta que certamente é, e será, um marco histórico no estudo da árvore que poucos brasileiros de hoje viram, tocaram, cheiraram e de cuja sombra sentiram o frescor. A árvore que, se nenhuma ação for tomada, os brasileiros de amanhã só conhecerão por imagens fotográficas.

Pelo belíssimo livro que ora oferecemos ao leitor, temos muito a agradecer a muitos. A Eduardo Bueno, por seu talento e entusiasmo. Aos nossos colaboradores Haroldo Cavalcante de Lima, Max Justo Guedes, Fernando Lourenço Fernandes, Nivaldo Manzano, Ana Roquero, Gwilym P. Lewis e Jean-Marc Montaigne, por sua competência incontestável e amor ao assunto. A Fernando Bueno e ao casal Guita e José Mindlin, pelas belíssimas imagens. A Diana Mindlin, por sua arte e sensibilidade. A Luiz Hafers, pela brilhante idéia. À Cia. Suzano, que patrocinou o papel para esta edição. E a todos os outros que tornaram este livro possível.

A Machado, Meyer, Sendacz e Opice Advogados, nosso agradecimento muito especial e nossos cumprimentos pelo "aniversário".

Axis Mundi Editora
São Paulo, outono de 2002

Duas árvores na história do Brasil

O eucalipto, originário da Austrália, é um gênero florestal que engloba cerca de 600 espécies e desembarcou por aqui com a missão de colocar o Brasil, literalmente, nos trilhos, já que era utilizado como dormente na construção de estradas de ferro. Acredita-se que as primeiras mudas de eucalipto tenham sido plantadas no Brasil por volta de 1868, no Rio Grande do Sul e no Rio de Janeiro.

Em meados da década de 20, em um Brasil ainda pouco industrializado, que importava quase todo o tipo de manufatura, a Cia. Suzano iniciou as suas atividades.

Enquanto todos os produtores mundiais de papel utilizavam o pinheiro como matéria-prima para a produção de papel, profissionais da Suzano, sob a orientação de Max Feffer, acreditaram no aproveitamento do eucalipto para a extração de celulose. Foi assim que, no ano de 1952, em parceria com a Universidade da Flórida, em Gainsville (EUA), iniciaram-se as pesquisas de uma tecnologia que *revolucionou* a fabricação de papel no Brasil e no mundo: o desenvolvimento da extração da celulose do eucalipto.

Com um crescimento contínuo e passando por um período de acentuado desenvolvimento técnico, a Cia. Suzano produziu, de forma pioneira no Brasil e no mundo, papel de alta qualidade com 100% de celulose de eucalipto. Nas fazendas da Cia. Suzano, o eucalipto é fonte de matéria-prima renovável. Cultivado ao lado de matas conservadas e preservadas, é símbolo de sintonia entre o crescimento e respeito à natureza.

Protagonista do primeiro ciclo econômico brasileiro, o pau-brasil, a árvore mais famosa do País, é sinônimo, ao mesmo tempo, de abundância e escassez. O livro *Pau-brasil* é o primeiro volume da *Coleção 4 Ciclos*, concebida pela Axis Mundi Editora e coordenada pelo escritor Eduardo Bueno, o qual a Cia. Suzano tem o orgulho de apoiar. Ajudando a resgatar e difundir a memória do Brasil, objetivamos estimular uma nova tradução para a palavra "brasileiro", de comerciante informal e predatório para personagem principal de um novo e meritório capítulo da nossa história.

David Feffer
Presidente
Cia. Suzano

Daniel Feffer
Vice-Presidente
Cia. Suzano

Sumário

11 **Apresentação: Com quantos paus se faz uma nação**
Eduardo Bueno

19 **Nova viagem à Terra do Brasil**
Eduardo Bueno

39 **Pau-brasil: uma biografia**
Haroldo C. de Lima, G. P. Lewis e Eduardo Bueno

77 **O enigma do pau-brasil**
Fernando Lourenço Fernandes

103 **A feitoria da ilha do Gato**
Fernando Lourenço Fernandes

141 ***La Terre du Brésil*: contrabando e conquista**
Max Justo Guedes

169 **O índio ganha relevo**
Jean-Marc Montaigne

185 **Moda e tecnologia**
Ana Roquero

215 **A madeira e as moedas**
Nivaldo Manzano

249 **Epílogo: Raízes do futuro**
Eduardo Bueno e Haroldo Cavalcante de Lima

267 **Notas**

273 **Glossário**

274 **Bibliografia**

276 **Fontes das ilustrações**

Agradecimentos

Machado, Meyer, Sendacz e Opice Advogados
José e Guita Mindlin

Association Renaissance du Manoir d'Ango
Biblioteca Estense de Módena
Ceplac
Consulado Geral da França no Rio de Janeiro
Embaixada do Brasil na França
Embaixada do Brasil na Inglaterra
Jardim Botânico do Rio de Janeiro
Marinha do Brasil — Base Aeronaval de São Pedro da Aldeia, Primeiro Esquadrão
   de Helicópteros de Instrução
Marinha do Brasil — Depósito de Combustíveis da Marinha no Rio de Janeiro
Marinha do Brasil — Diretoria do Patrimônio Histórico e Cultural da Marinha
Musée de Honfleur
Musée Départemental des Antiquités, Rouen
Prefeitura de Búzios
Universidade Federal Rural de Pernambuco — Pró-reitoria dos "Campi" Avançados

Ariane Luna Peixoto
Arline Souza de Oliveira
Ary T. Oliveira Filho
Dan Érico
Graziela Maciel Barroso
Jean-Claude Louzouet
José Luiz Machado e Costa
Lana S. Sylvestre
Liliana Reid
Marco Raposo
Robélio D. Santana
Viviane S. da Fonseca

Apresentação: Com quantos paus se faz uma nação

Pau-brasil é mais que um livro. Ao mesmo tempo, *Pau-brasil* não é somente um grito de alerta, uma tentativa de resgate histórico, cultural e ecológico ou um testemunho militante. *Pau-brasil*, o livro, é uma declaração de amor, formal e impositiva, à árvore que nos tornou "brasileiros" — literalmente, como veremos. E é uma declaração multidisciplinar: com raízes fincadas na botânica, com a solidez de um lenho na linha da investigação historiográfica, com disposição de reduzir a pó a árvore e descobrir, afinal, como funcionava o corante que fez a fama, a fortuna e a desgraça do nosso "pau-de-tinta".

Pau-brasil analisa tanto as células como as cédulas que o "lenho tintorial" gerou em profusão. É um marco, mas quer ser mais: quer reunir o que de mais sólido e inovador se conhece sobre a árvore que misturou seu nome ao nome do país. Pretende fazer um elogio que não soe como elegia. Para isso, agrupou alguns dos maiores especialistas mundiais no assunto.

Os botânicos Haroldo Cavalcante de Lima e Gwilym P. Lewis foram convidados para traçar uma espécie de "árvore genealógica" do pau-brasil, e dificilmente se poderia encontrar profissionais mais qualificados para a tarefa. Pesquisador do Royal Botanic Gardens, em Kew, nos arredores de Londres, o escocês G. P. Lewis é internacionalmente reconhecido como o homem cujo trabalho sobre as cesalpináceas (particularmente as espécies do grupo *Poincianella-Erythrostemon*, ao qual pertence o pau-brasil) vem reformulando os conceitos sobre esse gênero de plantas leguminosas.

Já Haroldo, pesquisador do Jardim Botânico do Rio de Janeiro, vinculado ao programa de estudos da Mata Atlântica, provavelmente é o biólogo brasileiro que melhor conhece o pau-brasil. Circulando com destreza entre o laboratório e as pesquisas de campo, o acreano Haroldo desenvolve um trabalho renovador sobre a *Caesalpinia echinata* (nome científico do pau-brasil). Estudando árvores em cultivo e exemplares nativos, ele conta com a ajuda de seus colegas do Jardim Botânico do Rio para analisar aspectos até então desconhecidos da árvore-símbolo do Brasil, tais como sua biologia reprodutiva, DNA e sua estrutura genética.

A "biografia" do pau-brasil traçada por Haroldo, em parceria com Lewis, remete-nos às origens do processo que recobriu de florestas um planeta antes desnudo. Ao ritmo da dança das placas continentais, ao sabor de brutais alterações climáticas, ao som dos ciclos de extinção e renovação, Haroldo e Lewis percorrem a paisagem brasileira numa viagem pelo tempo e pelo espaço. Ao fim dessa viagem, concedem ao pau-brasil uma dimensão épica, dramática, quase sobrenatural.

Seu capítulo tem um efeito colateral inusitado: desperta compaixão. Haroldo e Lewis respondem, na prática de seu texto e no campo de suas pesquisas, à indagação de Warren Dean, o historiador norte-americano que, embora tendo sido capaz, ele próprio, de transformar a Mata Atlântica numa sensível saga narrativa, se perguntava em que medida era possível escrever "uma história da floresta".

Pois Lewis e Haroldo revelam de tal modo a "vida" do pau-brasil que, ao final da jornada — parece estranho, mas é verdade —, sentimo-nos mais do que apresentados: sentimo-nos aparentados à árvore. A sombra do pau-brasil se ergue então como a de um velho conhecido, um tanto recluso e excêntrico, mas benquisto e bem lembrado. Aprendemos, aliás, que o pau-brasil praticamente não tem parentes: trata-se de uma "espécie relictual", ou seja, uma espécie "deixada para trás".

Alarmados, descobrimos também que, por mais que tenham sido capazes de nos revelar, os autores não ignoram como é pouco o que sabem sobre o pau-brasil e quanto ainda será preciso estudá-lo antes de compreender melhor suas estratégias de sobrevivência em meio à silenciosa e inclemente luta travada sob o leito da floresta tropical.

Haroldo e Lewis estão conscientes de que tal desconhecimento incrementa o processo de extinção do pau-brasil, pois não ignoram quanto a própria ignorância é uma arma a favor daqueles que continuam explorando ilegalmente uma árvore protegida por leis rígidas, mas redigidas em escritórios e, talvez por isso mesmo, válidas só no papel.

Haroldo também assina o capítulo *Raízes do futuro*, epílogo deste livro. Com base em estudos próprios, de colegas e de outros botânicos, ele traça as estratégias para a preservação da espécie e, ao final, lança um apelo vigoroso às autoridades e a todos os brasileiros interessados não apenas no pau-brasil, mas em preservação ambiental, equilíbrio ecológico e desenvolvimento sustentável para além de rótulos, discursos vazios e propagandas enganosas.

O carioca Fernando Lourenço Fernandes é um dos tantos brasileiros apaixonados pelo pau-brasil e devotados à causa da preservação ambiental. Dividindo seu tempo entre o Rio e Brasília, vive, não por acaso, nos arredores de alguns frondosos pés. E, atento, não se cansa de reparar na sincronia que rege a silenciosa sinfonia da floração do pau-brasil. Uma floração, aliás, que eventualmente desenvolve uma estratégia "supra-anual", como já nos ensinou Haroldo: as belíssimas flores amarelas do pau-brasil, de aroma inebriante, podem levar mais de um ano (entre 15 e 16 meses) para florir, ficando abertas apenas de dez a 15 dias. E seu "período fértil" dura somente 24 horas, às vezes menos.

Fernando compreende o fenômeno em sua plenitude e em sua previsível raridade. Tanto que se entusiasma a ponto de telefonar ao amigo Max Justo Guedes, diretor do Serviço de Documentação Geral da Marinha, sediado no Rio de Janeiro, para alertá-lo: "Almirante, o pau-brasil está em flor!"

Mas os interesses e o entusiasmo de Fernando vão muito além das veleidades de botânico amador. Mais cedo ou mais tarde (provavelmente mais cedo), será reconhecido como o pesquisador que vem lançando as mais instigantes teses sobre o pau-brasil e o único que percebeu o papel reservado à árvore na elucidação de mistérios que, se não assombram, com certeza ensombram a história colonial do Brasil.

Silenciosamente, Fernando vem propondo, se não uma revolução, no mínimo uma revisão historiográfica cujos desdobramentos podem alterar substancialmente algumas "verdades" sobre os dez primeiros anos da "Terra Brasilis". Não é à toa que dois capítulos deste livro são de sua autoria.

No primeiro deles, *O enigma do pau-brasil*, Fernando desenvolve uma abordagem surpreendente, tanto mais porque óbvia, para nos mostrar que os portugueses certamente não poderiam ter descoberto o pau-de-tinta no emaranhado da Mata Atlântica com aquela rapidez que lhes permitiu, menos de cinco anos após o descobrimento oficial do Brasil, já estarem enviando para a Europa 1.200 toneladas da madeira por ano, como revelam documentos da época.

"O pau-brasil não era um produto comercial disposto nas prateleiras de uma loja", pondera Fernando. "Era uma árvore a mais, e uma árvore que os europeus *nunca* tinham visto, em meio à floresta de maior diversidade biológica do planeta, na qual um único hectare chega a agrupar 200 a 400 espécies diferentes."

Terminada a leitura do ensaio de Fernando, você se pergunta: como é que ninguém pensou nisso antes?

De todo modo, para onde apontam essas conclusões? Apontam para um pré-descobrimento do Brasil. E é isto o que importa.

A tese de que os portugueses estiveram no Brasil *antes* de Cabral não apenas não é nova, como vem ganhando cada vez mais sustentação e adeptos. Nova, isso sim, é a abordagem de Fernando, segundo a qual uma das maneiras mais eficazes para obter indícios capazes de comprovar esse provável pré-descobrimento passa pela reinterpretação de circunstâncias nebulosas que envolvem o início do chamado "ciclo do pau-brasil".

E no capítulo seguinte, *A feitoria da ilha do Gato*, Fernando Fernandes nos conduz para uma investigação não só de alto valor historiográfico, mas de sabor detetivesco. Uma tese engenhosa, com resultado surpreendente.

Seu ponto de partida é: onde se erguia a primeira feitoria construída pelos portugueses no Brasil?

Antes de seguir adiante, façamos a pergunta que talvez ecoe: afinal, qual é a importância de saber onde ficava a tal feitoria? Bem, seria o mesmo que indagar por que os norte-americanos se preocupam em descobrir em qual das reentrâncias do Cape Cod desembarcaram os pioneiros do *Mayflower*, ou por que historiadores de todo o mundo se interessam em saber qual ilha das Bahamas Cristóvão Colombo avistou na madrugada de 12 de outubro de 1492.

Exagero? Nem tanto. A feitoria construída em 1503 foi mais do que apenas o primeiro estabelecimento dos portugueses no Brasil: foi o primeiro núcleo da civilização européia erguido ao sul do equador. Mais ainda: foi o lugar onde Pindorama, a "Terra das Palmeiras" dos Tupi, começou a se transformar na "Terra do Brasil" dos europeus.

Trata-se, portanto, do lugar exato onde o Brasil nasceu, pelo menos enquanto denominação.

Desde 1854 os historiadores vinham adotando, sem contestações, o modelo sugerido por Francisco Adolfo de Varnhagen, segundo o qual a dita feitoria foi construída em Cabo Frio, na Região dos Lagos, litoral do Rio de Janeiro.

Baseando-se na tese inovadora proposta em 1971 pelo historiador uruguaio Rolando Laguarda Trías (segundo a qual "Cabo Frio" era apenas uma referência geográfica genérica que, ao longo do século XVI, abrangia uma porção litorânea muito mais ampla do que o cabo propriamente dito), Fernando mescla com sutileza argumentos geológicos, arqueológicos, etnológicos, iconográficos, hidrográficos e históricos para revelar que a primeira feitoria portuguesa no Brasil ficava na ilha do Gato (hoje ilha do Governador), em meio aos encantos estratégicos da baía de Guanabara.

E então, outra vez, você chega ao fim do capítulo e pensa: como é que ninguém pensou nisso antes?

Quando o assunto é cartografia, condicionalismos náuticos e viagens exploratórias ao Brasil no século XVI, o almirante Max Justo Guedes vem pensando antes, melhor e com mais argumentos do que qualquer outro historiador do país. Provavelmente do mundo.

Como a história do Brasil do século XVI foi construída basicamente em função de condicionalismos náuticos (ou seja, o papel das correntes, dos ventos, das ancoragens, das marés e de outros fatores condicionantes do bordejo litorâneo, todos eles decisivos numa época em que só se navegava a vela); como essa história só pode ser decifrada com o auxílio da cartografia feita naquela época; e como ela não é muito mais do que um desdobramento do ciclo de viagens exploratórias dos portugueses, para conhecer os primórdios do Brasil é preciso conhecer o trabalho de Max Justo Guedes.

O almirante é uma sumidade. Autoridades vão buscá-lo de limusine nos aeroportos onde ele desembarca, com freqüência para proferir palavras eloqüentes e reveladoras em palestras sobre as primeiras navegações européias ao Brasil, possivelmente seu tema favorito.

Favorito talvez, mas certamente não o único que ele domina. Idealizador e coordenador da monumental *História Naval Brasileira*, chefe do Serviço de Documentação Geral da Marinha, amigo e colaborador de celebridades como Samuel Elliot Morison, Frédéric Mauro, Rolando Trías, Gago Coutinho e muitos outros, Max é um dos maiores historiadores brasileiros de todos os tempos. O fato de não ser conhecido pelo grande público bem revela as misérias intelectuais do Brasil.

Mas, de momento, isso não importa. O que interessa, por ora, é que Max comparece com sua erudição e seu brilho para iluminar, entre outros temas, um dos tantos pontos relativos ao pau-de-tinta de que a historiografia clássica se descuida: a relação entre o pau-brasil e os franceses.

Se lemos em Capistrano de Abreu, entre surpresos e admirados, que durante os primeiros 50 anos posteriores ao desembarque de Cabral ninguém poderia afirmar com certeza se o Brasil seria português ou francês, o espanto nos induz a achar que estamos diante de um exagero do habitualmente comedido Capistrano. Mas não. Como de costume, o mestre está certo.

Pois se é fato que, em sua viagem semântica, a ressonante palavra céltica *brazil* talvez nada tenha a ver com o francês *brésil*, por outro lado não é menos verdade que a "Terra do Brasil" por muito pouco não se tornou *La Terre du Brésil*. Basicamente, é claro, por causa do pau-brasil.

Durante o primeiro meio século da história oficial do Brasil, os *entrelopos* (como eram chamados os contrabandistas vindos da Normandia e da Bretanha) reconheceram os melhores nichos do pau-de-tinta, selaram sólidas alianças com várias tribos Tupi (como Potiguar, Tamoio e Caeté), desafiaram tratados e rasgaram muitas leis e acordos "de cavalheiros". Tudo para obter sua preciosa carga de *bois rouge* (a madeira vermelha).

Se Francisco I, o rei cortesão por excelência, foi capaz de elaborar, com empáfia e fina ironia, sua devastadora frase sobre o Tratado de Tordesilhas ("Gostaria de ver a cláusula de Adão que me afastou da partilha do mundo"), é importante não perder de vista quanto o interesse dos mercadores de Lyon, Rouen e Dieppe o induziu a se pronunciar daquela forma.

É por essas águas, eventualmente turvas, eventualmente rubras, que Max nos conduz com a firmeza do timoneiro atento. Não se trata de mera navegação de cabotagem: o almirante mergulha em profundezas que aos demais historiadores do período são desconhecidas.

Mas um livro sobre o pau-brasil jamais poderia ficar completo sem a participação de um francês. Mais do que um francês: um normando. E um normando apaixonado pelo Brasil.

O pesquisador e jornalista Jean-Marc Montaigne é o perfeito representante dessa estirpe. Afinal, desde 1504, contam-se às centenas os marujos e aventureiros que, vindos da Normandia, se deixaram seduzir pelos encantos dos trópicos brasileiros. No século XVI, inúmeros deles simplesmente abandonaram tudo — família, encargos e a própria civilização — para se transformar em "índios brancos", tingindo o corpo com o fulgor do jenipapo, furando os beiços, dançando ao redor das fogueiras e, em alguns casos, até tomando parte nos requintes tétricos do banquete antropofágico.

Jean-Marc Montaigne evidentemente não chegou a tanto. Mas seu intenso interesse pela conexão que há séculos vem unindo o Brasil e a Normandia parece predestinada desde seu próprio nome: afinal, ele se chama Montaigne, como o filósofo genial que profetizou o "bom selvagem". Homem de cultura e saber, intelectual descontraído, generoso e simpático, Jean-Marc começou a estudar o impacto que os nativos brasileiros desempenharam sobre a arte, o pensamento e a arquitetura normanda pela via do... pau-brasil.

E o pau-brasil desembarcou quase que por acaso em sua vida. Pesquisador inquieto e atilado, Jean-Marc Montaigne (nascido em 1949) coordenou, durante dez anos, estudos e programas de desenvolvimento ligados ao papel do linho na indústria têxtil, na Europa, na Rússia e na China. Enquanto preparava a publicação de sua primeira obra, sobre os quase dez mil anos de história do linho, ele ia topando com inúmeras referências ao uso do "pau-de-tinta" trazido do Brasil pelos *entrelopos* normandos. Encerrada a pesquisa sobre o linho, Jean-Marc dedicou-se então ao estudo do pau-brasil. E foi assim que acabou descobrindo um novo universo, colorido e vibrante — e um amplo campo para suas pesquisas.

Após longa pesquisa, ele lançou, em 2000, pela Asi Communication, a empresa com sede em Rouen que ele próprio dirige, o livro *Le trafic du brésil*. Trata-se de um belíssimo álbum iconográfico sobre o pau-brasil: provavelmente o mais belo e mais completo levantamento de imagens relativas ao "lenho tintorial" já produzido até hoje. Tais imagens, Jean-Marc Montaigne generosamente cedeu para que ilustrassem muitas páginas deste *Pau-brasil*.

Em troca, ganhou um convite: escrever um capítulo para este livro e realizar seu grande sonho de conhecer o Brasil. E foi assim que acabamos brindados com *O índio ganha relevo*, uma breve e saborosa análise do papel desempenhado pelos nativos do Brasil no imaginário artístico e cultural da Normandia em particular e da França em geral.

Apesar da contribuição inestimável das imagens cedidas por Jean-Marc Montaigne, a riqueza visual deste *Pau-*

brasil não se limita à iconografia colonial. O capítulo de Max Justo Guedes, bem como os de Haroldo Cavalcante de Lima e parte dos textos de Fernando Fernandes, por exemplo, são ilustrados pelas belas fotos do gaúcho Fernando Bueno.

Devidamente pautado, Fernando partiu rumo à costa da Normandia para rastrear, entre praias de águas metálicas e seixos cinzentos, à sombra de velhos castelos à beira-mar, na mesma trilha perseguida por Max Justo Guedes e Jean-Marc Montaigne, os vestígios do fausto e da fibra que o ciclo do pau-brasil (talvez o verdadeiro ciclo do pau-brasil, no sentido de o mais lucrativo) deixara em Dieppe, Rouen, Saint-Malo e Honfleur.

Fernando voltou com um material precioso, como por exemplo as duas famosas placas de carvalho, esculpidas em baixo-relevo, que estão expostas no Museu de Antigüidades de Rouen, obtendo detalhes surpreendentes dos entalhes que registram, com rigor e arte, como se dava *le coupe, transport et l'embarquement du bois rouge* (o corte, o transporte e o embarque do pau-brasil).

Esteve na magnífica *La Pensée*, a mansão em Varengeville onde Ango desfrutava sua fortuna, em parte obtida com os lucros do pau-brasil. E reproduziu um dos raros retratos desse personagem inacreditável, um dos tantos que ajudaram a forjar os caminhos e os descaminhos do Brasil e sobre o qual quase nada sabemos, como se a função da escola fosse a de subtrair, em plena sala de aula, todo teor de ação e aventura com o qual a história porventura viesse a nos acenar.

Ao retornar da França, Fernando foi até as últimas reservas de pau-brasil existentes no país. Meteu-se antes em seu macacão verde de mecânico, calçou *hiking boots*, encheu-se de filtros, filmes, lentes e tripés e penetrou em... bem, ele ainda não o sabia, mas penetrou em tufos espinhosos da "floresta estacional", repleta de vegetais cujas folhas caem e de cactos do porte de árvores incrustados em penhascos rochosos de uma praia virgem de Búzios: a última grande reserva de pau-brasil nativo e o local onde talvez se decida o futuro da espécie.

Em conjunto, as imagens que compõem este livro constituem o mais completo levantamento iconográfico relativo ao pau-de-tinta já publicado no Brasil. Mas Fernando Bueno e Jean-Marc Montaigne não são os únicos responsáveis pelo impacto visual de *Pau-brasil*. Grande parte das imagens que ilustram estas páginas foi elaborada muito antes do advento da fotografia: são mapas, gravuras e ilustrações de livros raros.

Para que o feito se concretizasse, foi preciso recorrer à biblioteca de Guita e José Mindlin, a mais fascinante "Brasiliana" do país.

A filha do casal, Diana Mindlin (responsável pelo projeto gráfico deste *Pau-brasil*), cresceu entre aquelas preciosidades e tem, como outros pesquisadores, salvo-conduto para vasculhar as raridades dispostas no mar de prateleiras.

Os filhos de Diana, Rodrigo e Lúcia, foram responsáveis, respectivamente, pela pesquisa de imagens e pela reprodução fotográfica das gravuras e mapas que estabelecem essa espécie de "história visual" do pau-brasil.

Neste ponto, talvez já seja hora de perguntar: para que, afinal, servia o tal pau-brasil? Servia para tingir tecidos de vermelho, nos contam os manuais escolares, com uma dose de laconismo e uma pitada de tédio. A madrilenha Ana Roquero conhece os segredos e encantos que se escondem por trás daquela simples frase e dessa extraordinária capacidade.

Especialista em tinturaria e moda dos séculos XVI e XVII, Ana nos convida a embarcar numa viagem colorida. Trata-se, na verdade, de uma jornada em direção ao poder e ao significado da cor vermelha. O trajeto se inicia na mística púrpura dos fenícios e passa pelo "brasil asiático" de Marco Polo, antes de podermos vislumbrar o papel desempenhado pelo pau-brasil no mundo da moda, das finanças e da indústria têxtil européias. Fica mais fácil entender então por que o pau-de-tinta moveu tantas fortunas e tantos interesses.

Dos moluscos de Creta, a partir dos quais os fenícios obtinham a púrpura, aos minúsculos insetos arrancados um a um, por mulheres e crianças, para permitir a produção do corante "carmim escarlate", percorremos mundos e épocas diferentes, sempre no rastro das tonalidades rubras e das obsessões que elas geravam.

Aprendemos que, muito antes da descoberta do pau-brasil "brasileiro", indianos, árabes e até europeus tingiam seus tecidos com um similar oriental: o pau-brasil "asiático", ou *Caesalpinia sappan*, parente indiano da nossa *Caesalpinia echinata*. E então, a jornada se encerra bruscamente com o surgimento dos corantes artificiais e o advento de uma "nova idade das trevas", conforme a definição de um respeitado pensador do século XX, Rudolf Steiner.

A "nova idade das trevas" fez o primeiro ciclo econômico do Brasil mergulhar no vermelho, definitivamente. Antes, porém, e por mais de 300 anos, o pau-de-tinta havia gerado consideráveis somas de dinheiro. O capítulo *A madeira e as moedas*, do jornalista Nivaldo Manzano, circula por cifras e cifrões para propor um contraponto um tanto irônico à clássica análise do "ciclo do pau-brasil" feita por Roberto Simonsen na *História Econômica do Brasil*, publicada em 1937.

Formado em filosofia, *globe-trotter* que "lavou pratos em pelo menos meia dúzia de línguas pelo mundo afora", jornalista com 35 anos de profissão, com passagens por *Exame*, *Gazeta Mercantil* e *Guia Rural* (do qual foi diretor), Nivaldo não acredita que história e economia se movam como "o pistão de um motor de combustão". Em seu ensaio, ele preferiu perseguir os caminhos do luxo e do desfrute (e a trilha dos sonhos que eles plantam) porque os identifica como um dos impulsos que fazem girar não só o mundo, mas a própria roda da história.

Nivaldo nos convida a visitar a corte de Avignon, a Florença dos Médici e a França de Francisco I, oferecendo-nos passe livre para vislumbrar o mundo de ostentação no qual o pau-brasil foi introduzido quando portugueses, franceses e holandeses começaram a levá-lo para a Europa em quantidades cada vez maiores.

Embora *A madeira e as moedas* aborde episódios ocorridos nos séculos XVI e XVII, vemo-nos às voltas com temas como monopólio, privatização, tributação excessiva, contrabando, pirataria, espionagem industrial, globalização, ineficiência, corrupção, reserva de mercado, concorrência desleal e dívida externa. História de ontem, história de hoje.

À medida que o capítulo de Nivaldo vai chegando ao final, o pau-brasil avança rumo à obsolescência, como Ana Roquero, em *Moda e tecnologia*, já nos havia alertado: substituído pelos corantes artificiais, o "lenho tintorial" simplesmente deixa de ser moderno, prático e, acima de tudo, deixa de ser lucrativo.

Torna-se uma relíquia de outra era. E volta a ser abandonado na mata. Sem grandes chances de recuperação, porém, já que a mesma mata continua sendo derrubada por outros interesses, distintos, mas tão comezinhos e imediatistas quanto os que conduziram o pau-brasil a um estágio bem próximo da extinção.

Tantos descaminhos, tanto descaso, tanto oportunismo e tamanha ineficiência só poderiam apontar para onde? Para o abismo. Assim, na aurora do terceiro milênio, após 500 anos de exploração quase ininterrupta, não chega a ser exatamente uma surpresa que o pau-brasil se encontre ameaçado. Ameaçado de extinção; ameaçado por nossa ignorância, por nossa desatenção e nossa incompetência, já que continuamos sendo "uns desterrados em nossa terra", como Sérgio Buarque de Holanda diagnosticou em 1933, em seu marcante *Raízes do Brasil*.

Em *Raízes do futuro*, último capítulo deste livro, descobrimos que o pau-brasil pode curar e que produz música da melhor qualidade quando se torna arco de violino.

Descobrimos que as reservas onde a espécie deveria estar sendo resguardada têm a fragilidade de uma folha de papel. Descobrimos que "ecologia" é uma palavra vazia num discurso oco. Descobrimos o quanto ainda falta descobrirmos sobre o pau-brasil. E descobrimos que o Brasil parece não ter descoberto quantas lições — econômicas, ecológicas, históricas — pode ensinar o "ciclo do pau-brasil". Descobrimos, por fim, que ainda não sabemos com quantos paus se faz uma nação.

As metáforas que enxameiam em torno do pau-brasil estão reunidas nas páginas que se seguem. Explicitá-las seria dizer o óbvio, além de matar o prazer que os leitores terão ao descobri-las por si mesmos.

De todo modo, talvez a última lição, e a última metáfora, que o pau-brasil nos reserve seja a de nossa própria extinção.

Extinção como nação — afinal, já não nos informam que, em certos manuais escolares dos Estados Unidos, o mapa do Brasil aparece destituído do Pantanal e da Amazônia, ali transformados em "áreas internacionais de preservação ambiental"?

Extinção como povo — porque, caso o pau-brasil deixe de existir, como poderão seguir existindo "brasileiros"?

E extinção como raça — já que, no dia em que o pau-brasil houver desaparecido, não faltará muito para que desapareça a Mata Atlântica e, com ela, a floresta amazônica. E quando as florestas tropicais tiverem sumido do mapa, a terra que nos nutriu não haverá de nutrir nossos filhos. Eles terão sido literalmente deserdados.

Se não quisermos que o desterro e o deserto sejam nossa herança, a hora para agirmos é agora e o local é aqui. E que o pau-brasil esteja conosco.

Eduardo Bueno
Porto Alegre, verão de 2002

Nova viagem à Terra do Brasil
Eduardo Bueno

O Tupinambá, visto por Thevet, na Cosmographie Universelle, 1575

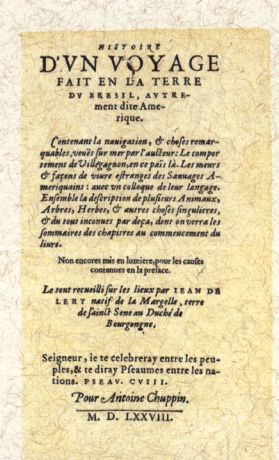

Léry, 1578

Certa vez, recorda o viajante francês Jean de Léry, um velho Tupinambá me perguntou: "Por que vocês, *mairs* [franceses] e *perós* [portugueses], vêm de tão longe para buscar lenha? Por acaso não existem árvores na sua terra?"

Respondi que sim, que tínhamos muitas, mas não daquela qualidade, e que não as queimávamos, como ele supunha, mas delas extraíamos tinta para tingir.

"E precisam de tanta assim?", retrucou o velho Tupinambá.

"Sim", respondi, "pois no nosso país existem negociantes que possuem mais panos, facas, tesouras, espelhos e outras mercadorias do que se possa imaginar, e um só deles compra todo o pau-brasil que possamos carregar."

"Ah!", tornou a retrucar o selvagem. "Você me conta maravilhas. Mas me diga: esse homem tão rico de quem você me fala, não morre?"

"Sim", disse eu, "morre como os outros."

Aqueles selvagens são grandes debatedores e gostam de ir ao fim de qualquer assunto. Por isso, o velho indígena me inquiriu outra vez: "E quando morrem os ricos, para quem fica o que deixam?"

"Para seus filhos, se os têm", respondi. "Na falta destes, para os irmãos e parentes mais próximos."

"Bem vejo agora que vocês, *mairs*, são mesmo uns grandes tolos. Sofrem tanto para cruzar o mar, suportando todas as privações e incômodos dos quais sempre falam quando aqui chegam, e trabalham dessa maneira apenas para amontoar riquezas para seus filhos ou para aqueles que vão sucedê-los? A terra que os alimenta não será por acaso suficiente para alimentar a eles? Nós também temos filhos a quem amamos. Mas estamos certos de que, depois da nossa morte, a terra que nos nutriu nutrirá também a eles. Por isso, descansamos sem maiores preocupações."[1]

O diálogo entre o pastor calvinista Jean de Léry (1534-1611) e o velho Tupinambá, travado em algum momento da estada de Léry no Rio de Janeiro, entre março de 1557 e janeiro de 1558, é alegórico e repleto de ressonâncias.

Tantos são seus desdobramentos que, para nos concentrarmos apenas no mais rumoroso, basta relembrar as suposições de vários autores de que teria sido justamente esse trecho (ou, quando menos, o livro *Viagem à Terra do Brasil*, no qual ele se inclui) que levou o filósofo Michel Montaigne a escrever, por volta de 1580, seu antológico ensaio *Dos Canibais*. Esse texto não só transformaria "os indígenas da Guanabara em agentes revolucionários"[2] como, dois séculos depois, serviria de inspiração para Jean-Jacques Rousseau redigir o *Discurso sobre a Desigualdade*, base de sua tese sobre o "bom selvagem".

E como esquecer que as idéias de Montaigne e Rousseau (bem como as de Locke, Montesquieu, Ronsard e outros leitores confessos de Léry) se transformaram mais tarde no tripé "liberdade, igualdade e fraternidade" que a Revolução Francesa tratou de defender com tanto ímpeto e tanto sangue?

Mas talvez não devamos estranhar que o tema sobre o qual debatiam, à sombra do Pão de Açúcar, o calvinista ferrenho e o sagaz Tupinambá, tenha tido tais repercussões. Afinal, mesmo depois de 500 anos e de ímpetos revolucionários supostamente arrefecidos, a discussão que eles travaram permanece centrada em antagonismos (acumulação ou desfrute, despojamento ou cobiça, sustentabilidade ou imediatismo, "capitalismo mercantilista" ou "comunismo primitivo") para os quais ainda não parece ter sido possível encontrar o caminho do meio: uma "terceira via".

São dois modelos e um confronto: civilização e barbárie, cultura e natureza, o cru e o cozido, o sagrado e o profano. A cigarra e a formiga.

Vista do Pão de Açúcar no álbum do Príncipe Adalberto da Prússia. Rio de Janeiro, 1842

Também é elucidativo que o diálogo entre Léry e o Tupinambá tenha girado em torno do pau-brasil. Ao redor da árvore se revolvem, de fato, inúmeros temas. Não apenas aqueles mencionados pelo pastor e seu bom selvagem, ou os subjacentes a eles, mas ainda outros, e de diversas naturezas: históricos, antropológicos, semânticos, filosóficos, botânicos e ecológicos, como este livro pretende mostrar.

De todo modo, é claro que a conversa transcrita por Léry se encontra repleta de reverberações econômicas. Mas isso talvez não ocorra só porque os interlocutores estão, em tese, confrontando o poder do dinheiro e os múltiplos tentáculos da aventura mercantil (tão bem representados pela expansão ultramarina dos europeus no século XVI) com o suposto desprezo dos "selvagens" pela acumulação de bens materiais.

O debate está focado no pau-brasil (e no seu valor) simplesmente porque foi o valor do pau-brasil que estimulou os franceses a cruzar o mar e "invadir" o Brasil.

O primeiro monopólio e a primeira privatização

Mas antes de virar objeto da cobiça dos *entrelopos* franceses, o pau-de-tinta já havia se tornado o primeiro produto de exportação do novo território colonial de Portugal, deflagrando o que se convencionou chamar de "primeiro ciclo econômico" da história do Brasil.

Primeiro ciclo extrativista, primeira matéria-prima de exportação, primeiro produto contrabandeado. Os "pioneirismos" do pau-brasil não param aí. No restritivo contexto de uma economia colonial, o chamado "lenho tintorial" se transformaria também no primeiro (e mais longo) monopólio estatal da história do Brasil. Por mais de três séculos e meio, de 1502 a 1859, só o governo, português ou brasileiro, podia explorar a madeira ou terceirizar o empreendimento.

Foi assim que, a partir de agosto de 1502, o pau-brasil acabou se tornando objeto da primeira "privatização" ocorrida na América portuguesa: com o olhar e os recursos do Tesouro real voltados para o Oriente, o rei dom Manuel decidiu arrendar a exploração da árvore a um "consórcio de cristãos-novos", liderados por Fernão de Loronha (como então se grafava o nome, mais tarde transformado no nosso conhecido Fernando de Noronha). O pau-brasil virou, simultaneamente, o primeiro produto tributado e o objeto do primeiro cartel a atuar nos trópicos.

Incluído na lógica vertical da exploração mercantilista, ele começaria a se transformar também na primeira espécie ameaçada de extinção no Brasil.

Talvez em função de tais "pioneirismos", todos eles ligados ao comércio internacional e à força da moeda, o pau-brasil tradicionalmente tenha recebido um tratamento mais analítico no âmbito da história econômica do que em qualquer outra área do conhecimento. Mas assunto tão rico não envolve somente negócios e negociatas: é mais amplo e fascinante. Como em outras instâncias e tantos outros instantes da história do Brasil, no entanto, a árvore continua aprisionada nos limites (necessariamente?) restritivos dos livros didáticos ou engessada na aridez dos estudos acadêmicos.

Le Brésil: *a primeira missa rezada no Brasil, retratada por H. Taunay e F. Denis, em 1822.*

Santa Cruz de Cabrália, 2001

De qualquer maneira, talvez não seja o momento de revitalizar somente os *estudos* referentes ao pau-brasil: é chegada a hora, na verdade, de resgatar a *própria* árvore da situação de abandono e descaso na qual ela tem sido mantida. Uma situação que, de certa forma, é apenas um reflexo do modo como nós, "brasileiros", ainda a enxergamos (e, por extensão, enxergamos a nós mesmos).

Iniciar por onde? Pela própria palavra "brasil", repleta de mistério e ressonâncias? Ou pela expressão "brasileiro"?

Afinal, se as regras gramaticais tivessem sido apropriadamente aplicadas, o termo "brasileiros" não identificaria os habitantes do país ("brasilense" é o termo correto). *Brasileiros* seriam aqueles que se dedicavam ao tráfico de pau-brasil, "do mesmo modo que se dizem *baleeiros* os que vão à pesca das baleias, *negreiros* os que se ocupavam do tráfico de negros africanos e *pimenteiros* os que andavam traficando pimenta".[3]

Ou, quem sabe, o ponto de partida de nossa jornada à Terra do Brasil seja a misteriosa e ancestral Hy Breazil? Aquela ilha movediça, que sumia maliciosamente no horizonte esfumado quando os navegadores dela se aproximavam.

Na dúvida, o melhor é seguir o caminho convencional — e começar pelo começo.

Assim sendo, cabe lembrar que, tão logo os portugueses colocaram oficialmente o pé no Brasil, em abril de 1500, um de seus primeiros atos foi: cortar uma árvore para fazer uma cruz. Aquele símbolo, sob cuja influência e proteção viajavam (estampado que estava em suas velas enfunadas), acabaria, na falta de outro melhor, sendo usado para batizar o novo território: "Terra de Vera Cruz" (ou terra da cruz *verdadeira*).

Informado de tal batismo, o rei dom Manuel, zeloso dos mistérios da fé, julgou a denominação um tanto herética e imediatamente ordenou que a substituíssem por "Terra de Santa Cruz". Para ele, a cruz *verdadeira* era uma só: "Aquela na qual padecera o Salvador."

Podemos supor, portanto, o impacto que teria sobre esse soberano tão devoto a "substituição do lenho de Cristo pela voz bárbara de Brasil", que iria ocorrer logo a seguir.

Os cronistas, contemporâneos ou não, ecoaram o lamento e a ira do monarca: "Admoesto da parte da cruz de Cristo a todos os que o lerem, que dêem à terra o nome que com tanta solenidade lhe foi posto, Santa Cruz, sob pena de a mesma cruz, que nos há de ser mostrada no dia final, os acusar de mais devotos do pau-brasil do que dela." Assim ameaçava, em 1540, o historiador João de Barros, gênio da língua, um dos influenciadores de Camões e donatário de duas capitanias na própria "Terra de Santa Cruz, dita Brasil".

NOTICIA DO BRAZIL,

DESCRIPÇÃO VERDADEIRA DA COSTA DAQUELLE ESTADO, QUE PERTENCE A' COROA DO REYNO DE PORTUGAL, SITIO DA BAHIA DE TODOS OS SANTOS.

CAPITULO I.

Em que se declara quem forão os primeiros descobridores da provincia do Brazil, e como está arrumada.

A PROVINCIA do Brazil está situada além da linha equinocial da parte do sul, debaixo da qual começa ella a correr junto do rio, que se diz das Amazonas, onde se principia o norte da linha da demarcação e repartição, e vai correndo esta linha pelo certão desta provincia até 45 gráos pouco mais ou menos. Esta terra se descubrio a 25 dias do mez de Abril de 1500 annos por Pedro Alvares Cabral, que neste tempo hia por capitão mór para a India por mandado d'ElRey D. Manoel, em cujo nome tomou posse desta provincia, onde agora he a capitania do Portoseguro no lugar, onde já esteve a villa de santa Cruz, que assim se chamou por se aqui arvorar huma muito grande por mandado de Pedro Alvares Cabral, ao pé da qual mandou dizer em seu dia a tres de Maio huma solemne missa com muita festa, pelo qual respeito se chama a villa do mesmo nome, e a provincia muitos annos foi nomeada por de santa Cruz, e de muitos nova Lusitania, e para solemnidade desta posse plantou este capitão no mesmo lugar hum padrão com armas de Portu-

Outros escribas seguiram o exemplo de Barros. Por volta de 1570, Pero de Magalhães de Gândavo ainda clamava para que se "restituísse o nome" da província, com certeza alterado "pelo demônio, que tanto trabalhou e trabalha por extinguir a memória da Santa Cruz e desterrá-la do coração dos homens".

Tido como o primeiro historiador do Brasil, frei Vicente do Salvador (1564-1639) também acreditava que a substituição do "divino pau que nos deu tinta e virtude (...) por um pau com que tingem panos" só podia ser obra do demo. Também frei e historiador, Antônio Jaboatão (1695-1764) optou por uma explicação mais mundana, atribuindo à "indiscreta política dos homens e sua imprudente ambição" o fato de que o "inestimável preço do sagrado madeiro" fosse "menos estimado do que o valor desses paus vermelhos, de que dependem lucros temporais".

De que modo se deu, afinal, tal mutação semântica, ao mesmo tempo profana e pragmática, tão rápida e inexorável? Simples: tão logo enviaram a primeira expedição para averiguar as potencialidades comerciais da terra que dom Manuel batizara de Santa Cruz, os portugueses concluíram (para usar as palavras do florentino Américo Vespúcio, testemunha ocular da história) que nela "não havia coisa de metal algum, apenas uma infinidade de árvores de pau-brasil". E assim se deu início à derrubada de dezenas de milhares de árvores em sucessão virtualmente inacreditável.

O território "descoberto" por Cabral passou a ser conhecido como "Costa do Brasil", ecoando os topônimos, absolutamente explícitos, com os quais os portugueses já haviam denominado várias porções do litoral africano: "Costa do Marfim", "Costa dos Escravos", "Costa da Mina", "Costa do Ouro".

Viagem à Hy Breazil

O Brasil, portanto, se chama assim por causa do pau-brasil, certo? Não de todo.

A palavra "brasil" abre caminho para uma viagem etimológica cujos meandros não conduzem a uma só resposta, mas a múltiplos lugares e a uma rede de entrelaçamentos. Existem mais de vinte explicações para a origem do termo, algumas deliciosas, quando não francamente delirantes.

Ninguém se aprofundou tanto e tão brilhantemente no tema quanto Adelino José da Silva d'Azevedo, autor do notável *Este Nome: Brazil*, volume de 400 páginas publicado em 1967. Descartando como descabidas as teorias de F. de Assis Cintra (apresentadas em 1920 no livro *O Nome Brasil, com s ou z*, discutindo as possíveis origens da palavra a partir do tupi *ibira-ciri*, "pau eriçado", do guarani *paraci*, "mãe do mar", do ariano *parasil*, "terra grande", do sânscrito *bradshita* e do grego *brázein*), Silva d'Azevedo ingressa numa meticulosa jornada filológica que converge para uma só conclusão: Brazil (sim, grafa-se com z) é de origem céltica.

Tudo começa — é espantoso, mas verdadeiro — com os fenícios. Esses notáveis navegadores e comerciantes de origem cananita-semita eram os detentores do segredo da fabricação da púrpura, a mística e suntuosa cor da Antiguidade, que vestia reis e sacerdotes. Como nos revelará mais adiante o capítulo *Moda e tecnologia*, o óxido de estanho era um produto indispensável no processo secreto da fabricação da púrpura.

Com quem os fenícios obtinham esse inestimável corante mineral de cor avermelhada? Com os celtas, povo mineiro e metalúrgico, que o extraía de minas espalhadas desde a Irlanda até a Ibéria. E os celtas chamavam o estanho de *breazail*, ou "vermelhão".

Representação de São Brandão, do século XII.

Quando os fenícios deixaram de comerciar o "vermelhão" com os celtas, desaparecendo nas mesmas brumas do Atlântico de onde um dia haviam surgido, acabaram se tornando, na imaginação e na mitologia célticas, um povo mítico e afortunado, que jamais retornou à Irlanda simplesmente porque vivia na lendária e paradisíaca ilha de *Hy Breazil*, "a nação dos vermelhos" ou "o lugar onde vivem os descendentes do vermelho".

A *Hy Breazil* dos celtas acabou se transformando na *O'Brazil* dos monges irlandeses. A mutação ocorreu quando a ilha mitológica teve seu nome associado às peregrinações de São Brandão, o místico católico do século VI que, desiludido com as baixezas da humanidade, partiu com 14 monges, no ano de 565, rumo ao oeste inexplorado.

Após uma navegação repleta de perigos e terríveis presságios, Brandão (cujo barco foi transportado nas costas de uma baleia) chegou a uma ilha fabulosa, que imediatamente reconheceu como sendo *O'Brazil*. As lendas, especialmente o poema latino *Peregrinatio Sancti Brandani*, escrito no século IX, ecoam as maravilhas professadas por Brandão, o evangelizador de terras e povos desconhecidos do lado ocidental.

A palavra passou por inúmeras transmutações semânticas. Uma delas assegura que, embora *breazail* provenha de "vermelhão", *brasil* (com s) seria originário do celta *bress*, origem do inglês *bless* [abençoar], já que *O'Brasil* nada mais era do que a "ilha abençoada" ou "ilha da bem-aventurança".

De todo modo, durante séculos essa ilha (*Hy Breazil*, *O'Brazil* ou *O'Brasil*) povoou a imaginação e a cartografia européias. Desde 1351 até pelo menos 1721, o nome podia ser visto em virtualmente todos os mapas e globos, embora sua localização variasse desde o litoral da Irlanda até as Antilhas, passando pelos Açores, onde ainda hoje existe uma "ilha do Brasil". Até 1624, expedições marítimas continuavam sendo enviadas à sua procura.

De acordo com *O Brasil na Lenda e na Cartografia Antiga*, saboroso ensaio publicado por Gustavo Barroso em 1941, os homens letrados do século XVI não duvidavam que o nome "Brasil" — associado ao novo território descoberto e ocupado pelos portugueses na margem ocidental do Atlântico — provinha da ilha lendária. "Prevaleceu, porém, a opinião do vulgo, já que eram simples marinheiros aqueles que traficavam a madeira rubra."[4]

Tais complexidades acabaram desembocando num aceso debate ortográfico, travado ao longo de boa parte do século XIX: o nome do país deveria, afinal, ser grafado com "s" ou com "z"? A questão foi constitucionalmente solucionada em fevereiro de 1891, por influência, ou mesmo decisão, de Rui Barbosa, um dos formuladores da primeira Constituição republicana. Dono da maior biblioteca particular do país e intelectual de renome, Rui optou pelo "s". De acordo com vários lingüistas, fez a escolha errada, embora certamente menos equivocada do que as decisões que tomou como ministro da Fazenda, cargo que ocupava àquela altura.

O machado e a cruz

Hy Breazil comprova que uma história nem sempre se inicia onde parece ser o ponto de partida. De todo modo, e para além de qualquer provocação ao politicamente correto, a história da *Terra do (Pau-)Brasil* sem dúvida se inicia com a chegada dos portugueses e *não* com os nativos que já ocupavam o cenário havia uns 15 mil anos (ou talvez mais).

Detalhe do relevo L'Isle du Brésil, *em Rouen, mostrando o corte do pau-brasil.*

Sim, porque, como vai revelar o capítulo *A feitoria da ilha do Gato*, os Tupi não utilizavam o pau-de-tinta. Não, pelo menos, para tingir penas e colares. Claro que os nativos conheciam as qualidades tintórias da árvore, tanto que á chamavam de *ibirapitanga* (*ybirá*: "pau" ou "árvore"; *pitanga*: "vermelho"). Mas a natureza lhes fornecia corantes muito mais práticos e rápidos, como o urucum e o jenipapo.

"Imaginar um índio tintureiro utilizando o duríssimo pau-brasil para colorir meia dúzia de penas ou uma torcida de fios é associá-lo ao europeu, à posse de instrumentos de ferro, ao 'mercantilismo' do pau-brasil e à deturpação do conceito nativo de trabalho", reflete Fernando Fernandes.

Já a partir de 1503, o pau-brasil passaria a fazer parte inescapável da vida dos Tupi. E de uma maneira muito mais complexa e avassaladora do que os relatos convencionais nos permitiram supor.

Com efeito, poucas vezes se refletiu sobre a forma como reagiram os indígenas àquela primeira árvore abatida na baía Cabrália. Pero Vaz de Caminha e boa parte dos analistas de sua Carta comentam a maneira respeitosa como os Tupiniquim do sul da Bahia assistiram à primeira missa. Mas até que ponto esse respeito não era fruto de admiração e temor diante do poderio dos recém-chegados? Estes, afinal, acabariam sendo chamados pelos indígenas de *caraíbas*, cujo significado literal é "seres sobrenaturais".

E até que ponto a constatação desse poderio não foi proporcionada pela visão do primeiro machado de metal a derrubar uma árvore no meio da floresta? O que terá despertado mais a admiração, o temor e a cobiça dos nativos: o machado ou a cruz?

É preciso ter em mente (embora raramente o tenhamos) que, com o desembarque dos europeus, os Tupi e demais povos nativos do Brasil passaram, num minuto, da Idade da Pedra para a Idade do

Ferro. Um processo evolutivo que a humanidade levara centenas de milhares de anos para atingir foi "apresentado" aos indígenas em questão de segundos.

Sem dúvida o ferro transformou de imediato a vida dos povos nativos do Brasil e eles estavam dispostos a fazer de tudo para obtê-lo. Ou seja, não era o "vil metal" que os interessava: era o metal em si. No caso, o metal transfigurado em anzóis, facas, tesouras e machados de ferro.

Os anzóis aumentavam a eficiência e diminuíam o tempo que os indígenas precisavam dedicar à pesca. Tesouras e facas lhes permitiam cortar, descascar e ferir com mais rapidez e competência. E os machados de ferro? Possibilitavam derrubar uma árvore de pau-brasil em 15 minutos, em vez das quatro horas costumeiras — conforme os "testes" realizados em 1907 pelo erudito Hermann von Ihering, diretor do Museu Paulista (e defensor assumido do extermínio dos Caingangue do oeste de São Paulo, que, àquela época, estavam causando transtornos na luta para impedir que seu território tribal fosse cortado por uma estrada... de ferro).

Embora supostamente não pudessem entender o interesse obsessivo dos *mairs* e dos *perós* pela ibirapitanga (como faz crer o diálogo travado entre Jean de Léry e seu inesquecível Tupinambá "carioca"), os Tupi se envolveram profunda e diretamente em todas as etapas do tráfico da madeira corante.

E quão ativos foram os indígenas é algo que brilha em outro trecho, e dos mais citados, de *Viagem à Terra do Brasil*, a narrativa clássica de Léry:

Quanto ao meio de carregar essa mercadoria [o pau-brasil], *direi que tanto por causa da dureza, e conseqüente dificuldade em derrubá-la, como por não (...) existirem animais para transportá-la, é ela arrastada por meio de muitos homens; e se os estrangeiros que por aí viajam não fossem ajudados pelos selvagens, não poderiam sequer em um ano carregar um navio de tamanho médio. Os selvagens, em troca de algumas roupas, chapéus, facas, machados (...), cortam, serram, racham, atoram, desbastam o pau-brasil, transportando-o nos ombros nus às vezes de duas a três léguas por sítios escabrosos, até a costa junto aos navios ancorados, onde os marinheiros o recebem.*

É revelador que precisemos recorrer a um cronista francês para acompanhar detalhes do "trato do pau-de-tinta". Afinal, o calvinista Léry ali estava, em plena baía de Guanabara, envolvido no conflito contra seus conterrâneos católicos que iria enfraquecer e finalmente arruinar a colônia conhecida como "França Antártica". Diante disso, não há como deixar de vincular aquela "invasão" francesa do Brasil (iniciada em 1555 e só encerrada dez anos mais tarde) ao tráfico de *bois rouge*, ou *araboutan*, como os gauleses chamavam o pau-brasil.

Os franceses, de todo modo, também chamavam a madeira de *brésil*. Não há dúvida de que foram eles os responsáveis pela ampla divulgação internacional desse termo, mesmo porque os grandes traficantes globais de pau-brasil eram normandos e bretões, como vai mostrar o capítulo *La Terre du Brésil*. A palavra *brésil* difundiu-se a tal ponto que, segundo o historiador João Ribeiro (1860-1944), "brasil" na verdade é um galicismo: o *primeiro* galicismo da língua "brasileira".

Ao contrário do que julga o senso comum, porém, *brésil* não seria originário de "brasa", mas do provençal *brezill*, que quer dizer "coisa fragmentada" ou "aos pedaços". *Brezill*, por sua vez, provém do vêneto *berzi*, ou *verzi*, termo que teria dado origem ao toscano *verzino* (cujo significado também é "lasca" ou "cavaco"). Todos esses nomes fazem referência direta ao fato de que o pau-brasil (chamado de *verzino* em quase todas as línguas nativas da Itália) era comercializado justamente em "lascas".

Uma metáfora vegetal

Se o pau-brasil construiu grandes fortunas, não restam dúvidas de que foram os franceses, logo seguidos pelos holandeses, os que mais lucraram com o lenho tintorial: aqueles que, para repetir as palavras de Léry, possuíam "mais panos, facas, tesouras, espelhos e outras mercadorias do que se possa imaginar". E os franceses realmente tinham mais panos, facas, tesouras, espelhos e "outras mercadorias" do que os portugueses.

O atraso tecnológico (configurado na ausência de uma indústria têxtil), os freios sociais (que davam origem a uma sociedade rigidamente estratificada) e o excessivo papel do Estado na economia provavelmente estiveram entre as limitações que impediram Portugal de lucrar com o pau-de-tinta tanto quanto fizeram seus concorrentes mais próximos.

Nesse sentido, é esclarecedor que, ao fornecer algumas informações sobre o "trato do pau-de-tinta" em 1504, o agente veneziano Lunardo de Cá Masser tenha dito: "Os direitos [impostos] são verdadeiramente grandes nessa terra [Portugal], que não sei como se pode sustentar o comércio de que espécie seja. Todos pagam para o rei décima e sisa, que são 20% de tudo que entra nessa terra."

Os impostos excessivos, o longo e ineficiente monopólio estatal, a freqüência com que se dava o contrabando, as eventuais "privatizações" da exploração do pau-brasil são temas abordados em *A madeira e as moedas*. Mas, antes de chegarmos lá, não há como deixar de observar que tantos foram os descompassos a marcar o "ciclo econômico do pau-brasil" que, para além de sua importância no "batismo" da terra e de seus habitantes, a árvore parece ter adquirido uma vocação alegórica, pelo menos quando se trata de desnudar algumas das mazelas do Brasil. Na verdade, é como se o pau-brasil estivesse destinado a ser uma espécie de metáfora vegetal da economia brasileira.

Para nos concentrarmos em um só exemplo, basta recordar que mais de três séculos depois de instituído o monopólio e autorizada a primeira "privatização" (em 1832, portanto), o pau-brasil ainda se mantinha no centro de um acirrado debate entre os defensores da economia estatizada e os apóstolos do liberalismo econômico.

Incluído entre os últimos, o deputado mineiro Bernardo Pereira de Vasconcelos, num discurso inflamado, pronunciado em fevereiro de 1832, chamou o monopólio de "bárbaro método", atribuindo-lhe "o desejo exterminador" que os proprietários de terras sentiam com relação ao pau-de-tinta. "O corte do pau-brasil", clamava, "precisa ser sujeito o quanto antes a disposições *liberais* e proveitosas."

A luta do líder da Câmara, futuro ministro da Fazenda e intransigente defensor dos interesses escravocratas, estava condenada ao fracasso. Afinal, além de ser monopólio do Estado havia mais de três séculos, o pau-brasil fora recentemente incumbido de uma nobre e inesperada tarefa: "Assegurar na Europa o nosso crédito e conservar ilibada a reputação de quem sabe respeitar a justiça e guardar a fé dos contratos." A frase, do também deputado Miguel Calmon du Pin e Almeida, é uma referência direta a mais um dos aspectos quase anedóticos da história do pau-brasil: desde 1827, o governo brasileiro havia decidido entregar toda a renda do pau-de-tinta como garantia do pagamento de sua dívida com a Inglaterra.

Foi em setembro de 1824, dois anos após a Independência, que o ministro Felisberto Caldeira Brant Pontes negociou o primeiro empréstimo externo do Brasil: 3,62 milhões de libras, repassadas pelo Banco Rothschild a juros anuais de 5%. Em 1826, como aquele dinheiro já se esgotara, o Tesouro recorreu à emissão de moedas de cobre, cunhadas com valor nominal quatro vezes superior ao valor intrínseco, além de tomar emprestados do insolvente Banco do Brasil quatro mil contos de réis em papel-moeda inconversível. O Tesouro dava início, dessa forma, à história da inflação em moeda nacional.

A situação, que já era grave, recrudesceria em 15 de novembro de 1825: em troca do reconhecimento da independência, Portugal exigiu, além de 600 mil libras de indenização, que o Brasil assumisse os pagamentos de um empréstimo de 1,4 milhão de libras feito por Lisboa junto a bancos londrinos. Assim sendo, em janeiro de 1826, a dívida externa brasileira já era de quase seis milhões de libras.

Foi então que a Assembléia decidiu que todo e qualquer pé de pau-brasil abatido em território nacional seria enviado para Londres e o dinheiro da venda, realizada em leilões públicos, se destinaria exclusivamente a amortizar o empréstimo. Meses depois, o governo imperial "não trepidou" em "consignar à Inglaterra *todo* o produto da venda de seu monopólio" como garantia do pagamento da dívida.[5]

O acordo foi assinado no dia 17 de agosto de 1827. Logo em seguida, porém, as autoridades britânicas, "baseando-se numa capciosa interpretação do artigo 14 do referido tratado", decidiram, conforme denunciou o então ministro da Fazenda, Manoel do Nascimento Castro e Silva, "sustentar o princípio da livre importação daquele gênero em todos os seus portos", recusando-se não apenas a "embaraçar" a entrada de paus contrabandeados, como estimulando "novos empreendedores" a fazê-lo.

De acordo com o ministro, o primeiro contrabando fora feito pelos navios ingleses *Hebe* e *Eclipse*. O "feliz êxito" da contravenção abrira as portas para o envio "de diversos novos carregamentos, que têm sido francamente despachados e vendidos na praça de Londres, a despeito de fortes reclamações do ministro plenipotenciário do imperador".

Treze anos mais tarde, as "fortes reclamações" ainda não haviam surtido efeito. Tanto que, nos primeiros meses de 1840, outro ministro da Fazenda, Manuel Alves Branco, se dirigiu à mesma Assembléia para denunciar "o escandaloso contrabando que vai todos os dias em aumento". O ministro julgava ter bem claro o que estimulava a contravenção:

Primeiro, o desejo que têm os proprietários de terra de se verem livres de um produto em suas matas, que não só os expõe a grandes comprometimentos, como também suas fazendas a serem devassadas por gente ordinária e que muitas vezes lhes causa grandes ruínas.

Segundo, o baixo preço que o Estado paga pelo corte e condução, em frente do contrabandista, que paga o duplo e o triplo.

Terceiro, a maneira por que a Grã-Bretanha tem entendido o Tratado de Comércio, dando franca entrada nas suas alfândegas a uma mercadoria exceptuada pelo mesmo, como exclusiva da Coroa do Brasil.

Alves Branco concluía então que, sendo "impossível sustentar o monopólio com o rigor antigo, o melhor arbítrio seria tornar de todo livre o comércio da dita madeira, a troco de um direito de exportação mais forte que o dos outros gêneros, do qual, contudo, ficaria isenta a madeira que se provar plantada, a qual pagará apenas sete por cento".

Mas nada mudou, pelo menos não para melhor. Até 1859, o pau-brasil continuou sendo enviado para a Inglaterra, só que não mais para pagar a dívida (que se tornara impagável), mas apenas os juros dela. Além disso, o produto oficialmente oferecido pela Coroa brasileira obtinha cotações cada vez mais baixas no mercado londrino. Os leilões não deixaram somente de ser "vantajosos": passaram a ser "mesmo prejudiciais", de acordo com um relatório do visconde de Abrantes, escrito em 1847.

Conforme outro ministro da Fazenda, Antônio Francisco de Paula e Holanda Cavalcanti de Albuquerque, dois eram os motivos das baixas cotações: primeiro, a "má qualidade do gênero" enviado pelo governo (ou seja, árvores de coloração fraca, abatidas na lua errada e mal armazenadas); segundo, o preço mais vantajoso praticado pelos contrabandistas (já que, embora obtivesse a madeira por 1/3 do valor pago pelos contrabandistas, o produto governamental chegava mais caro à Inglaterra "devido aos fretes excessivos cobrados pelos armadores").

Em outubro de 1856, o trato do pau-brasil sofreu um golpe de morte, desferido também a partir de Londres: o químico inglês William Henry Perkin, de apenas 18 anos, sintetizou a malveína (um corante artificial capaz de imitar a coloração avermelhada até então obtida por meio do pau-brasil), decretando a obsolescência definitiva do primeiro "ciclo econômico" do Brasil.

A Terra do Brasil havia perdido o bonde da corrida tecnológica, derrotada pelo advento das "cores sem luz", como Rudolf Steiner, fundador da antroposofia, definiu os tons obtidos através de corantes artificiais, todos originários de substâncias tóxicas.

Terra de Ibirapitanga

Não surpreende que, colocado no centro de tantas questões financeiras, o pau-brasil tenha ingressado na historiografia nacional pelo portal da história econômica. De fato, o primeiro estudo de maior impacto sobre o lenho tintorial foi aquele produzido pelo industrial, político e historiador Roberto Cochrane Simonsen (1889-1948) e depois transformado em um dos capítulos de sua antológica *História Econômica do Brasil*.

Idealizador do Senai e do Sesi, fundador do Centro das Indústrias (que se transformaria na Fiesp), defensor do protecionismo estatal às indústrias e grande rival do economista Eugênio Gudin (principal representante da escola monetarista neoliberal brasileira), Simonsen escreveu seu texto clássico em 1937, no auge do debate público com Gudin.

O contexto no qual nasceu *História Econômica do Brasil* não pode, entretanto, ser compreendido sem uma breve referência à Revolução Paulista de 1932. Lutando pela promulgação de uma nova Constituição, já que a anterior fora "conspurcada pela revolução de 1930", um grupo de intelectuais paulistas, "não tendo podido ver triunfante pela força das armas o seu ponto de vista" (de acordo com as palavras do próprio Simonsen), decidiu fundar, em São Paulo, uma Escola Livre de Sociologia e Política.

O objetivo primordial da Escola era orientar "a formação de 'elites', entre as quais se divulgassem as noções de política, sociologia e economia que despertassem uma consciência nacional, capaz de orientar a administração pública". A Escola foi fundada em 1933. Mas, como conta o próprio Simonsen, "iniciado o terceiro ano letivo [em 1936], passou a fazer parte do currículo o curso de História da Economia Nacional. (...) Dada a impossibilidade de a escola obter outros professores, mais doutos", Simonsen não pôde "se furtar ao pesado encargo de professar a referida matéria".

Nascia assim a tese de que a história econômica do Brasil estava dividida em "ciclos": o do pau-brasil, o do açúcar, o do ouro (ou mineração) e o do café. As aulas ministradas por Simonsen se tornaram a base do livro que a Companhia Editora Nacional lançou em julho de 1937, como o Volume 10 da série "Grande Formato" da legendária coleção Brasiliana.

O estudo de Simonsen tem vários méritos, embora entre eles não se inclua o do pioneirismo, uma vez que o historiador português Antônio Baião já havia publicado, em 1923, um detalhado artigo, incluído na monumental *História da Colonização Portuguesa do Brasil*, com o título "O Comércio do Pau-Brasil".

De todo modo, a decisão quase obsessiva de Roberto Simonsen de "estabelecer o verdadeiro valor do pau-brasil", além de sua tentativa de "atualização" dos valores referentes ao tráfico, revelou-se inteiramente malsucedida. Além disso, a ampla divulgação alcançada pelo livro iria, de algum modo, circunscrever e quase aprisionar o estudo do pau-brasil nos limites específicos da história econômica.

Tanto maior a lástima quanto pequena é a distância temporal que separa o lançamento de *História Econômica do Brasil* da publicação do ensaio que, apenas um ano mais tarde (em outubro de 1938), lançou o historiador baiano Bernardino José de Sousa (1885-1949). Em seu *O Pau-Brasil na História Nacional*, Volume 162 da mesma coleção Brasiliana, Bernardino compilou quase tudo o que até então se sabia sobre a árvore. Fora encarregado de fazê-lo pelo Instituto Histórico e Geográfico Brasileiro, que, para comemorar o centenário da instituição, convocara o Terceiro Congresso de História Nacional, durante o qual Bernardino apresentou sua tese.

O texto não é um deslumbre, mas os detalhes e as brechas para novas e até então insuspeitadas investigações suplantam eventuais tropeços estilísticos. Uma curiosidade é que o principal incentivador da publicação foi justamente Roberto Simonsen.

De todo modo, os anos de 1930 foram frondosos para o pau-brasil. Afinal, a década ainda não se havia encerrado quando, em 1939, Antônio Leôncio Pereira Ferraz publicou seu fascinante *Terra de Ibirapitanga*, o melhor, mais bem fundamentado, minucioso e mais transcendente estudo já feito sobre o pau-brasil — a clamar por uma reedição, tão necessária quanto improvável.

E desde então? Desde então, praticamente nada.

O pau-brasil segue ocupando 15 linhas modorrentas nos livros didáticos, linhas que apresentam tal concentração de lugares-comuns e meias-verdades que sua dosagem é tóxica para a plena compreensão de uma história que (como toda boa história) explica quem somos e de onde viemos. Claro que ela também revela para onde vamos; mas, se o destino for o que se avizinha (e o que, a partir da própria sina reservada ao pau-brasil, se adivinha), melhor silenciar sobre ele. Ou então tratar de transformá-lo. Já.

Os capítulos seguintes deste livro sugerem alternativas e apontam rumos que podem configurar os primeiros passos de uma longa jornada: uma nova viagem à Terra do Brasil.

Haroldo C. de Lima, G. P. Lewis e Eduardo Bueno

Pau-brasil: uma biografia

Uma árvore em extinção em meio a um ecossistema ameaçado.

Essa conjunção, por si só, já deveria soar um sinal de alerta, deflagrando ações preventivas, estudos de campo, pesquisas de laboratório, campanhas de conscientização. Nesse caso específico, os desdobramentos são ainda mais perturbadores e abrangentes: afinal, a árvore em risco chama-se pau-brasil e o ecossistema que a abriga não é outro senão a Mata Atlântica.

A Mata Atlântica é um tesouro verde, um banco genético de imensa diversidade, uma das mais originais, importantes e frágeis florestas do planeta. O pau-brasil, por sua vez, deveria dispensar apresentações: é difícil duvidar que se trate da árvore mais importante do país. Batizou (ou, quando menos, ajudou a batizar) o país. Foi a mais explorada, a mais lucrativa e, de certo modo, a mais admirada árvore do território que leva seu nome.

Ainda assim, um véu de desinformação recobre não só a espécie em si, como o próprio meio ambiente que a abriga. É constrangedor constatar que, em pleno alvorecer do terceiro milênio, respostas óbvias permanecem ignoradas: quais as estratégias reprodutivas do pau-brasil? O que podemos aprender com sua estrutura genética? Quais segredos tecem a teia de complexidades que estabelece sua ligação dinâmica com a floresta tropical?

Tal ignorância tem uma contrapartida bem mais perversa do que a de um suposto desleixo acadêmico ou de mera lacuna científica: na prática, é justamente esse desconhecimento que encurta o atalho sombrio que pode estar conduzindo o pau-brasil à extinção, mais depressa do que supomos.

Maximilian, Prince of Wied-Neuwied, 1817

Afinal, o pau-brasil já é uma das espécies vegetais mais raras da Mata Atlântica. E a Mata Atlântica, mais do que a floresta amazônica, é o palco da maior tragédia ecológica verificada no Brasil. O cenário, portanto, pode estar sendo preparado para o desenrolar de um epílogo funesto.

O que se segue, porém, não é apenas um grito de alerta. Este capítulo pretende esboçar uma espécie de "biografia" do pau-brasil, na estreita medida em que tal quimera seria realizável: afinal, como notou o historiador norte-americano Warren Dean, de que forma se pode escrever "uma história da floresta" se as espécies vegetais que a constituem em tese "carecem de qualquer outra intenção em suas ações além de procriar e sobreviver"?

Queremos aqui estabelecer — nem que seja para não desperdiçar o trocadilho — uma árvore genealógica do pau-brasil. Avançaremos desde suas raízes mais profundas (cravadas alguns milhões de anos atrás) até a frutificação dos estudos pioneiros de cientistas brilhantes como o holandês Willem Piso, o francês Jean-Baptiste Lamarck, o frei franciscano José Mariano Veloso e o inglês George Bentham. Pretendemos apontar a direção que talvez conduza a um novo desabrochar da espécie e também ao pleno florescimento de uma relação mais harmoniosa entre o pau-brasil e todos aqueles que, exatamente por causa dele, hoje se chamam "brasileiros".

A Caesalpinia vessicaria, *do gênero das cesalpináceas, no livro de Veloso, 1827*

IBIRAPITANGA, sive LIGNUM RUBRUM.

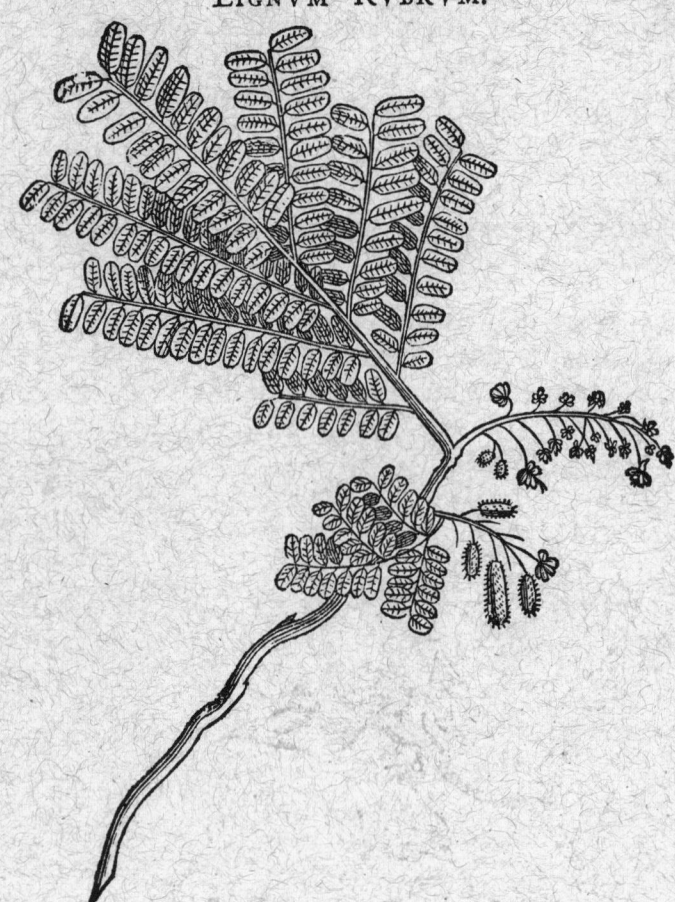

Ibirapitánga, quæ arbor, merito à Lusitanis *Pao do Brasil* per excellentiam dicta, alta est & vasta, cortice fusco brevibus spinis armato: ramis & foliis alternatim positis figura Buxi foliis similibus splendentibus & saturate viridibus. In ramis hinc inde etiam ramuli proveniunt multis exiguis floribus copulatis ornati ipso Lilio convallium fragrantioribus pulchre variegati coloris flavescentis. His pereuntibus succedunt siliquæ, oblongæ, planæ, compressæ, exterius aculeatæ, obscure fuscæ, rubras, splendentes exiguas fabas aliquot in se continentes. In locis mari vicinis non apparet, sed tantum in mediterraneis silvis, unde magno labore ad littoralia vehitur.

Tinctura hujus ligni rubra toto orbe est notissima. Sed minima moles tam vastæ arboris tingit, dempta enim magna parte ligni superioris, sola matrix tibiam circa crassa rubri est coloris. cujus postea rasura quanti sit laboris novit optime Ergastulum Amstelodamense.

Lignum est frigidum & siccum, mitigat febres, restringit & corroborat instar Sandali. Maceratum in frigida inter collyria contra ophthalmias usurpatur cum successu.

Ibirapitanga, *nome dado pelos nativos ao pau-brasil (ybirá: "pau" ou "árvore"; pitanga: "vermelho"). Willem Piso, 1658.*

O planeta se veste de verde

O primeiro passo do trajeto consiste em conhecer melhor a história botânica do pau-brasil. Para isso, convém compreender mais plenamente a história da Mata Atlântica, o que torna prudente recapitular o extraordinário conjunto de circunstâncias que deflagrou o surgimento das florestas na Terra, levando um planeta antes desolado a vestir-se de verde.

O enredo se inicia há cerca de 400 milhões de anos, no final do período siluriano (ver tabela das eras geológicas à página 267). Depois que a crosta terrestre foi sacudida por uma espetacular série de convulsões, o aparecimento de novas montanhas forçou as águas a retrocederem lentamente rumo às bacias oceânicas. Esse recuo do mar deixou atrás de si um rastro de charcos e alagadiços costeiros. No vasto mosaico constituído por essas rasas piscinas rochosas, repletas de água estagnada e limosa, surgiram as plantas que iriam se espalhar pela superfície até então estéril da Terra.

Durante cerca de um bilhão de anos, organismos unicelulares haviam flutuado pelos oceanos primitivos quase sem sofrer transformações. Nos pouco mais de 50 milhões de anos que se seguiram à convulsão do siluriano, porém, os vegetais deram o notável salto evolutivo que os transformou de microrganismos de estrutura muito simples em gigantescas coníferas. Esse processo (que na verdade se desenrolou já em pleno período devoniano) ocorreu porque, nas zonas costeiras pantanosas, as algas aprenderam a "ancorar-se" nas rochas, produzindo estruturas semelhantes a raízes, indispensáveis para o domínio do meio terrestre.

Essas plantas pioneiras só conseguiam se reproduzir dentro da água, através de esporos. O desenvolvimento de estruturas protetoras que impediam o ressecamento desses organismos e de tecidos reforçados que garantiam sua plena sustentação foi a inovação que permitiu aos vegetais colonizar quase toda a Terra. Surgiram, assim, as florestas assombrosamente altas do período carbonífero. Elas eram compostas em sua quase totalidade pelos ancestrais das atuais samambaias, cavalinhas e selaginelas: os chamados "fetos arborescentes".

Por mais de 200 milhões de anos, aquelas sombrias florestas de samambaias gigantes dominaram a Terra. No entanto, durante o período cretáceo, elas começaram a se tornar obsoletas e aos poucos foram substituídas pelas plantas com sementes: um agente de dispersão muito mais eficiente do que os esporos. Iniciou-se assim o domínio da ordem das gimnospermas,[1] como foram batizadas as plantas cujas sementes, por não possuírem um "invólucro" protetor, ficam expostas ou "nuas".

Entre 90 e 65 milhões de anos atrás, uma guinada evolutiva ainda mais extraordinária fez surgir uma nova ordem de plantas: as angiospermas,[2] vegetais que trazem a semente encerrada num "invólucro" ou "recipiente" chamado pericarpo, que corresponde ao fruto.

A dança continental

À medida que o tempo seguia seu avanço, em escala geológica sobre-humana, não só as florestas passavam por grandes modificações. A própria face do planeta estava em mutação constante, pois grandes massas terrestres, deslizando sobre oceanos subterrâneos de magma, travavam sua dança continental como peças de um gigantesco quebra-cabeça.

Foi no cretáceo, quando surgiam as angiospermas, que ocorreram algumas das mais espetaculares transformações na crosta terrestre. Esta até então se dividia em dois grandes blocos: Laurásia (ou continente setentrional, agrupando as atuais América do Norte, Ásia e Europa) e Gondwana (o continente meridional, que reunia América do Sul, África, Índia, Austrália e Antártida).

As convulsões geológicas, acompanhadas pelas transformações climáticas equivalentes, teriam oferecido as condições ecológicas ideais para o surgimento das formações florestais que atualmente recobrem a Terra. Em algum lugar daqueles dois continentes ancestrais, as angiospermas surgiram e começaram a ocupar amplas áreas de todo o planeta.

Em qual daquelas porções continentais surgiram as angiospermas? Durante anos a "hipótese gondwânica" foi a mais aceita: as plantas com frutos e flores surgiram na Gondwana e depois migraram para a Laurásia. Nos últimos tempos, porém, novos registros fósseis vêm fortalecendo a chamada "hipótese boreotrópica": as angiospermas apareceram na Laurásia e dali, via América do Norte, migraram para o hemisfério sul e o colonizaram por volta do eoceno superior.

Pouco antes do eoceno, uma falha geológica de dimensões descomunais começou a se abrir, separando os dois blocos principais da Gondwana: a África e a América do Sul. A geomassa sul-americana não se deslocou apenas para oeste; moveu-se também para o norte, para longe do pólo, em direção ao equador. Esse processo determinou o surgimento do que viria a ser o Atlântico Sul e também permitiu o aparecimento de uma fervilhante zona biótica, localizada na costa leste do novo território continental, onde hoje se estende o litoral brasileiro.

O advento das plantas com vagens

Foi possivelmente também ao longo do cretáceo superior que, dentro do grupo das angiospermas, surgiu aquela que viria a se tornar uma das maiores e mais diversificadas famílias de plantas do planeta: a das leguminosas. Com seus frutos do tipo legume,[3] essas plantas mantêm as sementes protegidas dentro de suas vagens características. Graças a esse engenhoso mecanismo evolutivo, a família revelou tamanha eficácia adaptativa que conseguiu ocupar os mais variados ecossistemas, espalhando-se por quase todas as regiões continentais da Terra, e também diversificar-se em cerca de 18 mil espécies.

Embora os registros fósseis mais antigos e confiáveis apontem o cretáceo superior como o período mais provável para o surgimento das leguminosas, elas talvez não tenham se tornado tão diversas e abundantes antes da era terciária, mais especificamente no eoceno.

Mesmo não sabendo se as leguminosas se originaram nas massas continentais que antes compunham a Gondwana ou naquelas que haviam constituído a Laurásia, não é impróprio conjecturar que a expansão da família esteja diretamente ligada ao surgimento das florestas tropicais.

Dentre todas as florestas tropicais, nenhuma se tornou tão luxuriante, complexa e geneticamente diversificada quanto aquela que, desde o eoceno e ao longo dos 50 milhões de anos que se seguiram, foi se expandindo pelas rugosidades rochosas e pelas planícies adjacentes à Serra do Mar brasileira: o ecossistema que acabaria sendo batizado de Mata Atlântica.

Uma das teorias que procuram explicar o porquê dessa diversidade sugere que a espantosa riqueza biológica da Mata Atlântica se deve ao fato de ela ter sido forçada, ao longo dos milênios, a se adaptar às mais variadas condições climáticas. Entre dois e quatro milhões de anos atrás, quando o continente sul-americano já tinha adquirido sua forma moderna, o globo começou a sofrer prolongadas estações de frio, as chamadas glaciações.[4] Não se sabe exatamente o que estava na origem dessa revolução climática que, aliás, já ocorrera várias vezes antes. Mas sabemos que, somente no último milhão de anos, ao longo do período geológico atual (o quaternário), ocorreram no mínimo quatro e talvez até 17 grandes glaciações.

Durante essas prolongadas "crises glaciais", algumas delas durando até 20 mil anos, as florestas pluviais do domínio tropical atlântico, diretamente relacionadas com um clima quente e úmido, encolhiam-se progressivamente, fragmentando-se e recuando em busca de "refúgio" em vales ocultos. Enquanto isso, cediam espaço para o avanço de campos e savanas, bem como de uma mata típica de climas mais frios e áridos, a chamada "floresta estacional".[5] Era também durante essas "crises

Martius, 1823

glaciais", porém em fases não excessivamente secas, que a floresta subtropical mista, mais conhecida como "floresta de Araucária", expandia sua região de ocorrência, chegando a ocupar vastas extensões do Planalto Central e da região Nordeste. Essas dramáticas modificações climáticas, a constante alternância entre dois tipos distintos de clima e de floresta e a vertiginosa instabilidade do meio ambiente são os ingredientes que teriam assegurado a notável diversidade das espécies vegetais (e animais) que acabaram transformando a Mata Atlântica em um autêntico santuário de vida.

No centro dessa incessante luta pela sobrevivência, em meio a freqüentes ciclos de extinção e renovação (exatamente naquela região e naquele meio ambiente), foi que, há vários milhares de anos, talvez já a partir do período terciário, surgiu, desenvolveu-se e se estabeleceu a árvore hoje chamada de pau-brasil.

A vagem que parece um ouriço

O pau-brasil é uma angiosperma da família das leguminosas e da subfamília *Caesalpinioideae*, uma das três grandes subdivisões das leguminosas. Seu nome científico é *Caesalpinia echinata*. Foi assim classificado e denominado porque certas peculiaridades de sua morfologia floral (especialmente as flores de corola ascendente ou vexilar com pétalas imbricadas[6]), bem como determinadas características de suas folhas compostas bipenadas,[7] apresentam traços comuns aos de outros 153 gêneros de árvores, arbustos e lianas agrupados sob a denominação *Caesalpinioideae*.

Apesar de todas as complexidades que ainda cercam a evolução das leguminosas, podemos afirmar com razoável margem de certeza que, dos três subgrupos que constituem a família, o *Caesalpinioideae* é o mais primitivo (e, portanto, presumivelmente, o mais antigo). Isso porque ele apresenta maiores semelhanças com as espécies fósseis que deram origem às plantas com vagens.

O gênero *Caesalpinia* foi batizado em 1753 por Carl Linnaeus [Lineu], o pai da nomenclatura botânica, em homenagem a Andrea Cesalpino (1519-1603), filósofo e botânico italiano, médico particular do papa Clemente VIII e autor de um dos primeiros sistemas científicos de classificação botânica, o tratado *De Plantis Libri*, publicado em 1583.

Esse importante gênero de leguminosas apresenta enormes dificuldades de classificação devido à extrema variedade das características morfológicas e do tênue leque de afinidades entre as plantas reunidas em um grupo que chega a englobar cerca de 200 espécies. Embora revelem uma distribuição predominantemente pantropical,[8] as cesalpináceas incluem algumas espécies que vivem nas regiões temperadas da América do Norte.

CAESALPINIA echinata.

Martius, 1840

Em síntese, e *grosso modo*, o pau-brasil é uma angiosperma: uma planta florífera, cujos frutos deiscentes[9] e as sementes envoltas na vagem o vinculam à família das leguminosas, enquanto as flores com corola imbricada ascendente ou vexilar e as folhas bipartidas o identificam como integrante da subfamília das cesalpináceas.

Foi batizado de *Caesalpinia echinata*, que quer dizer "cesalpinácea [similar a um] ouriço". Isso porque, entre os sinais mais distintivos da espécie, estão os acúleos,[10] ou espinhos, que revestem a face externa de seu fruto, conferindo-lhe aspecto similar ao do ouriço. Na época do batismo essa característica era exclusiva da espécie brasileira. No entanto, atualmente já conhecemos outras espécies de *Caesalpinia* com esse tipo de revestimento nos frutos.

Embora só possa ser encontrado no seio da Mata Atlântica, onde predominam as florestas pluviais, o pau-brasil é, ao contrário do que julga o senso comum, um elemento típico da floresta estacional. Isso significa que a espécie se desenvolveu e prosperou ao longo dos períodos glaciais, preferindo sempre o clima árido e os solos secos. Era justamente nos momentos de "crise climática"[11] que o pau-brasil, tal como outros elementos da mata estacional, encontrava as condições ideais para expandir-se e delimitar seu território.

A maioria das espécies aparentadas[12] com o pau-brasil revela um padrão de distribuição bastante peculiar. Elas concentram o grosso de suas populações atuais em áreas semi-áridas, ou "estacionais", que abrangem várias formas de vegetação, desde os campos desérticos até as florestas estacionais propriamente ditas.

Na região Sudeste, a presença de um cacto arborescente (*Opuntia brasiliensis*) confere uma aparência bastante especial a esses locais. Ali, o clima se caracteriza por uma forte estação seca e os solos são mais ácidos e menos profundos. Estudos recentes sugerem que essa preferência estaria diretamente relacionada à adaptação de tais espécies aos rigores climáticos que caracterizaram as épocas glaciais do pleistoceno.

Acúleos, ou espinhos, revestindo a face externa do fruto, conferindo-lhe aspecto similar ao do ouriço. Daí o nome Caesalpinia echinata...

Foto: G. P. Lewis

Uma relíquia vegetal?

Foto: H. C. de Lima

As estratégias evolutivas do pau-brasil, mesmo tendo sido estudadas basicamente em árvores cultivadas, ajudam a recontar essa história. E elas apontam em uma única e dramática direção: o pau-brasil talvez seja uma "espécie relictual".[13] Trata-se, muito possivelmente, de uma forma vegetal sobrevivente do fim da era terciária, ou talvez do início do quaternário, quando sua distribuição pelo território que ajudou a batizar certamente foi muito mais ampla.

O fato de ser o pau-brasil uma espécie atípica, apresentando poucas semelhanças com as que compõem o grupo de cesalpináceas no qual foi provisoriamente incluído,[14] reforça as suspeitas de que se trata de uma espécie sobrevivente, cujos "parentes" mais próximos já estariam todos extintos.

Tratando-se de uma angiosperma, não é impróprio iniciar a descrição detalhada da espécie justamente por sua flor. E as flores do pau-brasil, embora durem no máximo entre dez e 15 dias e permaneçam abertas por não mais de 24 horas, são lindíssimas e exalam um adorável aroma cítrico, levemente adocicado.

Elas costumam se reunir em pequenos cachos terminais, raramente brotando nas axilas dos ramos. O cálice, de cor verde-amarelada, de início envolve todas as peças florais e depois, na fase fértil, se abre em cinco lobos reflexos. As pétalas possuem uma intensa coloração amarela, com leves nuances avermelhadas na porção basal. A pétala mediana destaca-se das demais pela presença de uma mancha central vermelho-escura, que se espalha por quase a sua superfície. Essa característica, bem marcante, está associada à estratégia reprodutiva de várias espécies de plantas e talvez funcione como um sinalizador (ou guia) de néctar para os agentes polinizadores.

Embora a biologia reprodutiva do pau-brasil ainda seja tema pouco conhecido, a cor, o tamanho e a morfologia de suas flores sugerem polinização por abelhas. A relação entre os polinizadores e as espécies do gênero *Caesalpinia* é bastante específica, pois já se conhecem espécies polinizadas tanto por beija-flores, borboletas e mariposas como por mangangás ou abelhas. Essa aparente especificidade dos agentes polinizadores vem sendo considerada um dos principais impulsionadores da evolução floral.

No pau-brasil, a estrutura do gineceu e do androceu[15] apresenta-se muito semelhante à da maioria das leguminosas-cesalpinoídeas. Distingue-se pelos poucos estames[16] e pela presença de um ovário unilocular[17] com muitos óvulos. O androceu tem dez estames livres e desiguais e o gineceu apresenta uma coloração alvo-amarelada. É interessante destacar a superfície densamente pilosa do ovário, com pequenos acúleos esparsos, característica que fica ainda mais evidenciada no fruto.

Os frutos são reconhecidos como legumes, ou seja, um tipo de fruto deiscente que, na maturidade, abre-se em duas partes. Tais partes, em geral denominadas valvas, possuem uma "casca" aparentemente espinhosa (diz-se que são "externamente aculeadas"), apresentando um aspecto curvo e retorcido após a deiscência. Essa é uma característica muito peculiar do pau-brasil e de grande valor para distingui-lo das espécies a ele mais aparentadas. Como já se disse, a semelhança entre as valvas do pau-brasil e a carapaça de um ouriço acabou sendo decisiva no momento em que se definiu o nome científico da árvore: *Caesalpinia echinata*.

Além de serem típicos do pau-brasil, os acúleos parecem cumprir o papel de proteger as sementes contra possíveis predadores, como periquitos e maritacas.

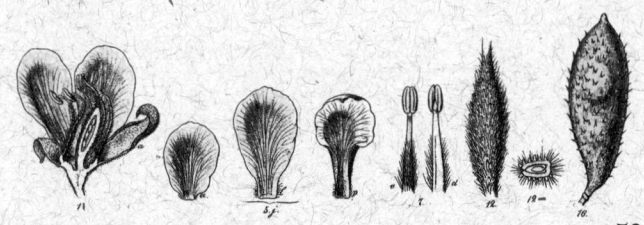

De flores e frutos

Árvores em cultivo de *C. echinata* florescem predominantemente pela primeira vez entre três e quatro anos de idade; já em populações naturais, a floração raras vezes foi observada em plantas com menos de dez anos. O tipo de estratégia de floração é supra-anual: ou seja, a produção de flores numa mesma árvore costuma ocorrer em intervalos superiores a um ano. Tal estratégia possivelmente está relacionada com o alto custo energético desse fenômeno biológico em árvores que precisam se adaptar a ambientes tropicais.

O período de floração é muito curto: no máximo, de dez a 15 dias entre a abertura das primeiras flores e o início da frutificação. As flores são efêmeras e, após a antese,[18] permanecem abertas por apenas 12-24 horas. Tanto a floração como a frutificação ocorrem em épocas diversas nos diferentes locais: no Sudeste, a espécie costuma florescer entre setembro e outubro, enquanto no Nordeste o pico da floração ocorre entre outubro e novembro.

Em ambas as regiões, o início da floração coincide com o final da época seca, pois os botões florais freqüentemente aparecem após as primeiras chuvas abundantes. É bem provável que as variações na temperatura e nos índices pluviométricos exerçam um efeito determinante no rompimento da dormência das gemas florais, particularmente no caso do pau-brasil, que manifesta clara preferência por ambientes mais secos.

Cerca de um mês após a floração, o pau-brasil frutifica (entre outubro e dezembro no Sudeste e entre novembro e janeiro no Nordeste). De 30 a 40 dias mais tarde, os frutos amadurecem e dispersam as sementes. Cada fruto desenvolve de uma a quatro sementes, irregularmente orbiculares e de coloração acastanhada. No momento da abertura das valvas, as sementes são dispersas até 4-5 metros de distância da árvore-mãe. Começam a germinar cerca de quatro ou cinco dias mais tarde, quando se formam as plântulas (ou recém-nascidas) com as primeiras folhas compostas de seis a dez folíolos.

Estudos realizados em fragmentos florestais do estado do Rio de Janeiro sugerem que as taxas de sobrevivência e mortalidade das plântulas variam conforme as condições naturais. Locais onde a disponibilidade de luz é mais alta, como clareiras ou trechos impactados nos bordos da floresta, revelam taxas de mortalidade menores e maior número de plântulas. É um indício de que a intensidade da luz em lugares mais abertos da floresta influencia positivamente as taxas de crescimento do pau-brasil. Isso, além de mostrar que se trata de uma árvore que poderia desempenhar muito bem o papel de colonizadora em trechos degradados nas bordas da floresta úmida, é outra evidência sólida relacionando a espécie com as fases mais secas do pleistoceno.

Bibliothèque Centrale du Muséum National d'Histoire Naturelle / Paris

Bois de Brésil, Chaumeton, 1815

BOIS DE BRÉSIL.

Entre sol e chuva

Podemos supor que, entre 18 e 13 mil anos atrás, quando o último período glacial atingiu seu ápice e a temperatura média era 5°C inferior às atuais,[19] o pau-brasil tenha alcançado também o apogeu de seu domínio territorial. Assim como outras espécies da floresta estacional, a árvore estaria disseminada por um território muito mais amplo do que o atual.

Quais as dimensões e limites desse espaço?

A presença de elementos florísticos típicos tanto da caatinga nordestina como do Chaco sul-americano nos raros trechos de matas secas ainda existentes na costa brasileira permite supor que a abrangência das formações semi-áridas era tal que uma paisagem bastante similar à caatinga se esparramava por quase todo o atual território brasileiro.

Conforme as investigações do geógrafo Aziz Ab'Sáber, há cerca de 15 mil anos o braço sul da caatinga descia até o norte do estado de São Paulo e centro-sul de Minas, enquanto as formações semi-áridas procedentes das zonas secas da Argentina expandiam-se através de um ramo costeiro pelo Uruguai e Rio Grande do Sul até o sul da Bahia, ocupando toda a antiga faixa litorânea. Esta, cabe lembrar, era cerca de 50 quilômetros mais larga do que a atual, pois o congelamento das calotas polares provocava o recuo do mar.

Esse padrão de distribuição fitogeográfica não era, nem é, uma exclusividade do pau-brasil: a maior parte das 200 espécies de *Caesalpinia* habita predominantemente regiões tropicais/subtropicais mais secas ou semidesérticas. Na América do Sul, essa preferência abrange 90% das espécies do gênero.

Por volta de 13 mil anos atrás, o clima começou a mudar mais uma vez. O progressivo degelo dos glaciares provocou grandes transformações nas correntes marítimas e nos centros de alta pressão atmosférica. A primeira conseqüência foi o surgimento de um

54

clima tropical seco. Porém, quando a corrente das Falklands começou a recuar, entre dez e oito mil anos atrás, permitindo que a corrente quente do Brasil empurrasse mais umidade para dentro do continente, grandes massas de ar tropical (sopradas pelos ventos alísios e acompanhadas de chuvas freqüentes) tornaram o ambiente cada vez mais quente e úmido. Assim, a floresta tropical pluvial avançou vigorosamente, reclamando outra vez um espaço que já fora seu e alargando seus domínios por 3.500 quilômetros ao longo da costa.

Foi em meio a esse ciclo de transformações climáticas que marca a transição do pleistoceno para o atual holoceno que, pela primeira vez, uma árvore de pau-brasil foi avistada por um ser humano.

Os símios se erguem

Embora as florestas, especialmente as tropicais, sejam um ambiente inóspito para os humanos, o homem é essencialmente um ser florestal. Não restam dúvidas de que os primatas, nossos ancestrais simiescos, surgiram nas florestas da África tropical. Foi há cerca de 4,5 milhões de anos, nas regiões onde hoje se localizam a Etiópia, a Somália e o Quênia, que alguns símios desceram das árvores e começaram a andar sobre duas pernas, tornando-se, assim, os primeiros bípedes. Ironicamente, esse processo só teria sido deflagrado depois que mudanças climáticas radicais e uma seqüência de erupções vulcânicas (que originaram o Grande Vale da África) transformaram a floresta em savana, diminuindo os recursos alimentares e forçando os primatas a se locomoverem ao rés do chão, em busca de abrigo e comida.

Outros dois milhões de anos ainda seriam necessários antes que aqueles "símios de pé" se tornassem hominídeos. O fato é que, uma vez iniciada sua marcha, a humanidade nunca mais deixou de se locomover. Tais andanças acabariam levando bandos dispersos

Bibliothèque Centrale du Muséum National d'Histoire Naturelle / Paris

Bois de Pernambouc, *Descourtilz*, 1829

de caçadores nômades a cruzar a ponte de gelo que, durante os períodos glaciais, unia as atuais estepes da Sibéria às gélidas planícies do Alasca. Assim eles descobriram o caminho rumo ao único continente que ainda não fora colonizado pela raça humana.

Não sabemos exatamente quando (ou mesmo por quais rotas) os primeiros humanos chegaram à América. A maioria dos contingentes populacionais que colonizou o Novo Mundo parece ter utilizado a via do estreito de Bering. Nesse caso, seu avanço estaria diretamente ligado aos períodos glaciais: únicos momentos em que se estabelecia a ligação terrestre entre a Ásia e o extremo noroeste da América.

Boa parte das datações continua imersa em acirrada polêmica. Mas interessa ressaltar que há pelo menos 12 mil anos (coincidindo, portanto, com o fim da última glaciação e o resoluto avanço da floresta tropical pluvial), as zonas ao redor da Mata Atlântica já eram percorridas por grupos indígenas de caçadores-coletores.

Para os primeiros humanos que se instalaram na região, a floresta não parece ter representado uma zona de grande interesse: seu foco estava muito mais direcionado para as vastas manadas de mamíferos integrantes da chamada megafauna (mastodontes, megatérios, gliptodontes e tigres-dentes-de-sabre). E aqueles animais não viviam na mata, mas nos arredores da grande floresta, nos cerrados e nas planícies do sul.

Quando aquelas presas, outrora tão numerosas, desapareceram (provavelmente extintas pela caça excessiva, por volta de oito mil anos atrás), nem assim os grupos de caçadores-coletores se instalaram no seio da mata. Boa parte deles parece ter-se transferido para a zona litorânea, território rico em recursos alimentares (peixes, sal e especialmente mariscos e ostras). Ali, eles ergueram os grandes montes de conchas conhecidos como "sambaquis".

Entre os Tupi e os caras-pálidas

Ao redor do ano zero da era cristã, integrantes do grupo Tupi-guarani chegaram para ocupar a região, expulsando ou absorvendo os demais contingentes indígenas que ali viviam, especialmente os chamados "homens dos sambaquis". Os Tupi-guarani eram povos genuinamente florestais, nativos da região amazônica, talvez originários dos pequenos vales formados pelos afluentes da margem direita do rio Madeira (por sua vez, um dos tributários do Baixo Amazonas).

Tendo desenvolvido novas técnicas de plantio de mandioca, os Tupi-guarani viram aumentar consideravelmente a população de suas aldeias. Esse processo, somado a uma seca prolongada e à desertificação parcial de seu território tribal (provocada também por suas próprias técnicas agrícolas), levou-os a empreender uma migração em larga escala, em busca de novas terras.

Por volta do ano 150 d.C., os Tupi já tinham conquistado quase toda a costa do Brasil, desde o Rio Grande do Sul até o Ceará. Instalaram-se, por coincidência, no mesmo território ocupado pelo pau-brasil. Mas parece que nunca houve uma ligação estreita entre esses indígenas e a árvore que acabaria ajudando a batizar o Brasil. Sabemos que os Tupi serviam-se de pau-brasil para tingir de vermelho penas brancas de uma espécie de galináceo. Mas, como veremos no capítulo *A feitoria da ilha do Gato*, os nativos certamente dispunham de outras tinturas naturais cujo uso implicava menos esforço do que aquele exigido pelo abate de um tronco tão duro.

Detalhe do atlas Lopo-Homem-Reinéis, c. 1519

Não há dúvida de que o pau-brasil fazia parte da vida cotidiana dos Tupi e de outros povos indígenas da floresta brasileira, já que vestígios arqueológicos comprovam que era uma das lenhas de uso mais freqüente nas fogueiras acesas para cozinhar ou aquecer.

Testemunhos oculares confirmam essa preferência: "Como lá [no Rio de Janeiro] fizemos muita fogueira com pau-brasil", escreveu em 1578 o viajante francês Jean de Léry, "pude observar que não é madeira úmida, mas naturalmente seca, queimando com muito pouco fumo." Três séculos mais tarde, em sua *Corografia Brasílica*, publicada em 1817, o padre e pesquisador Aires de Casal afirmava que "no fogo [o pau-brasil] estala muito, não faz fumaça e produz uma luz muito clara".

Sabemos também, com base em relatos históricos (dos quais o mais importante é aquele escrito em 1557 por Damião de Góis, cronista oficial do reino de Portugal), que os Tupi empregavam o pau-brasil para fazer arcos. A dureza da madeira e o seu uso para fins bélicos ajudam a explicar por que tantos nativos eram batizados com o mesmo nome que os indígenas usavam para designar a árvore: *ibirapitanga*.

Fosse qual fosse a efetiva ligação dos Tupi com o pau-brasil, ela se transformaria por completo a partir do dia 22 de abril de 1500. Afinal, menos de dois anos depois do descobrimento oficial do Brasil, a ibirapitanga começou a se tornar a árvore mais importante na história dos povos indígenas que ocupavam o litoral brasileiro e, ainda que indiretamente, uma das principais responsáveis pelo processo que os conduziria ao extermínio.

O pau-brasil e o curso da história

Em 1500, embora as condições climáticas (bastante similares às de hoje) não fossem as mais favoráveis para a expansão do pau-brasil, a árvore vicejava em grandes contingentes em meio à floresta tropical, espalhando-se talvez desde o Rio Grande do Norte até o sul do Rio de Janeiro. Seriam alguns milhões de exemplares: o número exato jamais será conhecido. Bernardino José de Sousa (em 1938) e Warren Dean (em 1989) dispuseram-se a fazer esse recenseamento e chegaram à conclusão, talvez um tanto exagerada, de que só durante o primeiro século da exploração européia (1502-1602) cerca de dois milhões de pés de pau-brasil teriam sido derrubados, afetando uma área com seis mil quilômetros quadrados.

Que tamanho e que idade teriam essas árvores?

Ao lado, provavelmente o maior e mais velho exemplar vivo de pau-brasil conhecido hoje no Brasil, na Reserva de Tapacurá, em Pernambuco. Por estar em local de difícil acesso, os técnicos da reserva acreditam que seja sobrevivente da época do descobrimento.

Staden, 1557

Os relatos de viagens do século XVI descrevem exemplares de dimensões gigantescas, cujos troncos superariam as braçadas de 20 homens. Contudo, a *Caesalpinia echinata* é uma espécie de porte arbóreo mediano que raramente apresenta altura superior a 20 metros. O exagero de alguns cronistas coloniais é desmascarado pela própria iconografia produzida ao longo daquele século: as árvores representadas jamais possuem grandes dimensões e suas toras (tanto as armazenadas como as transportadas pelos indígenas) não ultrapassam as medidas do dorso de um homem.

O tronco das grandes árvores adultas atualmente observadas na natureza varia entre 30 e 50 centímetros de diâmetro, raras vezes atingindo 70 centímetros. Na base do tronco é comum haver reentrâncias ou pequenas expansões, comumente chamadas de sapopemas. A casca possui coloração acinzentada, embora nas árvores adultas, após o desprendimento de placas irregulares, surjam, por toda a superfície do tronco, manchas castanho-avermelhadas bem características.

A copa é bem irregular, com tendência a se tornar circular, repleta de galhos em sua maioria ascendentes e de tom cinza-claro nas partes mais velhas e verde-escuro nas terminações. Os ramos mais novos geralmente são providos de acúleos. Os acúleos também aparecem na casca do tronco de indivíduos mais jovens; eles são resistentes, mas pouco pronunciados, providos de uma pequena expansão curva e pontiaguda com cerca de um centímetro de comprimento. O tronco em si geralmente apresenta-se irregular, com tendência a ramificar desde cedo, poucas vezes possuindo mais do que cinco metros desde a base até o início das ramificações.

O lenho do pau-brasil é muito duro e pesado, com a coloração do cerne (a parte que assegurou a fama da árvore) variando do castanho-alaranjado ao castanho-avermelhado e às vezes chegando ao vermelho-escuro, de uma tonalidade semelhante à do vinho tinto. Com a exposição ao ar após o corte da árvore, o

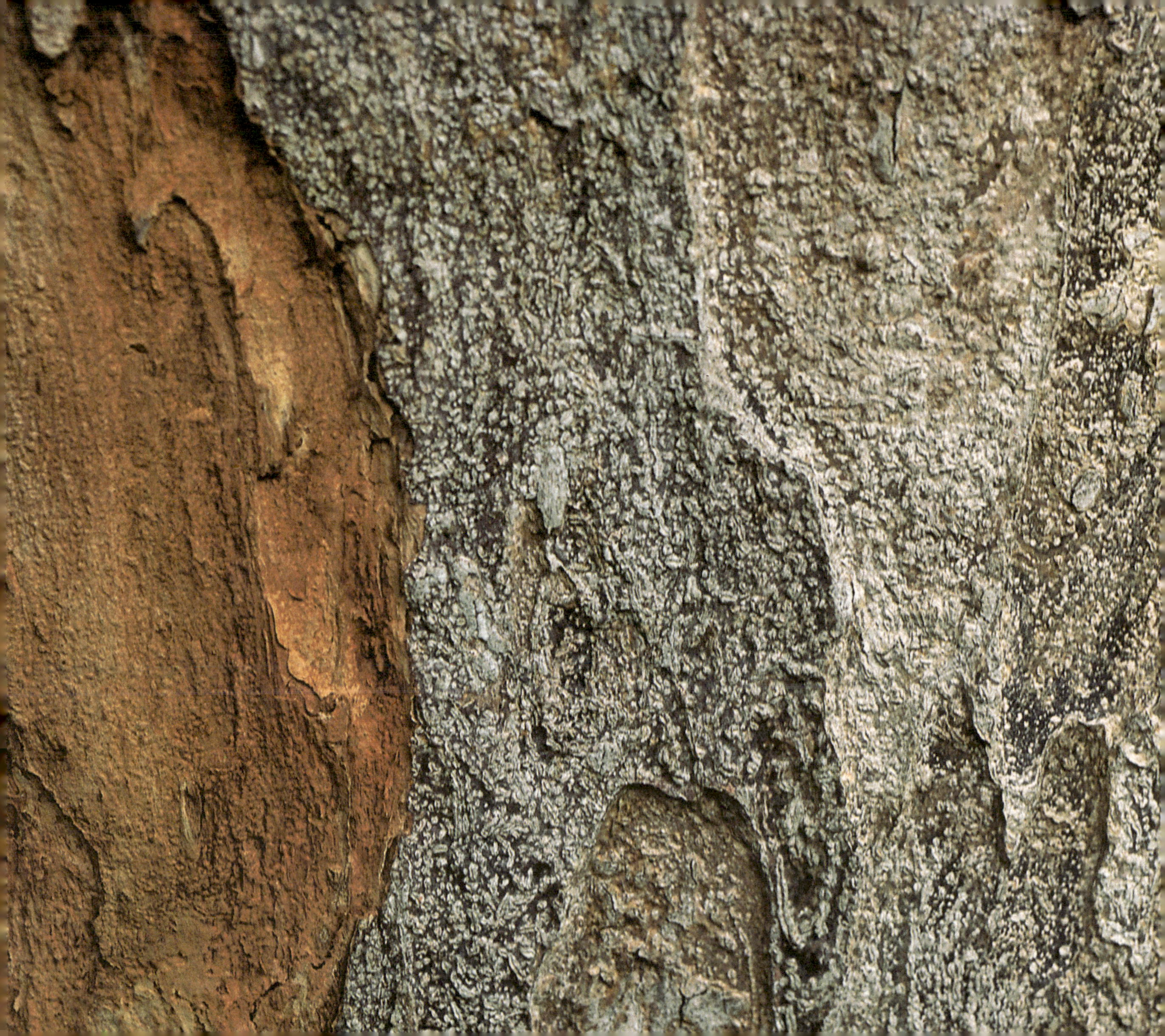

cerne se torna mais escuro, diferenciando-se nitidamente do alburno esbranquiçado (ou amarelo) que constitui a parte mais jovem e externa do lenho. O alburno era desbastado e apenas o cerne do pau-brasil (reduzido a toras de um a dois metros de comprimento) seguia para a Europa, a fim de ser moído e transformado em pó. O pó era usado pela indústria tintorial da França e da Itália, num processo que será explicado, em seus aspectos técnicos e econômicos, em diferentes capítulos deste livro.

O que importa ressaltar aqui é que as variações na dureza e na coloração do cerne podem estar relacionadas com a idade ou o tipo de ambiente (mais seco ou mais úmido) no qual a árvore se desenvolve. Apesar dos dados ainda incompletos, novos estudos parecem indicar que outros fatores (a localização geográfica, por exemplo) estão relacionados com a dureza e a coloração do lenho, tal como o formato, a disposição e o número de folhas.

Folhas e genes: novas variedades e subespécies?

O pau-brasil possui folhas compostas e bipenadas, com 3-10 pinas e, em cada pina, 3-21 folíolos oblongo-trapeziformes.[20] A segmentação das folhas é uma das características mais comuns das leguminosas. Supõe-se que sua origem esteja numa folha simples que sofreu o processo de divisão da lâmina foliar. As subdivisões de primeira ordem são chamadas de pinas, enquanto as de segunda ordem são os folíolos.

No caso do pau-brasil, constatou-se a existência de populações com folhas cujas pinas e folíolos, embora mais numerosos, são menores (5-10 pinas e 12-21 folíolos de cerca de quatro centímetros) e o lenho freqüentemente possui tonalidade castanho-alaranjada. Esse é o grupo mais comum, encontrado em vários trechos da costa atlântica, desde o Rio Grande do Norte até o Rio de Janeiro.

Por outro lado, em certas porções do litoral da Bahia e do Espírito Santo, foram observadas populações com pinas e folíolos menos numerosos, porém maiores (3-5 pinas e 3-8 folíolos de mais ou menos sete centímetros) e com um lenho laranja-avermelhado. Exemplares com tais características foram, durante muitos anos, conhecidos apenas em cultivo, na Reserva Biológica de Sooretama (ES) e no Jardim Botânico do Rio de Janeiro.

Por fim, existe um terceiro tipo ecológico que possui amplos folíolos (alguns dos quais com até 12 centímetros de comprimento) e cujo lenho, muito escuro, apresenta uma intensa coloração vermelha enegrecida. Uma população com indivíduos que possuem essas diferenças marcantes foi observada na região do vale do rio Pardo, no sul da Bahia. Alguns jovens exemplares com as mesmas características estão sendo cultivados no Jardim Botânico do Rio de Janeiro.

Essas variações na morfologia foliar e na coloração do lenho sustentam a hipótese de que existem diferenciações geográficas nas populações de pau-brasil. Já está comprovado que a maior diversidade

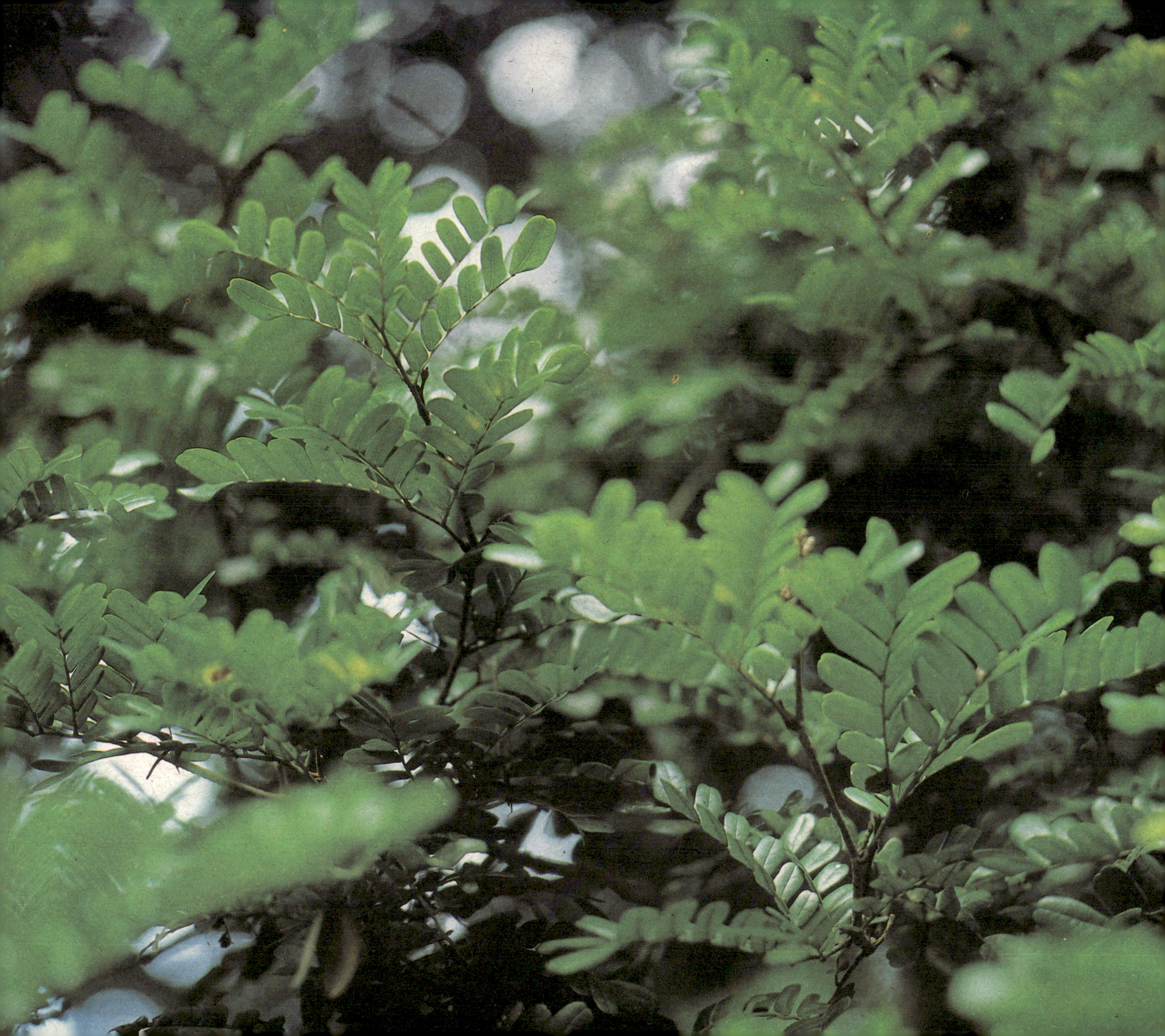

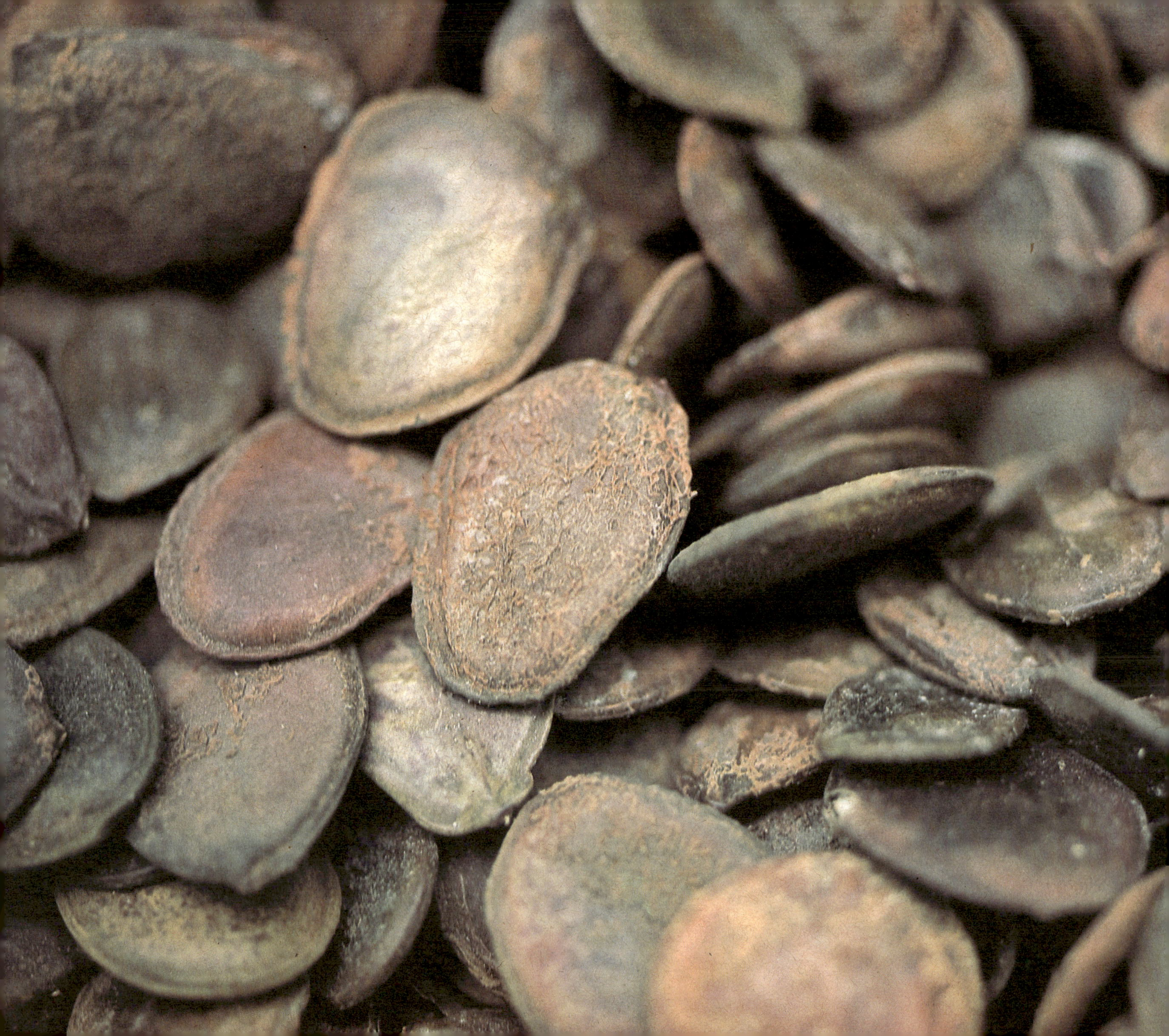

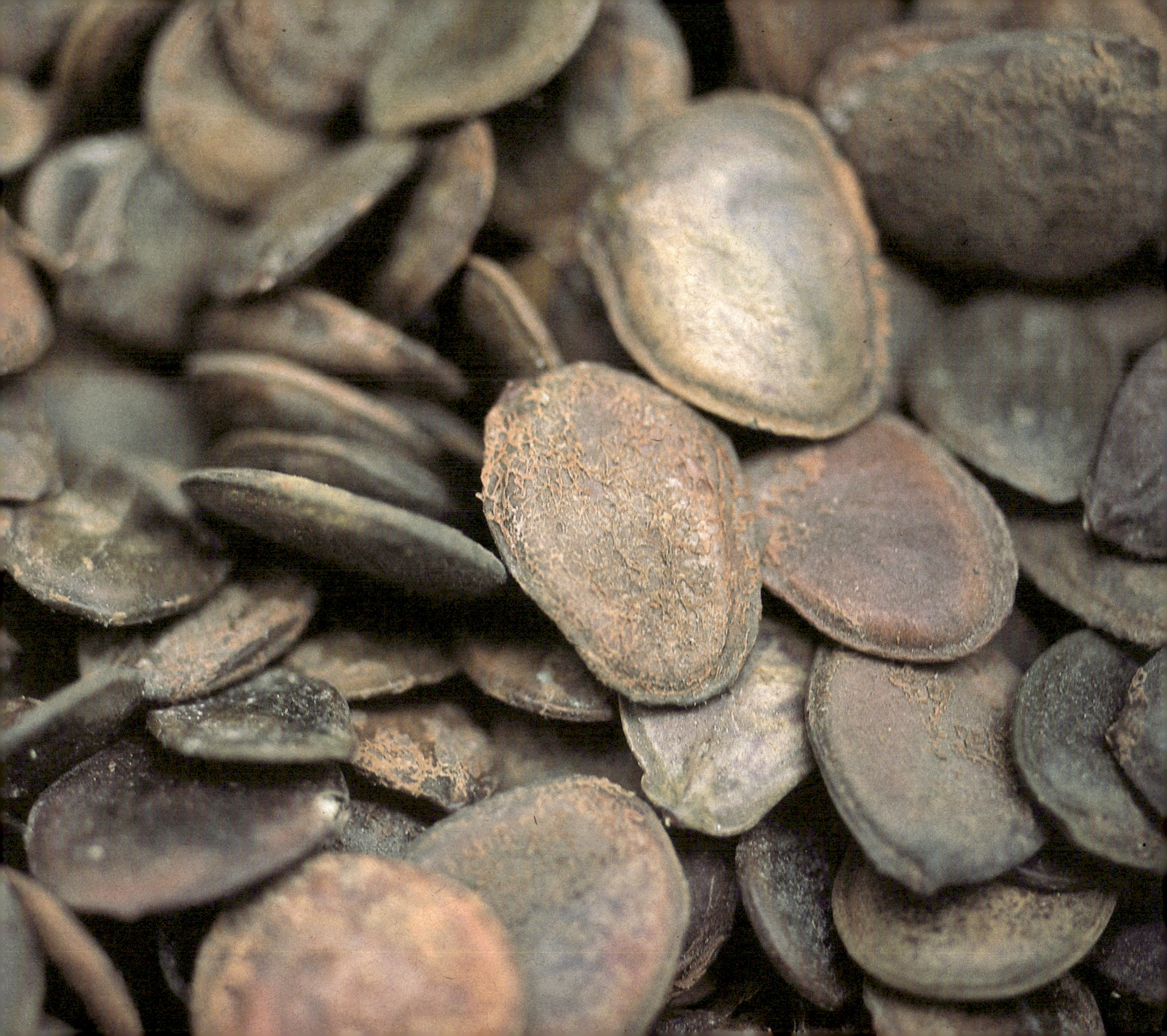

de variações ocorre entre o sul da Bahia e o norte do Espírito Santo: um trecho da costa brasileira que tem sido apontado como um dos maiores centros de diversidade da Mata Atlântica. De todo modo, embora o pau-brasil continue sendo reconhecido como uma única espécie, novos estudos possivelmente virão a comprovar, no futuro, a necessidade de distinguir pelo menos algumas variedades e subespécies.

Estudos recentes já comprovaram a existência de diferenças genéticas, anatômicas e morfológicas entre populações distintas. Mas os dados obtidos até agora não são sólidos o bastante para permitir

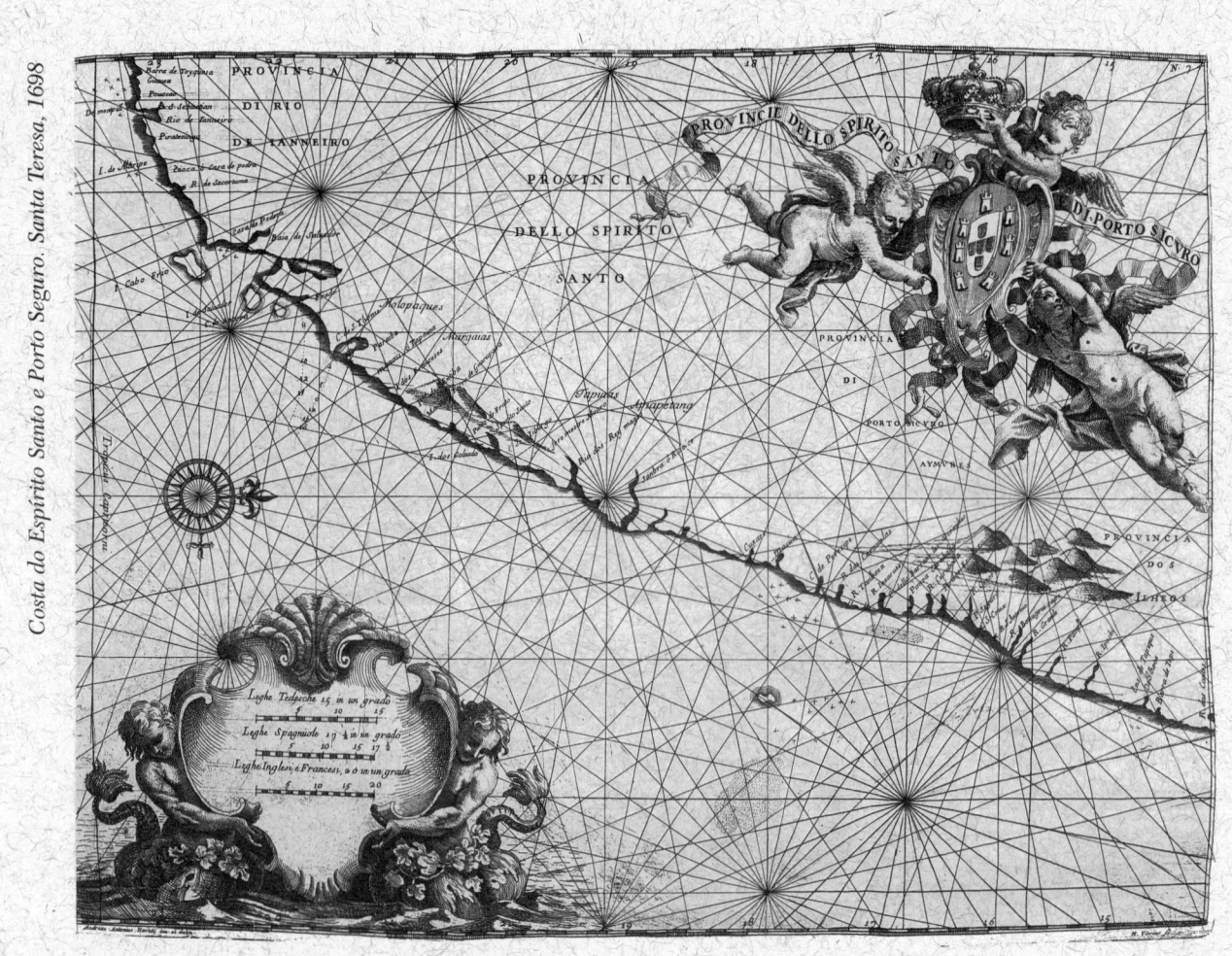

Costa do Espírito Santo e Porto Seguro. Santa Teresa, 1698

o reconhecimento oficial de possíveis subespécies. Nas cinco populações de *C. echinata* analisadas no Espírito Santo, Bahia e Rio de Janeiro, o estudo das diferenças genéticas revelou que 28,4% da variação total pode ser atribuída a diferenças geográficas, 29,5% a diferenças populacionais e 42,1% à variação individual.

Embora a literatura histórica mencione, desde o século XVI, a existência de vários tipos diferentes de pau-brasil, ainda não foi possível relacionar as variações descritas pelos antigos cronistas com as populações citadas há pouco. O padre Aires de Casal compilou as supostas "espécies" de pau-brasil citadas pelos viajantes e observadores do período colonial:

. o *brasil-mirim* (ou ibirapitanga-brasil), de "tronco mais grosso, casca mais vermelha e folha mais miúda" e cuja tinta supostamente era a de melhor qualidade;

. o *brasil-açu*, ou rosado, de "tronco mais alto, mais direto e menos grosso, do qual se extrai uma tinta menos consistente, mais rosada"; e

. o *brasileto*, teoricamente "o pior de todos", já que dava "pouca tinta, e mesmo essa, esmaiçada".

Em face dos perigos que rondam a própria sobrevivência do pau-brasil como espécie, existe a necessidade urgente de estudos para resgatar informações históricas que permitam identificar com clareza os locais de procedência desses diferentes tipos de pau-brasil.

Paus de mil anos?

Importa salientar que o pau-brasil é uma espécie de crescimento lento, embora, também nesse caso, existam diferenças consideráveis relacionadas tanto com a região onde as árvores ocorrem quanto com o fato de se tratar de exemplares nativos ou cultivados. No Nordeste, por exemplo, o pau-brasil revela um crescimento mais lento do que o de plantas cultivadas em São Paulo. Enquanto essas últimas chegam a medir mais de nove metros com apenas 12 anos de idade, em Pernambuco, indivíduos nativos com mais de 50 anos pouco ultrapassam a mesma altura.

No interior do tronco das árvores jovens predomina o alburno: a parte mais clara, menos densa e exterior do lenho. O cerne, de coloração avermelhada menos ou mais intensa, geralmente só aparece depois que as árvores já têm mais de dez anos de idade. Constatou-se também que árvores com mais de 70 anos de idade praticamente já não possuem alburno. O desenvolvimento do cerne é bastante variável, revelando-se mais denso e escuro nas árvores encontradas em florestas nativas (que crescem mais lentamente) do que naquelas cultivadas em plantações.

Corte transversal do tronco, mostrando o alburno e o cerne do pau-brasil.

N O
O C
AMERICA
MERIDIO
BRASI
GVIANA
GVARANIES
TVCVMAN
Parime Lacus
Epuremei
Muchikery
Manoa ó el Dorado
Arowaccas pop
XARAYES
Lago de los Xarayes
MOIAS
Marquires
Cheriabonas
MOXOS
CAPIT DE LA BAHIA
CAPIT DE PORTO SEGURO
CAP DE SPIRITU SANTO
CAPITAN DE RIO DE IANEIRO
CAPIT DE RIO GRANADE
CAP. DE TAMARACA
CAPIT DE PER NABUCO
CAP DE ILHEOS
S. Paulo
I de Fernand de Loronho
A. Trinidade
S Maria de Agosta
Ascencion
Quirandies
Chaurraes
Diaguitas
Iuries

Nada impede supor que os primeiros europeus a se envolverem com o tráfico de pau-brasil tenham encontrado exemplares dessa árvore com quatro ou cinco séculos de existência. Quem sabe chegaram mesmo a avistar exemplares com mil anos? Mas, se indivíduos tão longevos de fato existiram, certamente foram exceções e não regra. A regra, estabelecida com base em recentes estudos sobre a longevidade de árvores tropicais, aponta para idades que variam entre 400 e 500 anos. Tais dados são controversos, por causa de problemas metodológicos, mas as pesquisas nesse campo estão avançando com muita rapidez.

O mito da inexistência de anéis de crescimento no lenho de árvores tropicais, por exemplo, caiu por terra recentemente e isso contribuiu para uma nova compreensão do problema. Apesar de nunca terem sido realizadas pesquisas sobre anéis de crescimento em lenhos de pau-brasil, a análise do diâmetro de determinados troncos, comparada com a taxa média de crescimento anual, permite estimar que a idade de certos exemplares existentes em reservas no sul da Bahia é superior a 400 anos.

Pau para toda tese

Vários relatos testemunhais, supostamente fidedignos, asseguram que, entre os séculos XVI e XVII, o pau-brasil disseminava-se amplamente por toda a costa brasileira, desde o Rio Grande do Norte até o Rio de Janeiro. É importante salientar que se trata de depoimentos históricos, sem base em análises ou fundamentos botânicos. A confirmação (ou não) dessa hipótese ainda depende de pesquisas mais aprofundadas.

Eis outra tese que tem sido aceita sem maiores contestações: os portugueses perceberam instantaneamente a existência de árvores de pau-brasil em meio ao espesso emaranhado da Mata Atlântica e até mesmo enviaram para Lisboa, com as cartas que davam ao rei notícia da descoberta do Brasil, as primeiras amostras da madeira.

Trata-se de uma falácia, perpetuada a partir do relato do cronista real Gaspar Correia, escrito cerca de 50 anos depois do desembarque de Cabral em Porto Seguro. Tal afirmação não encontra eco em nenhuma fonte documental anterior. O próprio Pero Vaz de Caminha, observador meticuloso e testemunha ocular dos episódios desenrolados ao longo do descobrimento oficial do Brasil, não faz referência alguma ao pau-brasil em sua famosa e fascinante Carta.

Detalhe da costa do Brasil no mapa de Montanus, em 1671.

Embora os aspectos gerais do pau-brasil sejam realmente de fácil visualização, permitindo reconhecer a espécie sem maiores problemas, a situação se modifica por completo quando se trata de identificá-lo em meio à febril diversidade da Mata Atlântica, onde em um único hectare chegam a se concentrar 270 a 350 espécies. Esse tema será discutido no próximo capítulo, *O enigma do pau-brasil*.

O fato é que, quando enviaram uma missão exploratória para averiguar as possibilidades mais imediatas de lucro comercial oferecidas pelo território recém-desvendado, os portugueses constataram a existência de densas concentrações de pau-brasil em determinadas porções da costa local. Tanto é que, já em 1503, instalaram uma feitoria para estocar o produto antes de embarcá-lo para Lisboa. Exatamente onde se localizava o primeiro estabelecimento europeu construído em terras sul-americanas é um assunto que será discutido no capítulo *A feitoria da ilha do Gato*.

Registros históricos incontestáveis comprovam que amplas reservas de pau-brasil realmente se concentravam em pelo menos três regiões específicas da costa: a primeira ficava entre Cabo Frio e o Rio de Janeiro, justamente onde foi erguida a primeira feitoria portuguesa; a segunda se espraiava pelas cercanias de Porto Seguro, no sul da Bahia; e a terceira, talvez a maior, se concentrava entre a ilha de Itamaracá e a atual cidade do Recife.

Essas três principais áreas de exploração histórica do pau-brasil coincidem com trechos da costa brasileira onde estão concentrados os mais importantes núcleos de florestas estacionais litorâneas: as planícies arenosas e os tabuleiros do Nordeste, do sul da Bahia e norte do Espírito Santo e da Região dos Lagos, no Rio de Janeiro. Estudos recentes mostraram as íntimas relações entre as floras de tais redutos, além de evidenciar as nítidas diferenças em relação à flora de trechos de florestas úmidas, considerando-os como locais onde hoje se encontram altas concentrações de endemismos.[21]

Tanto aquelas três como todas as demais reservas de pau-brasil foram, desde o princípio do ciclo econômico dedicado à extração da árvore, exploradas com sofreguidão e imprudência. Os europeus que se dedicavam ao tráfico da madeira tomaram uma única precaução (e ainda assim eventual), com base na experiência prática ou talvez em informações transmitidas pelos indígenas: perceberam que, para fins de tinturaria, as árvores deveriam ser abatidas na lua nova durante o inverno e no quarto crescente no verão. Ainda assim, tanto o abate como o armazenamento e o transporte foram feitos com tal descuido que as queixas de clientes e tintureiros europeus eram freqüentes, como se verá em *Moda e tecnologia*.

De árvores e homens: uma pequena história botânica do pau-brasil

Tendo tratado com tamanho desleixo uma valiosa carga comercial, podemos supor que nem portugueses nem franceses (os principais traficantes do chamado pau-de-tinta) jamais se preocuparam em estudar minimamente os aspectos botânicos e a ecologia da árvore, e muito menos em articular qualquer estratégia preservacionista. Pelo contrário: apenas estimularam os indígenas a perpetrar um autêntico massacre nas reservas existentes ao longo do litoral.

Como os lusos e os gauleses, também os holandeses ganharam muito dinheiro com o pau-brasil, talvez até mais que seus predecessores. Mas foram justamente os holandeses, por iniciativa de Maurício de Nassau (autêntico príncipe renascentista desembarcado no Brasil, verdadeiro mecenas interessado em financiar as artes e promover a ciência), os primeiros a estudar *in loco* e com critérios científicos as características botânicas do já célebre pau-de-tinta.

O feito coube a dois notáveis cientistas holandeses, ambos trazidos ao Brasil por Nassau: os jovens George Marcgrave e Willem Piso. Marcgrave realizou várias expedições botânicas na zona de ocupação holandesa no Brasil e possivelmente coletou exemplares de pau-brasil no atual estado de

Retrato de Maurício de Nassau em Barlaeus, 1647.

Alagoas. Seus estudos foram publicados em 1648, na célebre *Historia Naturalis Brasilae*, com direito até a uma ilustração de um ramo de pau-brasil. Mais tarde, em 1685, a espécie seria redescrita por Piso, que acrescentou alguns detalhes sobre o lenho, além de fazer uma série de observações sobre o seu hábitat natural.

O estudo de Piso e Marcgrave foi a primeira investigação *in loco*, mas é preciso salientar que não se tratava da primeira referência científica feita ao pau-brasil. A primazia coube ao genial botânico suíço Gaspard Bauhin, que em 1629 publicou uma obra clássica listando quase todas as plantas conhecidas naquele início de século XVII.

Em 1691, o pau-brasil foi batizado pela terceira vez (já se chamava ibirapitanga e pau-brasil, além do apelido pragmático: pau-de-tinta). Esse terceiro batismo configurou sua primeira designação científica: *Acacia gloriosa* foi o nome proposto pelo botânico Leonard Plukenet.

Apesar de pioneiro, poético e elogioso, esse binômio original caiu em desuso, porque foram considerados inválidos todos os nomes científicos estabelecidos antes de 1753. Naquele ano, afinal, foi publicada a monumental *Species Plantarum*, obra clássica de Lineu, marco original da nomenclatura científica para espécies botânicas. Embora tenha renomeado e redescrito inúmeras espécies já conhecidas na literatura botânica, Lineu não fez nenhuma referência ao nome proposto por Plukenet para o pau-brasil.

Assim sendo, o famoso pau-de-tinta só voltaria a entrar na história da ciência 32 anos depois de estabelecido o sistema de classificação de Lineu. Foi em 1785, quando o extraordinário botânico francês Jean-Baptiste Lamarck, bastante conhecido por seus estudos sobre a teoria da evolução, encarregou-se de descrever o pau-brasil de acordo com as novas regras nomenclatórias, denominando-o então *Caesalpinia echinata*, a designação que iria se consolidar e que até hoje se mantém.

Apesar de sucinta, a descrição de Lamarck continha todos os requisitos exigidos pela literatura científica e, embora essa afirmação ainda exija uma investigação mais aprofundada, seus estudos teriam sido feitos com base em um espécime coletado no Rio de Janeiro. O exemplar originariamente estudado por Lamarck está sob a guarda do Museu de História Natural de Paris.

Poucos anos depois, outro espécime também coletado no Rio de Janeiro se tornaria objeto do primeiro estudo botânico do pau-brasil levado a cabo por um brasileiro. Foi somente em 1829 que o frei franciscano José Mariano da Conceição Veloso publicou sua legendária *Flora Fluminensis*, uma obra clássica e pioneira sobre as plantas existentes no Rio de Janeiro e arredores. Mas frei Veloso iniciou suas pesquisas em 1790, descrevendo o pau-brasil sob o binômio de *Caesalpinia vesicaria*. O

Maximilian, Prince of Wied-Neuwied, 1817

bom frei equivocou-se, aplicando à planta fluminense o nome dado por Lineu a uma espécie nativa da América Central. Apesar do deslize, sua detalhada descrição (feita a partir de um exemplar coletado em Itacuruçá, no sul do estado do Rio de Janeiro) ampliou o conhecimento sobre as características da espécie, já que frei Veloso analisou as folhas, flores e frutos do pau-brasil, além de publicar o verbete acompanhado por uma bela e precisa ilustração.

Alguns anos mais tarde, já na segunda década do século XIX, o nome proposto por Lamarck estava bem estabelecido na literatura botânica e começou a ser citado com freqüência em várias obras clássicas sobre plantas do Brasil. São dessa época algumas das mais notáveis publicações que redescrevem o pau-brasil, entre as quais se destacam as monumentais monografias sobre as leguminosas preparadas por Augustin Pyrame de Candolle e George Bentham, respectivamente em 1825 e 1870.

Não podemos negar que nos últimos anos houve um significativo aumento na literatura botânica sobre o pau-brasil. Mas é perturbador constatar que a maioria desses textos apenas perpetua os erros e acertos compilados nos dois últimos séculos: alguns autores ainda divulgam informações equivocadas, tais como a ocorrência do pau-brasil na região amazônica e no Brasil Central. Pesquisas recentes investigaram com mais precisão a situação atual do pau-brasil na natureza, fornecendo dados preciosos sobre seu hábitat e área de ocorrência e discutindo determinados aspectos de sua variabilidade genética.

O desconhecimento sobre as complexidades do pau-brasil ainda é muito grande. Existem vastas lacunas sobre os vários aspectos relativos à biologia dessa espécie, particularmente sua reprodução, seu crescimento e outros atributos ecológicos. Tal desconhecimento parece funcionar como um incentivo adicional para aqueles que continuam abatendo a árvore que é um símbolo do Brasil. É esse abate sistemático e ilegal que vai pavimentando uma via expressa para a extinção da espécie. E a extinção do pau-brasil, como se verá em *Raízes do futuro*, último capítulo deste livro, é uma possibilidade aterradoramente real.

E que talvez esteja mais próxima do que julgamos.

O enigma do pau-brasil

Fernando Lourenço Fernandes

Presença dos portugueses nas Índias, em tradução alemã do texto de Pedro Alfonso Malheiro, capelão do Cardeal Arcebispo do Porto.

Em maio de 1504, cinco anos após o retorno de Vasco da Gama da primeira viagem marítima para a Índia, a república de Veneza, até então virtual detentora do monopólio da venda de especiarias do Oriente para a Europa, decidiu agir com rigor na tentativa de resguardar seus interesses, abalados pela rota que os portugueses conseguiram desvendar.

Entre várias medidas, o Conselho dos Dez (senado) de Veneza autorizou o envio de dois agentes, um para o Cairo e outro para Portugal. Benedetto Sanuto, o emissário que partiu para o Egito, estava incumbido de propor ao sultão otomano Kansou-al-Gouri a abertura de um canal no Suez: uma via marítima, com fortalezas em ambas as margens, cuja construção permitiria à armada turco-egípcia, estacionada em Alexandria, no Mediterrâneo, transferir-se para o mar Vermelho e tentar expulsar os portugueses do oceano Índico. Estrategistas venezianos haviam concluído que a abertura do canal seria "tarefa muito fácil, que poderia ser concluída em curto espaço de tempo".[1]

Vasco da Gama

O outro agente-espião, um Lunardo de Cá Masser (ou Leonardo de Massari, de acordo com certos autores), chegou a Lisboa no dia 3 de outubro de 1504. Estava encarregado "de investigar minuciosamente tudo o que se passava" naquele que se havia tornado o porto mais estratégico da Europa. Era uma missão arriscada, que, como ele próprio bem sabia, só poderia ser cumprida *cun gran pericolo de la proprie vita*.[2]

Denunciado por um concorrente florentino, Cá Masser chegou a ser preso, depois de ter sido interrogado pelo próprio rei dom Manuel. Apesar dos contratempos, o agente veneziano conseguiu enviar diversas informações para seus patrões. O que realmente interessava a Veneza eram os negócios envolvendo a pimenta e outras especiarias, mas um dos relatórios de Cá Masser estava destinado a se tornar documento fundamental para a história do Brasil.

Numa carta redigida em 23 de outubro de 1505, Cá Masser fez menção ao comércio de *brasil*. Ele se referia à árvore cujo lenho, reduzido a pó, fornecia um corante vermelho de considerável valor para a tinturaria e a indústria têxtil. A importação desse pó despertava o interesse de Veneza desde o século XIII, embora nessa época a árvore em questão fosse a *Caesalpinia sappan*, ou "brasil asiático", trazida, como a própria pimenta, desde a fabulosa Índia.

Eis o depoimento do agente veneziano, no trecho que nos interessa:

De três anos para cá foi descoberta Terra Nova, da qual se trazem todos os anos 20 mil quintais de pau-brasil, o qual brasil é cortado de árvore muito grossa, muito pesada e nobre; contudo, não tinge com aquela perfeição como faz o nosso sappan do Levante [o Oriente]. Apesar disso, se despacha muito para Flandres, para Castela, para Itália e muitos locais, e cujo quintal vale de dois e meio para três ducados.

Esse brasil está arrendado para Firnando dalla Rogna [Fernão, ou Fernando de Noronha], cristão-novo, por dez anos, por quatro mil ducados ao ano. Todos os anos, Firnando dalla Rogna manda em viagem seus navios e homens à dita Terra Nova, tudo à sua custa, com essa condição: que o Sereníssimo Rei [dom Manuel] proíba que, doravante, seja o sappan trazido da Índia. O brasil, pelo que se vê, depois de trazido até aqui em Lisboa, com todas as despesas, fica por meio ducado o quintal; na qual terra é tudo floresta desse brasil. De Lisboa até lá são 800 léguas.[3]

É elucidativo que o primeiro documento fazendo referência à assinatura do "contrato de arrendamento" do Brasil para o cristão-novo Fernando de Noronha também tenha sido redigido por um italiano: o florentino Piero Rondinelli, concorrente de Cá Masser, em outubro de 1502 informara seus sócios italianos sobre o andamento daquelas negociações. (As particularidades do acordo firmado entre dom Manuel e o consórcio liderado por Fernando de Noronha serão abordadas no capítulo *A madeira e as moedas*.)

O que nos interessa diretamente é que, conforme os dados recolhidos por Cá Masser, entre fins de 1504 e início de 1505, o tráfico de pau-brasil equivalia a 20 mil quintais (cerca de 1.200 toneladas) por ano. Uma quantidade bastante significativa, que parece exagerada para alguns autores.

O que esses números revelam?

Em primeiro lugar, é preciso lembrar que para obter pau-brasil, uma única tora que fosse, era preciso *antes* cruzar o Atlântico. Depois, considerando a quantidade citada pelo agente veneziano — cem toneladas por mês —, seria indispensável a armação de uma ou mais feitorias. Por fim, era preciso já ter localizado a árvore em meio ao emaranhado da mata e dispor de braços para o abate, preparo, remoção, acumulação e carregamento.

Esse conjunto de circunstâncias, ao qual se juntam várias outras adiante mencionadas, indica com clareza que já no início do século XVI deveria necessariamente haver uma movimentação de navios europeus pelo litoral ocidental do Atlântico Sul muito maior do que se costuma supor e do que foi registrada.

Os números citados por Cá Masser pressupõem um considerável grau de familiaridade dos exploradores com a costa brasileira e com o próprio bordejo litorâneo, além do conhecimento exato dos pontos onde o pau-brasil poderia ser obtido e armazenado. Isso sem falar numa sucessão de contatos bem-sucedidos que tivessem assegurado um desfecho favorável no processo relativamente complexo de arregimentar os nativos e convencê-los a desempenhar tanto o duro labor de lenhadores como o de bestas de carga.

Mas, afinal, de que informações poderiam dispor os navegadores europeus em geral, e os portugueses em particular, sobre a existência do pau-brasil naquelas paragens até então (supostamente) pouco conhecidas, a ponto de propiciarem com tanta rapidez um fluxo de madeira nas dimensões reveladas por Cá Masser?

E mais: de que maneira se espalharam as notícias sobre a existência do "pau-de-tinta", a ponto de já terem sido incluídas no planisfério de Cantino? (Falaremos mais adiante desse belíssimo mapa retirado de Portugal em 1502 pelo espião Alberto Cantino, agente secreto veneziano a serviço do duque de Ferrara.)

Eis o tema que esta investigação pretende perseguir.

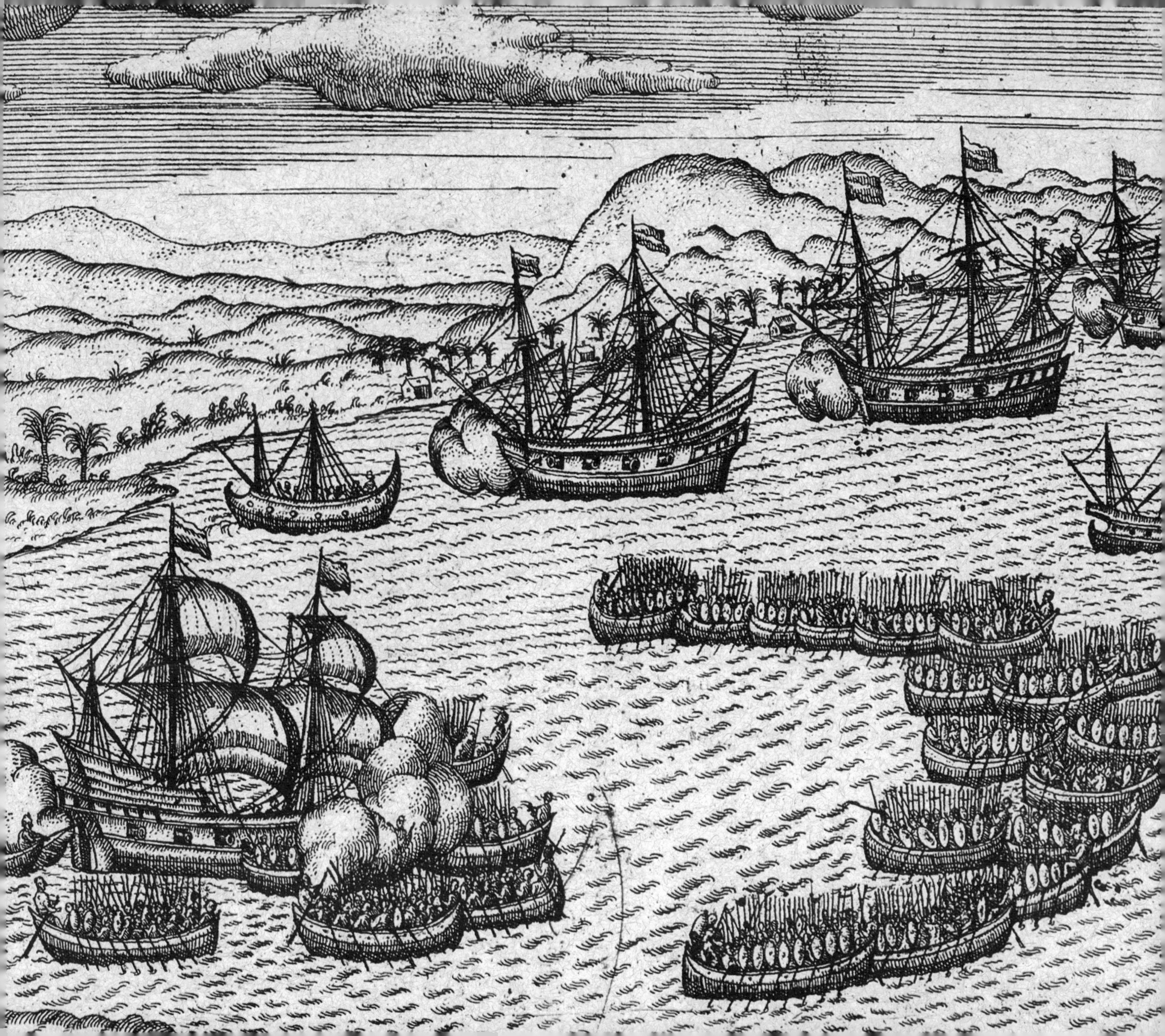

Segundo a historiografia clássica, o pau-brasil foi encontrado sem qualquer dificuldade no litoral de Vera Cruz em abril de 1500, imediatamente após o desembarque de Cabral. Para a absoluta maioria dos historiadores, tal circunstância não passa de um detalhe banal e desprovido de implicações. Mais grave ainda: é como se, além de irrelevante, se tratasse de um caso resolvido e encerrado.

Mas terá de fato sido assim? Seria mesmo tão fácil e direto o acesso a uma determinada árvore em meio ao intrincado cenário tropical da Mata Atlântica, ainda mais tratando-se de uma árvore que nenhum europeu havia visto antes?

A desatenção dos especialistas em relação ao tema talvez seja o principal motivo pelo qual foram relegadas ao abandono pistas importantes sobre a presença *não só possível, como provável* de navegadores portugueses nas costas ocidentais do Atlântico Sul, mais especificamente no Brasil, *antes* da chegada de Cabral.

Cabral, Caminha e o primeiro pau

É importante enfatizar: em relação a inúmeros aspectos do pau-brasil, a historiografia oficial vem manifestando há décadas (de certo modo, há séculos) um conhecimento tão convencional quanto repetitivo. Um pequeno e importante elenco de obras[4] abriu o caminho para novas pesquisas e desdobramentos, mas nem por isso o tema, tão rico, dinâmico e pouco explorado, conseguiu despertar o interesse da comunidade acadêmica.

Talvez julgado árido ou banal, talvez já esgotado, o estudo do pau-brasil permanece contido — quase aprisionado — nos estreitos limites daquelas que vêm sendo consideradas as duas fontes originais: os relatos dos cronistas do século XVI e o rico registro iconográfico do mesmo período.

Comecemos do início. De onde provém a tese, tida como clara e certa, de que o pau-brasil foi encontrado sem qualquer dificuldade, no litoral da Vera Cruz, imediatamente após a chegada de Pedro Álvares Cabral?

A resposta é fácil: a fonte original de tal afirmação é o livro *Lendas da Índia*, do cronista Gaspar Correia. Segundo ele, enquanto o restante da esquadra de Cabral seguia para a Índia, um dos navios foi enviado de volta a Portugal levando a notícia do descobrimento de uma "nova terra" na margem ocidental do Atlântico e transportando as primeiras toras de pau-brasil.

"O capitão-mor [Cabral], por conselho de todos, daqui [de Porto Seguro, na Bahia] tornou a mandar

Foz do rio Mutari, 2001

para o reino o navio de André Gonçalves (...) carregado de paus aparados, que eram mui pesados, a que chamavam brasil, por sua vermelhidão ser fina como brasa", diz o texto original de Gaspar Correia.[5]

O que parece continuar sendo (deliberadamente?) ignorado é que Correia escreveu seu livro cerca de meio século depois da viagem de Cabral. E mais: escreveu-o em Goa, na Índia, para onde se transferira em 1512 e onde viveu até sua morte.

O relato de Gaspar Correia possui um intenso poder narrativo e está repleto de saborosas observações sobre a vida cotidiana dos portugueses no Oriente. Mas seu foco, voltado para a história dos feitos lusitanos na Índia, está coalhado de informações inexatas e conclusões equivocadas.

Concentrando-nos apenas no texto citado acima, basta lembrar que nunca se ouviu falar no tal "André Gonçalves". Para complicar as coisas, Correia ainda afirma que o mesmo indivíduo voltou ao Brasil em 1501, como capitão da expedição de reconhecimento.

Hoje sabemos com certeza que a embarcação enviada de volta a Portugal foi a naveta de mantimentos comandada por Gaspar de Lemos. E também sabemos que foi Gonçalo Coelho quem capitaneou a expedição de reconhecimento de 1501/02.

Esse inexistente "André Gonçalves" citado (ou inventado) por Gaspar Correia já causou sérios e duradouros transtornos para a elucidação dos problemas relativos aos anos inaugurais do Brasil. O pior é que ainda existem livros e autores que continuam repetindo seu nome e suas supostas viagens. (Esse assunto voltará a ser discutido em *La Terre du Brésil*.)

Um navio foi realmente enviado de volta ao reino para comunicar ao rei dom Manuel o descobrimento oficial de uma "Terra Nova" na margem ocidental do Atlântico. Esse navio realmente levava inúmeros e preciosos relatos da "descoberta", a maioria dos quais se perdeu. Mas um, pelo menos, sobreviveu. E, sendo tão preciso, poético e revelador, tem sido chamado (apesar do evidente anacronismo) de "certidão de batismo" do Brasil.

Que documento é esse? Evidentemente, é a carta de Pero Vaz de Caminha.

E o que Caminha (observador perspicaz e minucioso, que por isso mesmo foi transformado no cronista oficial do descobrimento do Brasil) diz com relação ao pau-brasil? Absolutamente nada.

Santa Cruz de Cabrália, 2001

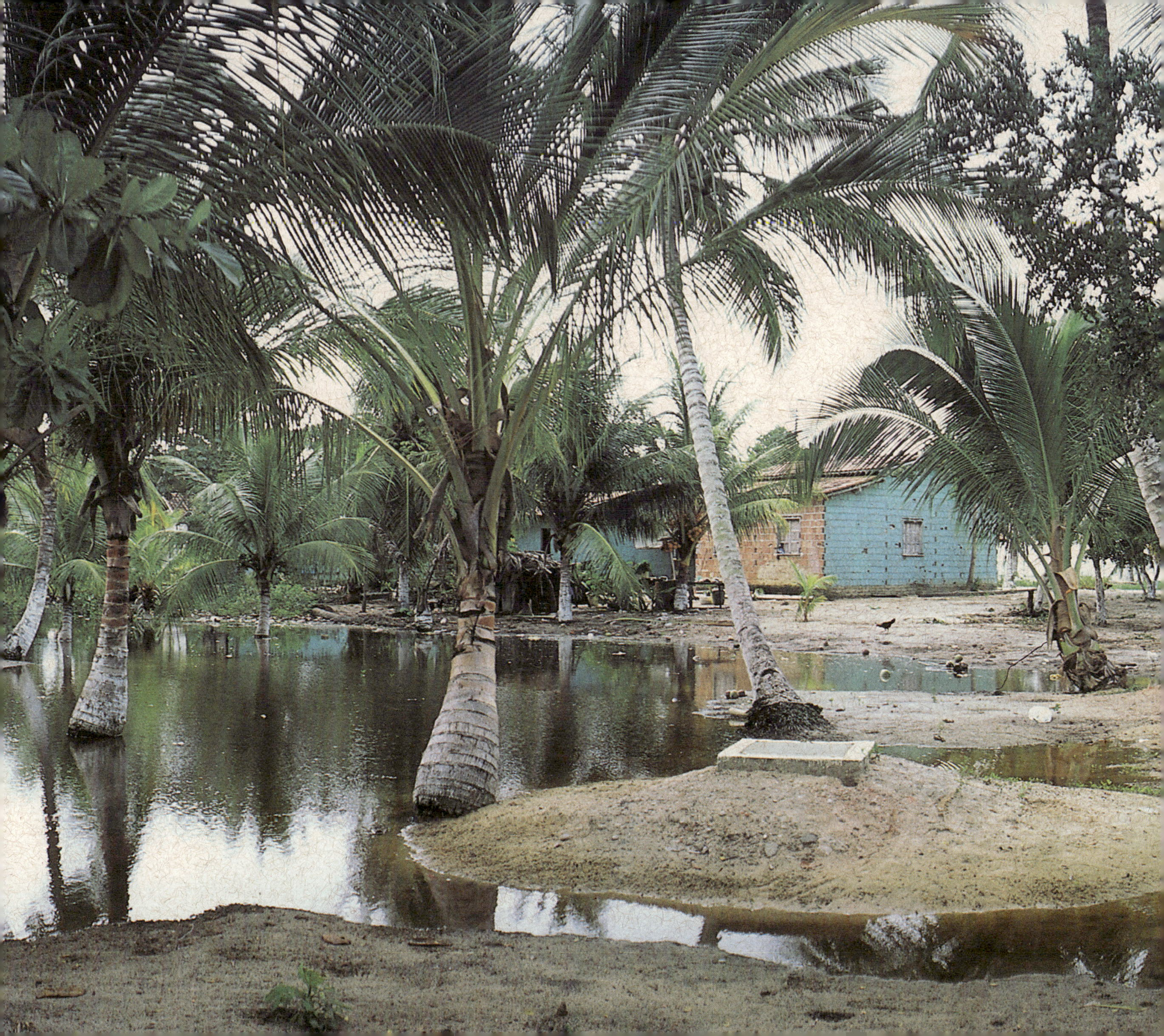

O verde e o vermelho na carta de Caminha

Nenhum dos inúmeros (e compenetrados) analistas da Carta ignora que, graças ao poder evocativo de um texto detalhista e delicioso, Caminha consegue transportar seus leitores para o local onde se deu o desembarque da esquadra de Cabral. Ele descreve os personagens e sua movimentação. Reproduz com muita precisão o cenário fartamente colorido daquele recanto, até hoje encantador, da baía Cabrália.[6]

Diante da Mata Atlântica, luxuriante e vasta, o cronista impressiona-se, arrebatado, como tantos outros antes e depois dele. Abala-se com a grandeza, mas não consegue descrevê-la, confuso pela imensidão da floresta tropical. Para ele, os arvoredos *são muitos e grandes*, *e de infindas maneiras*, numa súmula das variedades transbordantes no matizado incrível das tonalidades do *verde*.[7]

Mas teria sido o verde a cor predominante no relato de Caminha?

A forte impressão causada pelos indígenas, as cores negras e *vermelhas* com que impregnavam o corpo e os efeitos singulares obtidos a partir de determinados corantes fazem com que a Carta concentre grande número de observações relativas àquelas formas, tinturas e desenhos até detalhar, na narrativa referente aos acontecimentos desenrolados no dia 27 de abril de 1500, de que maneira os índios obtinham suas tinturas de origem vegetal.

Embora as alusões às cores em geral, e ao *vermelho* em particular, proliferem ao longo do texto, não se trata de uma questão de gosto pessoal ou mera excentricidade do narrador. Como bem revela o texto *Moda e tecnologia*, o poder das tonalidades rubras (compartilhado, aliás, tanto pelos recém-chegados como pelos nativos) desdobrava-se em um sem-número de aspectos econômicos, culturais, estéticos e mesmo esotéricos. Tanto é que a menção ao vermelho surge nada menos que 16 vezes na "certidão de batismo" do Brasil.

Caminha se mostra impressionado pelo verdor da vegetação, pela pujança das árvores e, sobretudo, pela presença marcante do indígena — homens e mulheres. Mas se mantém atento à cor vermelha e às implicações tintoriais de um vegetal que, como tudo o mais que vivenciou, acabaria descrevendo com precisão e rigor. E esse vegetal *não* era o pau-brasil. Era a semente do urucum (*Bixa orellana*), da qual se extraía a tinta com que os nativos recobriam o corpo.

A importância conferida por Caminha às árvores, à tintura, ao vermelho e à única forma de obtenção de um corante rubro testemunhada e descrita por ele parece virtualmente *excluir* a possibilidade de que o pau-brasil tenha sido avistado pelos visitantes (e eram tantos!).

Urucum, a planta de cujas sementes os indígenas extraíam a cor vermelha com que pintavam o corpo e tingiam utensílios.

Foto: Renato Mindlin Loeb

Índios remanescentes na baía Cabrália, com penas tingidas artificialmente.

Se não há registros do pau-brasil na carta de Caminha, como iremos aceitar sem contestação que a naveta de mantimentos, esvaziada de sua carga para retornar a Portugal com a notícia do descobrimento, tenha seguido para Lisboa com lenho tintorial a bordo? E, no entanto, a informação sobre a valiosa carga supostamente transportada pela naveta de Gaspar de Lemos (pior ainda: pelo navio do inexistente "André Gonçalves") tem sido aceita como factual e verídica por quase todos os historiadores, baseados no depoimento de Gaspar Correia em *Lendas da Índia*.

Vamos supor que Caminha não percebeu a árvore de pau-brasil ou não registrou sua existência e o processo de colheita, falquejamento e embarque. Podemos então mudar nosso ponto de vista e partir para uma nova indagação: teria sido fácil para algum dos tripulantes ou passageiros da frota de Cabral encontrar pau-brasil naquela memorável semana de abril de 1500, nas paradisíacas paisagens do sul da Bahia?

Como na armada cabralina vinha um grande número de pessoas, das mais variadas origens, seria possível que alguém conhecesse a árvore de pau-brasil, por aproximação com o chamado "brasil asiático"? Afinal, conforme se mostra em *Moda e tecnologia*, o *sappan*, *sapan* ou *sapang*[8] (em lascas) era um produto que já freqüentava as alfândegas e mercados europeus desde pelo menos 1270.

Essa hipótese é bastante remota, para não dizer impossível: no momento em que a esquadra fazia sua escala no território que viria a ser chamado de Brasil, naqueles últimos dias de abril de 1500, apenas um ano havia se passado desde que os portugueses atingiram as costas indianas do Malabar, de cujas selvas provinha o mais próximo "brasil asiático".

Também é importante lembrar que Vasco da Gama passou uns poucos e agitados dias na legendária cidade de Calicute, a mais importante do Malabar, o suntuoso "país das montanhas". A notícia que dali veio sobre o pau-brasil está contida na *Relação* [diário] da primeira viagem de Gama, cuja autoria é atribuída ao marinheiro Álvaro Velho. E esse texto faz apenas uma fugaz alusão à existência do "brasil", informando que a madeira corante ali comercializada vinha da região do Tenasserim.[9]

Será que os estrangeiros a bordo dos navios de Cabral teriam condições de descobrir a árvore nas frondosas matas do sul da Bahia?[10]

É muito improvável. Ainda que o pau-brasil nativo da América fosse absolutamente idêntico — e está longe de ser — ao *sappan*, os demais elementos arbóreos da imensa mancha verde que constitui a Mata Atlântica não poderiam ser conhecidos dos recém-chegados. Eles não teriam condições de sair em busca do que nem imaginavam que existisse. Eles nunca seriam capazes de identificar um determinado elemento vegetal aleatoriamente disposto na imensidão verdejante e coalhada de variadíssimas espécies.

Além disso, as expedições fora da orla da praia foram todas determinadas pelo comando da esquadra cabralina, limitadas a um pequeno número de homens, com objetivos específicos, e perfeitamente identificadas e descritas pela carta de Caminha.

A penetração em profundidade na desconhecida mata fechada forçosamente teria de envolver grande dispêndio de tempo, pessoas e recursos na busca dos exemplares para o abate. Isso era algo que nem a frota e menos ainda a naveta de mantimentos poderia ter à disposição.

Fontes antigas e mirabolantes

Deixemos os enviados de Cabral percorrendo a Mata Atlântica em companhia dos indígenas e vamos averiguar em quais fontes os comerciantes, aventureiros e exploradores do final do século XV e início do XVI iam beber seus esparsos conhecimentos sobre a flora extrativista que começavam a vislumbrar nos novos e velhos mundos que estavam "descobrindo".

Homens como Cá Masser, Rondinelli e Américo Vespúcio, agentes das grandes casas de comércio italianas ou de outras origens, transacionavam com drogas e especiarias vindas do Oriente. Seria possível admitir que eles conhecessem, ainda que sofrivelmente, a geografia da produção e a morfologia dos espécimes vegetais colhidos?

O fato de terem identificado e obtido certos produtos de origem vegetal nas Índias de Castela[11] tornava esses agentes do comércio internacional capacitados a encontrar e identificar espécies vegetais na recém-descoberta América portuguesa?

A resposta dificilmente poderia ser positiva.

Cabe salientar, em primeiro lugar, o aspecto muitas vezes fantasioso de inúmeras obras atribuídas a viajantes europeus, desde o século XIV, a começar pelos *Mirabilia* (os então chamados *Livros das Maravilhas*) dos quais o de John Mandeville, publicado em 1356, é um exemplo acabado.

Tais livros, carregados de lendas, monstros e suposições fantásticas, careciam de qualquer utilidade para os fins práticos que aqui estamos buscando. Além disso, eles dificilmente estariam à disposição para consulta, já que a imprensa praticamente inexistia.

Os comerciantes e usuários conheciam os produtos orientais, mas não as matrizes de onde procediam. Como comenta o capítulo *Moda e tecnologia*, se Cristóvão Colombo porventura conhecesse o *sappan*, estaria, quando muito, familiarizado com suas lascas (a forma como aquela madeira tintorial chegava à Itália, vinda do Oriente). Colombo não teria condições de reconhecer a árvore na forma como ela se encontrava na natureza.

O lenho de tingimento costumava ser confundido, até na Índia, com o sândalo vermelho, pequena árvore da família das leguminosas (à qual pertence o pau-brasil). Essa confusão revela o desconhecimento da morfologia das duas espécies botânicas.[12]

A primeira fonte de informação sobre a existência de pau-brasil no Novo Mundo seria, sem dúvida, o próprio Colombo. Mas, levando em conta o resultado de suas três primeiras viagens, ele não seria um bom informante sobre o pau-de-tinta ou qualquer outra especiaria.[13]

É imenso o desencontro das fontes sobre as madeiras corantes das Índias de Castela. As informações variam desde as *selvas inmensas que no producian más arboles que aquellos de color escarlate*, como destaca o milanês Pietro Martire d'Anghiera,[14] ao absoluto desconhecimento dessas riquezas da flora. Elas não aparecem indicadas nem na relação dirigida por Miguel de Cúneo e Jeronimo Annari, de 1495, nem nas descrições fantasiosas de Guillermo Coma, que relata as preciosidades supostamente descobertas por Colombo.[15]

De A. Theuet, Liure VI. 522
CHRISTOFLE COLOMB, GENEVOIS
Chapitre 100.

Colombo, em Les vrais portraits et vies des hommes illustres/Theuet, 1584

E dire commun, qui porte que ceux, qui promettent des montaignes d'or, font estat

Por outro lado, e rigorosamente no terreno dos fatos, fica bem claro que durante os quatro primeiros anos de presença européia no Caribe, e talvez até 1498 ou 1499, madeiras tintórias de importância comercial não foram aproveitadas pelos castelhanos e seus associados mercantis (muitos dos quais italianos) naquelas plagas.

Se aceitarmos como verdadeira a versão do cronista Gaspar Correia, arma-se um quadro tão singular quanto improvável: aquilo que os espanhóis levaram de quatro a sete anos para distinguir (ou seja, *uma determinada variedade* de pau-brasil nas matas do Caribe), os portugueses teriam conseguido em uma semana!

Nasceu daí a tese da facílima identificação da árvore em terras americanas, difundindo-se a imagem literária (pois lenda é) de "florestas infindas" de pau-brasil. Essa tese ganhou força com a iconografia imaginosa das iluminuras e ilustrações quinhentistas e renascentistas.

O primeiro mapa do Brasil

Lembremos que o *Rio d brasil* já estava assinalado no mapa de Cantino, concluído pouco antes de outubro de 1502.[16]

Como esse é o primeiro mapa do Brasil, e ainda traz aquela que supostamente seria a primeira representação gráfica do pau-brasil, é justo que lhe dediquemos algumas linhas, mesmo porque sua história é envolvente e fascinante.

O chamado planisfério de Cantino é, na verdade, um mapa anônimo. Um dos mais magníficos e completos documentos cartográficos de sua época, trata-se do primeiro mapa-múndi português a representar simultaneamente as costas orientais americanas, a totalidade do continente africano e o subcontinente indiano. Com 105 x 220 centímetros, esse belo manuscrito foi desenhado com tintas minerais e vegetais. Desde as origens, sua trajetória é das mais movimentadas e curiosas.

Sob o pretexto de "um negócio de cavalos e mulas", segundo certas versões, Alberto Cantino chegou a Lisboa nos primeiros meses de 1501. Seu verdadeiro objetivo era obter todas as informações possíveis sobre as navegações e descobertas dos portugueses e transmiti-las a seu patrão, Hércules d'Este, duque de Ferrara.

Os portugueses exercem estrita vigilância sobre os mapas e seus desenhistas; aliás, era passível de pena de morte o contrabando de planisférios e cartas náuticas. Apesar disso, Cantino subornou, a peso de ouro (12 ducados de ouro), um cartógrafo ligado a órgãos oficiais. Dele obteve um mapa no chamado "padrão real", onde estavam representadas, com relativa precisão e inegável beleza, todas as porções do planeta visitadas ou descobertas por Portugal.

Cantino conseguiu sair de Lisboa com o precioso mapa e levou-o pessoalmente para Gênova. Por 20 ducados de ouro, entregou-o, em fins de outubro de 1502, a um representante do duque de Ferrara. Em novembro, o mapa já estava diante dos olhos deslumbrados de Hércules d'Este. "O príncipe magnífico d'Este conta-se no escasso número de pessoas, fora de Portugal, a cujos olhos atônitos foi patente, tão cedo como em 1502, a fiel imagem de conjunto dos feitos náuticos portugueses", anota o historiador luso Duarte Leite.

Durante uns 90 anos, o mapa de Cantino permaneceu na biblioteca do duque de Ferrara, até ser transferido (ao tempo de Clemente VIII) para outro palácio, em Módena. Ali se manteve até 1859, quando foi atirado pela janela, durante uma rebelião republicana... e simplesmente sumiu.[17]

Quem conta o que se passou nove anos mais tarde é o mesmo Duarte Leite:

Vagueando certa manhã de 1868 pelas ruas de Módena, ao erudito Giuseppe Boni, diretor da Biblioteca Estense, sucedeu-lhe passar pela Via Farisi e demorar-se alguns instantes diante da loja do salsicheiro Giusti. Aí, como casualmente relançasse os olhos pelo interior, escuro e pouco asseado, despertou-lhe a atenção um anteparo singular que o enfeitava, separando as traseiras da saleta da parte onde se retalhavam os gêneros.

Entrou para mais de perto o mirar, e com pasmo reconheceu que estava forrado com uma grande e velha carta geográfica, desenhada em pergaminho e adornada com brilhantes imagens coloridas. Dissimulando então seu alvoroço, entrou cautelosamente em ajuste, e a troco de quantia módica conseguiu levá-la consigo, bendizendo o acaso feliz que o trouxera à porta de Giusti e lhe permitira arredar da ignomínia dos salsichões, da mácula dos chouriços e do gume da faca do toucinho aquele valioso legado de era longínqua.[18]

Mas foi ao chegar em casa que Giuseppe Boni se deu conta da natureza espetacular do seu achado. Ao libertar o mapa "do rude caixilho" que o enquadrava, deparou com uma frase escrita no verso do planisfério. Em dialeto veneziano, ela explicava: "Carta de marear das ilhas recentemente achadas nas partes da Índia: doação de Alberto Cantino ao senhor duque Hércules."

Esclareceu-se, assim, a origem e a história do mapa. Desde então, o planisfério de Cantino tem sido tema de inúmeros estudos e análises.[19]

Existe, afinal, uma relação explícita entre o mapa e o pau-brasil. Trata-se da assinalação, escrita em letra cursiva, *Rio d brasil*, colocada logo abaixo da atual baía Cabrália, entre duas bocas de rios, e aparentando ser aquele o atual Buranhém, curso de água que banha Porto Seguro. Em função dela, não teria sido difícil concluir (como fez, por exemplo, em 1923, o próprio Duarte Leite) que os *expedicionários* [da viagem de 1501/02, onde se agregava Américo Vespúcio] *encontraram aí grande cópia de pau-brasil*.[20] Essa dedução, de certo modo, podia ser corroborada pelas afirmações de Gaspar Correia.

Mas uma análise rigorosa da morfologia das florestas americanas e da distribuição das espécies nesses sítios, em especial na Mata Atlântica brasileira, demonstra que não é assim.

Imaginemos uma pessoa lançada em paragens estranhas e indevassadas, sem qualquer aclimatação prévia e sem referências explícitas da flora utilitária ali existente. (Um bom exemplo seria o próprio Vespúcio, durante a expedição exploradora de 1501/02.) Essa pessoa, num primeiro momento, *jamais* saberia identificar novas espécies vegetais em geral (e madeiras tintoriais, em particular) como se fossem mercadorias arrumadas nas prateleiras de um supermercado.

A crônica de Gaspar Correia, mera fonte de dados, foi tomada como fonte de informação e encaminhou a *historicidade* de um mito. Acolhendo tais fontes, e de inferência em inferência, descartou-se a oportunidade de detalhar a história da essência corante e também de algo muito mais amplo e profundo para o conhecimento da expansão e dos descobrimentos: *o papel do pau-brasil como um indicador da provável estada de navegadores pré-cabralinos nas costas ocidentais do Atlântico Sul*.

Os historiadores parecem não ter percebido que a constatação da existência da madeira tintória no Brasil somente poderia ocorrer de duas formas: por um golpe de sorte ou por meio de uma trabalhosa e demorada familiarização com a natureza local. (O golpe de sorte é estatisticamente improvável, pois a Mata Atlântica abriga mais de dez mil espécies vegetais, das quais o pau-brasil é apenas uma e, assim mesmo, espalhada aleatoriamente na selva fechada e fora da linha ciliar da costa.)

Tampouco consideraram os alardes suscitados na Espanha pelas atividades portuguesas no Atlântico Sul, em épocas muito próximas ao desembarque de Pedro Álvares Cabral. Com efeito, várias são as cartas trocadas entre a rainha espanhola, Isabel, e um certo Ochoa de Isassaga, que, de acordo com Jaime Cortesão, "dirigia os serviços castelhanos de espionagem em Portugal".[21] Como bem observa Cortesão, "em 29 de agosto de 1503, a Rainha Católica já publicava uma pragmática sobre o comércio de pau-brasil (...) na qual proibia que se 'trouxesse, metesse, vendesse ou comprasse' pau-brasil que não tivesse vindo 'das minhas ilhas ou terra firme do mar oceano'. Essas disposições denunciam um aumento súbito de pau-brasil nos mercados espanhóis, que não pode ter outra origem senão por-

Circulus articus

Oceanus occidentalis

Terra del Rey de portuguall

Mar germanicus

has antilhas del Rey de castella

Esta he o marco dantre castella e portugual

Os montes claros en affrica

Lion · Castello damina

Toda esta terra he descoberta p mādado del Rey de castella

Linha equinocialis

Mar oceanus

Tropicus capricorni

Pollus antarticus

O primeiro mapa do Brasil: planisfério de Cantino, 1502

tuguesa, e que não é lícito ser atribuído à expedição de 1501/02, da qual regressaram apenas dois barcos e, por certo, com um carregamento insuficiente para logo produzir esse alarme".[22]

Essa situação é reforçada por outras notícias sobre embarcações portuguesas carregadas de pau-brasil, mal iniciado o século XVI. Isso, como já mencionamos, simplesmente não poderia acontecer se já não estivessem articulados os duros e demorados procedimentos de localização, corte, falquejamento, remoção da mata e acumulação do madeiramento na costa: em síntese, os esquemas de "feitoriar" a produção e apoiar o embarque.

O registro cronológico diz muito, fazendo retroceder esse conhecimento e essa familiaridade de navegar nas costas brasileiras a uma fase bem anterior a 1502.

Sabemos atualmente que pelo menos outra flotilha percorreu o litoral brasileiro por volta de 1501. Se ela operou nos moldes das escalas curtas ou se salteou rapidamente ao longo da costa, como fez a expedição na qual seguiu Vespúcio, também não haveria nenhuma *chance* de lhe ser atribuído o crédito pela descoberta da madeira corante disfarçada na Mata Atlântica e pelo início do ciclo da exploração.

Alguém o fez, porém, antes ou imediatamente depois de abril de 1500. Possivelmente antes.

Um pré-descobrimento do Brasil?

Em algum momento após o sucesso da expedição africana de Bartolomeu Dias,[23] os portugueses deram início a uma seqüência de viagens de reconhecimento no Atlântico Sul em direção ao oeste, "com o propósito de determinar a rota que, pelo sudoeste, conduzisse em melhores condições ao cabo da Boa Esperança".[24]

Há grandes probabilidades de que o acesso às costas brasileiras tenha ocorrido em tais viagens. O regime de ventos do Atlântico Sul (peça mais importante entre os vários elementos determinantes das condições físicas da região, dentro do estrito domínio das técnicas de navegação a vela) permitia que se abrissem, sem maiores dificuldades, rotas exploratórias nas direções oceânicas do sudoeste e oeste.[25]

Essas prováveis (embora ainda desconhecidas) viagens exploratórias poderiam partir de qualquer uma das posições já ocupadas pelos portugueses ao longo da costa ocidental da África. Bastava usar o recurso de dar a bordada [curva] para buscar, entre julho e setembro, o vento geral do sueste, nas águas favoráveis da Corrente Equatorial Sul. A ilha de São Tomé, localizada no litoral africano, em frente à Guiné Equatorial, estaria a 15 ou 20 dias de viagem do Brasil, numa navegação fácil, tranqüila.[26]

As instruções dadas por Vasco da Gama a Cabral em fevereiro de 1500 diziam que a segunda armada da Índia, comandada pelo próprio Cabral, fizesse a chamada "volta do mar" (a grande linha curva que levava os navios para os lados do Brasil) conduzida pelos sopros de sueste, até que o cabo da Boa Esperança estivesse em *leste franco*.

Ou seja, de acordo com as instruções de Vasco da Gama, a armada de Cabral deveria seguir para sudoeste (na direção do Brasil, portanto) mais ou menos até 15º de latitude sul. A partir daí, iniciaria a segunda parte da curva, mudando o rumo para sudeste e seguindo em direção à África na posição que era, com razão, considerada a mais favorável para vencer o cabo tormentoso.

Sempre é bom recordar que, após a assinatura do Tratado de Tordesilhas, em junho de 1494, a soberania sobre o espaço marítimo necessário para a realização dessa manobra — cuja descoberta configura, aliás, um feito náutico genial — já fora assegurada pelos portugueses, graças a um esforço diplomático tão eficiente nos salões reais quanto era o desempenho de suas naus e caravelas em *mares nunca dantes navegados*.

A definição de que a melhor rota para vencer o cabo da Boa Esperança conduzia a uma zona localizada nos limites meridionais da linha de Tordesilhas impunha não apenas o reconhecimento e a exploração daqueles mares tropicais, como também a presença portuguesa na própria costa — se costa houvesse, e era evidente que havia costa.

Essa presença teria se mostrado ainda mais importante quando ficasse clara a existência, naquela nova região, de densas matas com pau-brasil. Isso, por si só, dado o valor de que o lenho tintorial desfrutava nos mercados europeus, já configuraria um fator potencial para a eclosão de conflitos.

Não estamos sugerindo aqui que a presumível presença portuguesa no litoral do Brasil antes de 1500 tivesse o caráter de uma ocupação extensiva, uma colonização ou algo assim. É bem possível que o reconhecimento da nova terra tenha sido feito, como ocorrera na África, por meio dos *turgimões*: degredados, voluntários ou aventureiros que se deixavam (ou eram deixados) ficar em terras desconhecidas para aprender a língua dos nativos e os costumes da terra, sendo recolhidos mais tarde por outras expedições.

Em janeiro de 1528, quando a expedição espanhola comandada por Diego Garcia chegou a Cananéia, no litoral sul de São Paulo, encontrou ali um português, cercado de mulheres e escravos indígenas, que informou estar vivendo na região Brasil "havia bem 30 anos" (desde 1498, portanto). Esse homem entrou para a história com o nome de "bacharel de Cananéia" e, cinco séculos mais tarde, continua sendo o mais misterioso personagem da crônica colonial do Brasil.

Ainda de acordo com Jaime Cortesão (que encontrou documentos comprovando a presença, em abril de 1499, de um "bacharel" degredado na ilha de São Tomé), o patriarca de Cananéia poderia ter sido deixado no extremo sul do território lusitano na América (a linha de Tordesilhas de fato passava muito perto de Cananéia) por uma expedição comandada por Bartolomeu Dias em 1498/99, responsável por um "pré-descobrimento" do Brasil.

Essa é apenas uma das possibilidades. Afinal, é importante salientar que desde o retorno de Bartolomeu Dias a Lisboa (em dezembro de 1488, com a notícia tão longamente aguardada de que a África podia ser contornada por mar) até a

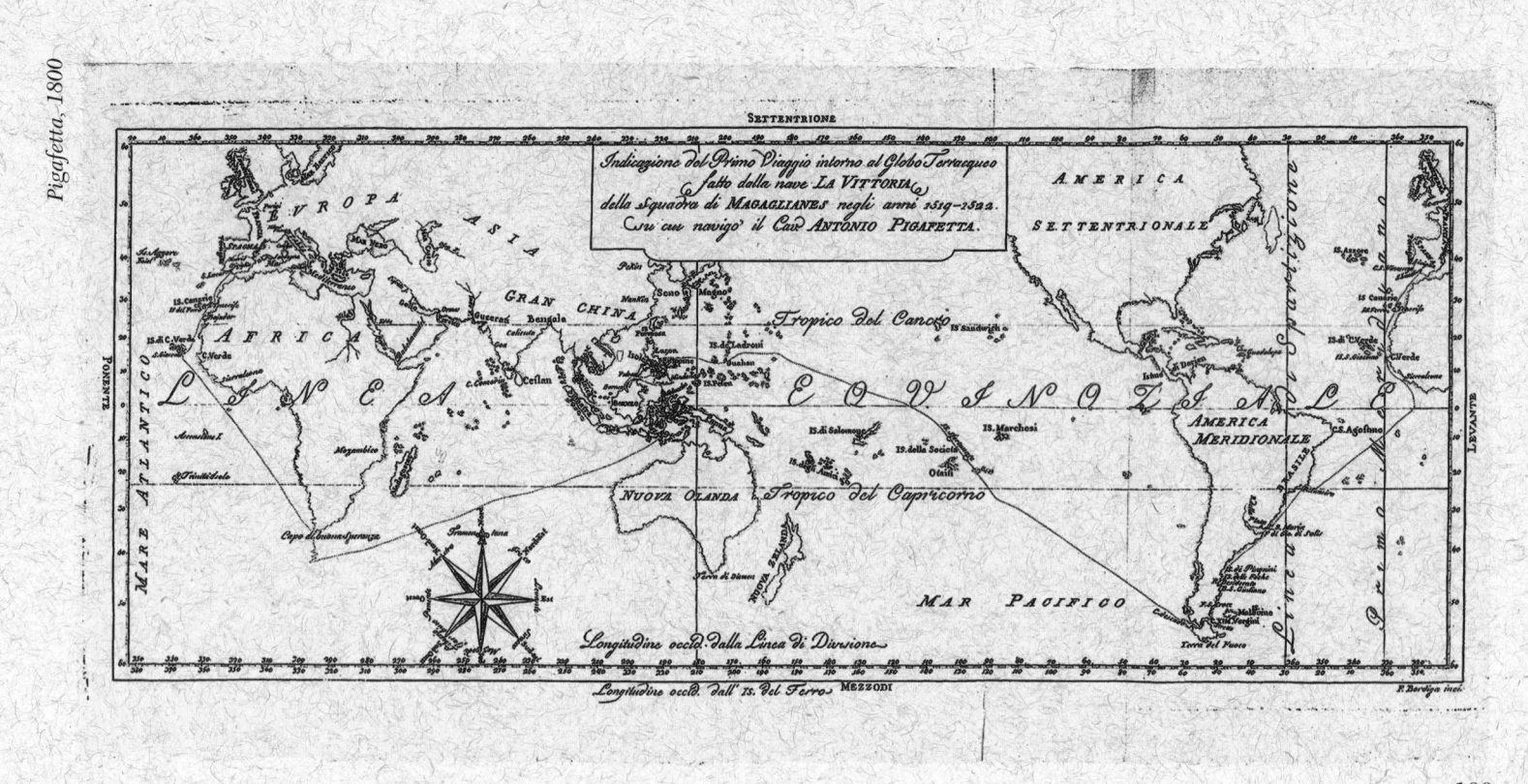

Pigafetta, 1800

partida de Vasco da Gama (em julho de 1497), quase uma década se passou sem que houvesse registro de viagens oficiais dos portugueses pelos mares que, desde 1415, eles vinham percorrendo anualmente em expedições regulares. Foram dez anos de silêncio durante os quais muitas novas conquistas podiam ter se concretizado.

Tal descaso, no entanto, talvez não seja de todo surpreendente. Afinal, mesmo depois do início oficial daquele comércio (que se deu imediatamente após a assinatura do contrato de arrendamento firmado entre o rei dom Manuel e o consórcio liderado por Fernando de Noronha, no início do segundo semestre de 1502), quando já se podia contar com um número muito maior de fontes documentais, nem o surgimento de uma questão tão marcante como a construção do primeiro estabelecimento europeu no Brasil (a chamada feitoria do Cabo Frio) parece ter sido capaz de despertar nos historiadores o interesse que a matéria mais do que impõe, exige.

A localização da primeira feitoria portuguesa no Brasil, supostamente construída em Cabo Frio, sob a supervisão de Américo Vespúcio, é um tema dinâmico, complexo e repleto de aventuras. E é também o assunto do nosso próximo capítulo.

RIO DI GENNARO

Fernando Lourenço Fernandes

A feitoria da Ilha do Gato

BRASILIA SUB REGIMINE BATAVORUM

Rischoffer, 1677

Foi o primeiro estabelecimento erguido pelos portugueses no Brasil. Mais do que isso: foi o primeiro núcleo europeu construído no Novo Mundo ao sul do equador. Mais ainda: foi o primeiro local no qual travaram contato os *brasis* (como logo passaram a ser chamados os nativos da terra) e os *brasileiros* (como se denominavam os homens encarregados da execução do "trato do pau-de-tinta", ou seja, tudo que cercava a exploração da madeira).

A feitoria construída pelos portugueses em 1503, em algum ponto do litoral do Rio de Janeiro, estabelece não apenas o *local*, mas também o *momento* em que se iniciou o processo de ocupação, conquista e colonização do Brasil, bem como sua inserção no curso da história oficial.

Podemos afirmar que a feitoria é *o* lugar onde o Brasil nasceu, simplesmente porque foi a partir das atividades ali iniciadas que o imenso território da margem ocidental do Atlântico Sul passou a se chamar Terra do Pau-Brasil, depois Terra do Brasil e, por fim, Brasil.

Tais circunstâncias já seriam mais do que suficientes para fazer com que o lugar onde se localizava a primeira feitoria portuguesa no Brasil fosse não apenas identificado e reconhecido, mas tombado e transformado em monumento nacional. E talvez, além de mero ponto de visitação, devesse se tornar um local de peregrinação onde os visitantes se sentissem estimulados a meditar sobre os caminhos que um povo e uma nação decidem trilhar para construir a sua história.

Mas, passados 500 anos de seu estabelecimento, o que sabemos sobre a localização da feitoria e os episódios ali desenrolados? Bem menos do que supomos. Assim como o "primeiro" pau-brasil, também o tema da primeira feitoria foi considerado esgotado e sem maiores possibilidades de produzir dividendos para a historiografia. Pior ainda: por mais de um século, ficou encalhado no que se pode chamar de "modelo Varnhagen".

Desde 1854, a historiografia oficial mantinha-se cegamente fiel às conclusões do grande historiador Francisco Adolfo de Varnhagen (1816-1878): o primeiro entreposto para o comércio do pau-brasil foi construído em Cabo Frio. Um fato parecia comprovar essa tese: foi ali que a famosa nau *Bretoa* ancorou em maio de 1511 para receber sua carga de pau-de-tinta, conforme um minucioso *Regimento* [conjunto de normas] que Varnhagen teve o mérito e a sorte de encontrar em arquivos portugueses.

Somente em 1971 a história sofreria uma reviravolta e começaria a ser esclarecida. Foi quando o historiador uruguaio Rolando Laguarda Trías passou a defender, de forma inovadora, uma bem documentada hipótese a respeito da localização da feitoria. Segundo Trías, a menção a Cabo Frio era apenas uma referência genérica a um acidente geográfico marcante; aquele cabo assinala uma mudança brusca na costa, cuja linha, a partir dali, começa a correr de leste para oeste.

De acordo com a engenhosa proposta de Trías, no século XVI a expressão "Cabo Frio" identificava uma porção litorânea relativamente ampla — iniciava-se no cabo propriamente dito e se prolongava até o local onde hoje se ergue a cidade do Rio de Janeiro, às margens da bela e estratégica baía de Guanabara.

Portanto, o primeiro estabelecimento oficial dos portugueses no Brasil poderia estar localizado em qualquer lugar entre o Cabo Frio e o atual Rio de Janeiro.[1] Mas onde? E por quê? Eis as duas perguntas que vão dirigir nossa linha de investigação.

A trama necessariamente se inicia com a história das duas primeiras missões oficiais de reconhecimento enviadas ao Brasil, em 1501/02 e 1503/04. É nessas viagens que vamos embarcar.

Planta e vista do Rio de Janeiro. Froger, 1698

Américo Vespúcio e a expedição de 1501/02

A naveta de mantimentos da frota de Cabral, comandada por Gaspar de Lemos, partiu de Porto Seguro no dia 2 de maio de 1500 e chegou a Portugal no início do segundo semestre de 1500. Ao desembarcar em Lisboa, o capitão informou a dom Manuel que certamente não era ilha, mas terra firme, o território que a esquadra havia reconhecido na margem ocidental do Atlântico.

A linha litorânea que aparece no famoso planisfério de Cantino (feito em 1502 e comentado no capítulo *O enigma do pau-brasil*) revela claramente que, impulsionado pela monção de sueste, Lemos voltou a Portugal costeando o litoral brasileiro e deve ter chegado até o ponto em que a costa faz uma grande protuberância e se inflexiona para leste. Esse ponto foi, pouco mais tarde, denominado baía de Todos os Santos.[2] Gaspar de Lemos, portanto, percorreu pelo menos 500 quilômetros de costa "sem que se findassem a variedade de suas formas e a riqueza de seus perfis".[3]

Dom Manuel não divulgou essa notícia de imediato; foi somente depois que Cabral voltou da Índia, em julho de 1501, que o rei de Portugal se dignou informar os Reis Católicos da Espanha sobre "*uma terra recentemente achada, a que se pôs o nome de Santa Cruz*". Mas nem por isso dom Manuel deixou de dar início aos preparativos de uma nova expedição: sua missão específica era explorar as margens ocidentais do Atlântico.

Composta de três caravelas, conforme o hábito em missões de descobrimento, essa frota zarpou do Tejo no dia 12 de maio de 1501.[4] Infelizmente, existem pouquíssimos documentos que nos permitem acompanhar essa viagem. O principal deles, virtualmente o único, foi redigido por seu mais notório tripulante: o florentino Amerigo Vespucci, ou Américo Vespúcio, como seria conhecido em português.

Mas, ao mesmo tempo em que quase tudo que podemos saber sobre essa e outras viagens se deve às cartas que o homem que viria a se tornar padrinho do Novo Mundo escreveu sobre elas, tudo o que *não* podemos saber também é obra do mesmo Vespúcio — pois ele escondeu quase tanto quanto revelou.

Personagem complexo e contraditório, Vespúcio forjou em torno de si um mar revolto de celeuma e controvérsia. De suas quatro supostas viagens ao Novo Mundo, duas o trouxeram ao Brasil. Após a primeira, ele teria informado ao rei que a única riqueza explorável naquele novo território era "uma infinidade de árvores de pau-brasil". Na segunda, teria se tornado o responsável pela fundação da primeira feitoria portuguesa na "América".

Parente e amigo de embaixadores, cardeais, filósofos, pintores e poetas, nascido em berço de ouro na fulgurante Florença dos Médici, Vespúcio era rico e chique. Em breve, ficaria mais famoso do que poderia supor, embora talvez menos do que desejasse.

Depois de uma juventude agitada, que gastou entre Florença e Paris, Vespúcio chegou a Sevilha em 1492 para representar os interesses de Lorenzo Pier Francesco de Médici, seu patrão. Foi na Espanha que conheceu Cristóvão Colombo, participando ativamente na armação e financiamento de frotas enviadas às Índias de Castela.

Depois de um número incerto de viagens ao Novo Mundo (que ele disse terem sido duas), Vespúcio trocou a Espanha por Portugal, insinuando que se transferira para Lisboa atendendo a um pedido pessoal de dom Manuel. É mais provável que o autor do convite tenha sido Bartolomeu Marchionni, banqueiro e mercador florentino radicado em Lisboa desde 1482 e tido como o homem mais rico de Portugal ("o mais principal em substância de fazenda", segundo o cronista João de Barros).

Como as supostas habilidades náuticas de Vespúcio nunca foram plenamente comprovadas, sua principal função a bordo das expedições portuguesas (várias delas financiadas por Marchionni) talvez fosse a de averiguar, pela óptica dos interesses florentinos, as potencialidades comerciais das terras recém-descobertas.

O certo é que, no início de maio de 1501, Vespúcio, com 47 anos de idade, estava pronto para levantar âncoras e zarpar novamente em direção ao Novo Mundo — o mundo que acabaria sendo batizado com seu nome.

Quem comandava aquela esquadra de caravelas? Vespúcio não nos informou. E não apenas omitiu o nome do capitão: também o acusou (talvez uma calúnia) de incompetente e arrogante. O silêncio de Vespúcio e o equívoco do cronista Gaspar Correia, que entregou a chefia da expedição ao inexistente "André Gonçalves", causariam grandes transtornos aos historiadores empenhados em desvendar quem foi o comandante da primeira missão exploratória à costa do Brasil.

O mistério só foi resolvido em 1954, quando o almirante português A. Teixeira da Mota examinou, na Biblioteca Federiciana de Fano (próxima a Gênova e Florença), uma carta náutica datada de 8 de junho de 1504. Feita por um certo Vesconte di Maiollo (ou Maggiolo), tal carta incorporava ao desenho da costa brasileira todos os acidentes geográficos reconhecidos pela expedição de 1501/02. Nela aparecia claramente a legenda: *Tera de Consalvo Coigo Vocatur Santa Croce*, ou seja, "Terra de Gonçalo Coelho, chamada Santa Cruz".

"Coigo" é Coelho (no dialeto genovês, *g* equivale a *lh*) e a data da carta elimina a possibilidade de que a legenda se refira a qualquer outra expedição que não a de 1501/02. A conclusão lógica é que Maiollo registrou o nome do capitão-mor daquela missão: o grande Gonçalo Coelho, pai de Duarte Coelho, futuro donatário de Pernambuco.[5]

Na jornada que durou de maio de 1501 a julho de 1502, os trechos mais bem reconhecidos da costa brasileira foram as proximidades do rio São Francisco, a baía de Todos os Santos, as áreas de Porto Seguro e o trecho que vai do cabo de São Tomé (ES) a Cananéia (SP), onde terminou o percurso.[6]

Após a viagem, Vespúcio concluiu que a terra visitada era pobre em perspectivas econômicas e as oportunidades comerciais se limitavam ao pau-brasil e à "cássia".[7] Seu relatório parece ter selado os destinos do Brasil por quase meio século.

Diante dessas informações, dom Manuel resolveu "privatizar" a exploração do novo território, arrendando o trato do pau-de-tinta para "um consórcio de cristãos-novos" liderado por Fernando de Noronha.

Talvez não seja coincidência o fato de Noronha manter estreitas relações com o banqueiro Marchionni, tanto que voltariam a se associar em negócios relativos ao pau-brasil. Como Marchionni foi o principal responsável pela ida de Vespúcio a Portugal, talvez Noronha tenha sido um dos primeiros negociantes a serem informados sobre a existência de "infinita quantidade" de pau-brasil na Terra de Santa Cruz.

Não chega a ser surpresa também o fato de que os detalhes do contrato firmado entre o rei e Noronha só se tornaram conhecidos graças a uma carta redigida por Piero Rondinelli, comerciante florentino estabelecido em Sevilha e amigo de Vespúcio.

Firmado o contrato, decidiu-se que uma nova expedição (dessa vez com seis navios, e à custa de Noronha e seus sócios) seria enviada ao Brasil para cumprir duas cláusulas do acordo: explorar 300 léguas de litoral e "fazer uma fortaleza", que operaria também como um posto para recolhimento de pau-brasil.

Era a segunda missão exploratória enviada para a Terra de Santa Cruz. E outra vez dela fazia parte Américo Vespúcio.

A fortaleza das doze bombardas

Em 10 de junho de 1503, partiram do Tejo os seis navios de oceano. Destino: os novos territórios do Atlântico Sul ocidental, a *Terra de Gonçalo Coelho*, o próprio capitão-mor daquela nova armada. Mais uma vez, pouco se sabe dessa expedição por fontes portuguesas: conhecemos apenas o número de embarcações, o nome do comandante, a data de partida e o retorno, com perda de quatro naus e a informação sucinta (como sempre) sobre a carga de pau-brasil, macacos e papagaios.

E mais uma vez nossa principal fonte é Vespúcio, uma testemunha sempre suspeita. Na redação de sua famosa *Lettera*, ele insinuou que, depois de grandes perigos e aventuras (destacando-se o naufrágio da nau-capitânia nos recifes de uma ilha oceânica[8]), acabou por descobrir a baía de Todos os Santos. Diz também que, após dois meses nessa região, na companhia de outro barco (os outros afundaram ou sumiram), navegou ao longo da costa 260 léguas para o sul, até chegar a um porto onde ficou resolvido que seria construída a fortaleza (*fare la fortezza*).

Passaram cinco meses carregando pau-brasil, fizeram uma incursão de 40 léguas pelo interior, com 30 homens, e construíram o fortim, guarnecendo o posto com 24 sobreviventes do naufrágio da nau-capitânia. Depois disso, Vespúcio e seus expedicionários decidiram retornar a Portugal, sob a justificativa de não poderem navegar mais além "por faltar-nos gente e aparelhos" (*a causa que non tenauamo genti & mimancaua molti apparecchi*).

Dessa forma, foram deixados 24 tripulantes em terra, com mantimentos para seis meses, 12 bombardas e muitas outras armas, tudo isso instalado no primeiro estabelecimento erguido pelos europeus na América do Sul, um misto de forte e feitoria. Nenhum daqueles homens voltou a ser visto: segundo o relato muito posterior de Alonzo de Santa Cruz,[9] foram todos mortos pelos indígenas "por causa dos desentendimentos havidos entre eles".

Há um ponto intrigante na narrativa de Vespúcio: os capitães, "sem *gente* e equipamentos suficientes" para navegar, teriam deixado duas dúzias de tripulantes na *fortezza* e retornado a Portugal. Ora, tinham feito incursões para o interior com 30 homens e quebrado o efetivo a fim de guarnecer as embarcações para as próprias obras da feitoria e para o preparo, embarque e estiva do pau-brasil, que são tarefas extenuantes.

Não param aí as inconsistências da *Lettera*. Uma das críticas mais candentes e fundamentadas às cartas publicadas em nome de Vespúcio (nenhuma das quais assinada por ele) é, além das enormes contradições e dos disparates geográficos, sua óbvia intenção de traçar paralelismos entre suas próprias viagens e as de Colombo (até no quantitativo: quatro). Além disso, tais cartas pretendem explicitamente subtrair de Colombo a autoria do descobrimento do continente americano[10] e reduzir seus méritos e os de vários navegadores espanhóis e portugueses, deixando-os suplantados pelos supostos feitos de Vespúcio.

A *utopia* de Vespúcio

A *Lettera* arrematou a quarta e última viagem de Vespúcio com a construção da fortaleza das 12 bombardas. Também Colombo tinha construído um fortim na sua primeira viagem: o *Natividad*, guarnecido com bombardas, pólvora e apetrechos de guerra, conforme as anotações de seu diário em 26 de dezembro de 1492. Seria mera coincidência o fato de atribuir-se a Vespúcio uma ação em tudo similar?

Verdadeiro ou não, o episódio narrado por Vespúcio teria, como em tantas outras instâncias de sua vida afortunada, um desdobramento surpreendente e de impacto duradouro: inspirado no acontecimento narrado pela *Lettera*, o sacerdote inglês Thomas Morus (1478-1535) escreveu seu clássico *A Utopia*. O personagem principal do livro, o marinheiro Rafael Hitlodeu ("contador de histórias", em grego), é um companheiro de Vespúcio que, com outros 23 homens, permaneceu na feitoria erguida na ilha.

Ao contrário do que ocorreu na vida real, esses marinheiros não foram mortos pelos indígenas: partiram em direção à "Utopia", um mundo igualitário, onde os nativos viviam em perfeita harmonia política, social e ecológica. Publicado em 1516 por Erasmo de Roterdã, *A Utopia* se tornou um dos clássicos do pensamento humanista e um dos primeiros textos a produzir uma idealização da América, servindo-se do Novo Mundo como contraponto para uma visão crítica da velha Europa.

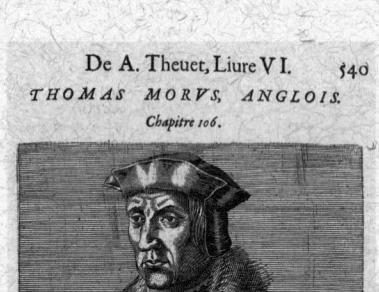

Retrato de Thomas Morus, em Thevet, 1584

A América ofereceria a chance de um recomeço, no qual os erros do passado não se repetiriam. Não é à toa que, embora utopia queira dizer "lugar nenhum" em grego, a palavra tenha passado a expressar um desejo inatingível, ou pelo menos algo que *ainda* não se concretizou.

De todo modo, o principal problema com relação à verdadeira fortaleza/feitoria é a sua *localização*. Onde afinal ficava o fortim supostamente erguido por Vespúcio e seus homens?

De acordo com Vespúcio, localizava-se "fora da linha equinocial da parte sul", ou seja, abaixo do equador, a 18º de latitude e 37º de longitude contados a partir do meridiano de Lisboa. Levando em conta apenas a latitude, a fortaleza teria sido erguida em Caravelas, no sul da Bahia, muito perto de Porto Seguro. Ou seja, exatamente por trás dos Abrolhos, um conjunto de recifes e rochedos afiadíssimos, tão perigosos e nefastos para os navegadores que foram batizados com um alerta, "Abre os olhos!". É inaceitável, portanto, que a feitoria tenha sido ali construída.

Interpretando em conjunto as coordenadas geográficas de Vespúcio (latitude e longitude), a feitoria vai parar bem perto de Brasília, para os lados de Paracatu, Minas Gerais (37º a oeste de Lisboa).[11]

Como se chegou então a "Cabo Frio?"

Na impossibilidade de aceitar as coordenadas fornecidas por Vespúcio, os cálculos voltaram-se para as distâncias lineares registradas na *Lettera*: a informação de que a feitoria se localizava a 260 léguas da baía de Todos os Santos.

Autores do século XIX, engajados numa corrente de louvações aos feitos de Vespúcio — linhagem encabeçada pelo grande Alexander von Humboldt e, na faixa brasileira, por Varnhagen —, concluíram que a feitoria se localizava em Cabo Frio (bem distante de Caravelas), principalmente por causa das informações contidas no *Diário da Nau Bretoa*.

À procura da feitoria: o regimento da nau Bretoa

No dia 22 de fevereiro de 1511, zarpou de Lisboa uma nau cuja trajetória acabaria se tornando vital para a compreensão dos mecanismos que regiam o trato do pau-de-tinta e também para solucionar o mistério da localização da primeira feitoria erguida pelos portugueses no Brasil.

A nau chamava-se *Bretoa* e pertencia a um novo consórcio que arrematara a exploração do pau-brasil. Quem eram os homens que formavam esse consórcio? Eram Fernando de Noronha, Bartolomeu Marchionni, seu sobrinho, Benedetto Morelli, e um certo Francisco Martins.

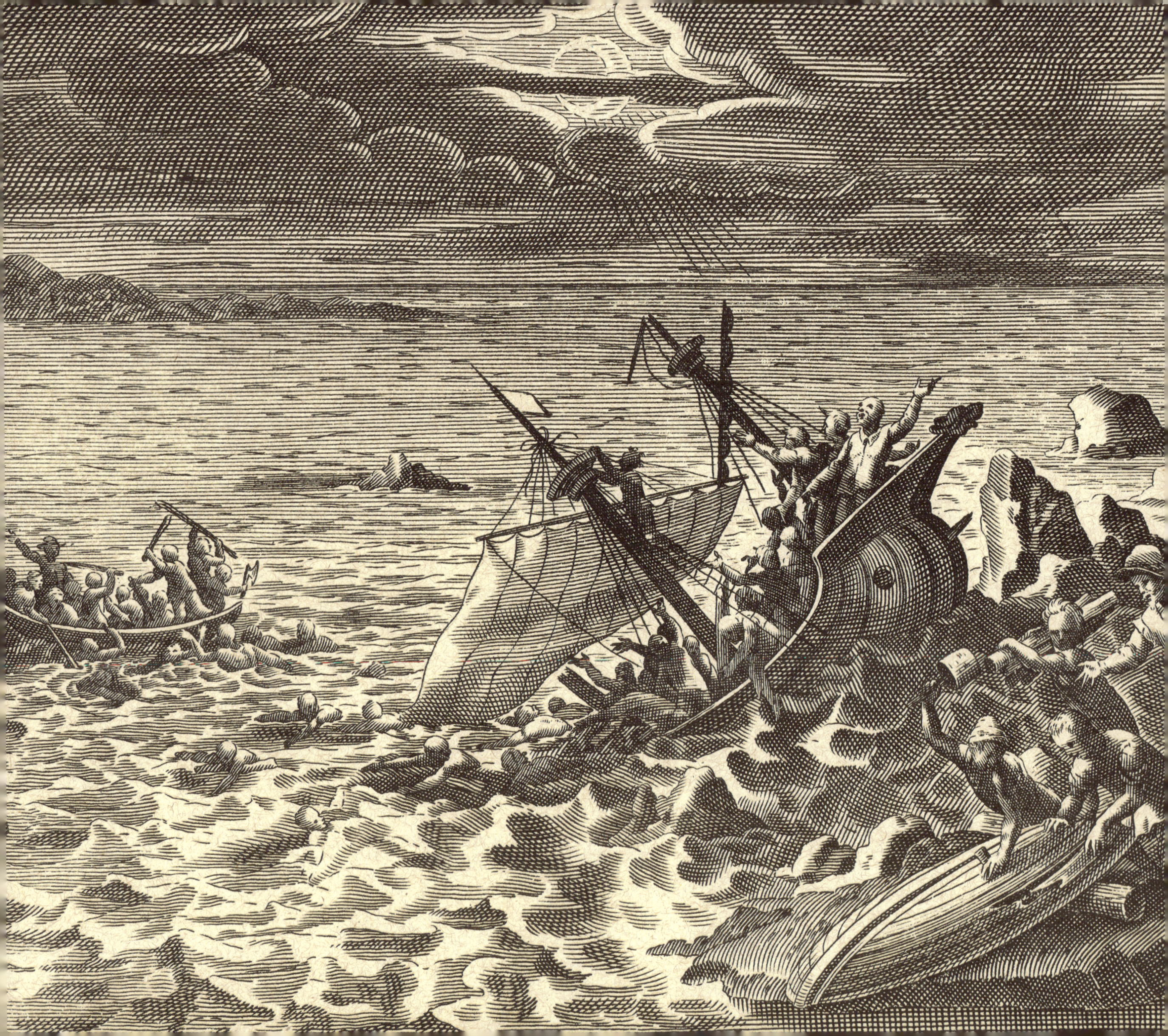

Aguan

Em 26 de abril, depois de uma tranqüila viagem transatlântica, a *Bretoa* ancorou em frente à feitoria do "Cabo Frio". Ali, em 15 dias de trabalho e com a ajuda dos indígenas, os *brasileiros* recolheram 5.008 toras de pau-brasil, cujo peso ultrapassava cem toneladas.

No dia 11 de outubro de 1511, a *Bretoa* estava de volta a Lisboa, com as cinco mil toras, 15 papagaios, 12 felinos, dúzias de macacos e 36 escravos indígenas a bordo.

Em 1844, Francisco Adolfo de Varnhagen encontrou, nas gavetas da Torre do Tombo, em Lisboa, o *Llyuro da náaoo bertoa que vay pera a Terra do brazyll*. Trata-se de um árido, mas inestimavelmente precioso diário de bordo de apenas 14 páginas, que inclui o regimento ao qual estavam submetidos todos os seus tripulantes e também como se fazia o trato do pau-de-tinta.

O regimento da *Bretoa* fornece alguns indicadores interessantes para o estudo da feitoria e um dado importante para sua localização. Diz o texto:

Tanto que em boa hora chegardes ao Cabo Frio, onde estiver o feitor, lhe entregareis todas as mercadorias que levardes (...).[12]

A frase é clara: em determinado ponto do cabo havia um feitor, com um estabelecimento físico já estruturado, capaz de receber, conferir, contabilizar e registrar as mercadorias ou a carga de bordo destinadas a desembarque e mantê-las sob guarda. Vale dizer: não era uma simples palhoça, onde algum degredado aguardava os visitantes do mar. Era um entreposto comercial bem estabelecido.

A própria existência do regimento já revela isso, e os poderes do feitor em terra eram tão grandes quanto os do capitão a bordo sobre a tripulação.

Mas as instruções prosseguem e revelam várias informações não apenas saborosas, como definitivas para esclarecer a localização da feitoria. Diz o regimento: "Não consentireis que nenhum homem saia na terra, somente na ilha onde estiver a feitoria, e não consentireis que nenhum homem resgate coisa alguma sem licença do feitor."

A feitoria, portanto, encontrava-se em *uma ilha* e não no continente. Esse é o ponto mais importante para orientar nossa busca.

O que o texto revela, afinal? Em primeiro lugar, revela que a feitoria tinha sido construída em território insular (como quase *todas* as feitorias portuguesas de ambas as costas africanas, da Índia e dos arredores do mar Vermelho) e que a tal ilha era necessariamente grande: nela havia índios e era preciso controlar os contatos entre eles e os tripulantes.

Se a ilha fosse pequena, não seria problemático controlar as relações entre tripulantes e indígenas. Se os índios que ali apareciam, vindos da própria ilha ou de terra, fossem poucos, tampouco se justificaria a recomendação.

Mas o regimento esclarece que os resgates particulares somente poderiam ocorrer com ordem do feitor. Isso revela, de certo modo, que a feitoria tinha condições de controlar a movimentação dos índios com acesso ao local, mas não a daqueles que teriam acesso ao ancoradouro da nau. Esses dados reforçam a certeza de que a ilha situava-se em local bem protegido, com ancoradouros apropriados, e que era habitada por índios amigos e cooptados. O trecho abaixo comprova que, *nessa ilha*, não havia como um tripulante desertar e se esconder.

Diz o regimento: "Vos lembrarás de terdes grande vigia na gente que *mandardes fora* para que vá sempre a bom recado e com pessoa tal que olhe por eles, de maneira que não se possa *la na terra* lançar, nem ficar nenhum deles, como algumas vezes já fizeram."

A ilha, portanto, era grande o suficiente para que um desertor pudesse se furtar à vigilância e fugir para o continente na primeira oportunidade. Mas ele não teria êxito se permanecesse entre os indígenas insulares; se assim fosse, não haveria a informação de sucesso concretizado em outras oportunidades, *como algumas vezes já fizeram* tripulantes evadidos *para terra*. Podemos deduzir que os ilhéus não lhe dariam abrigo.

Que ilha era essa, grande, com indígenas bem entrosados com os portugueses, onde havia pau-brasil e número suficiente de habitantes para sustentar todo o apoio logístico, de segurança e de arregimentação, destinado à nau *Bretoa* e a todo o tráfego despachado pelos armadores?

Que nativos eram esses, tão acostumados com os portugueses que queriam partir (enquanto os marinheiros queriam ficar) com eles? Certamente eram indivíduos bem diferentes do velho Tupinambá de Jean de Léry, citado no capítulo *Nova viagem à Terra do Brasil*: aquele Tupinambá que, 40 e poucos anos mais tarde, satisfeito com o costume de vida Tupi, ainda censurava os europeus que desejavam enriquecer com o lenho da *ibirapitanga* nativa.

Analisando o regimento da *Bretoa*, também podemos supor que os indígenas aliados dos portugueses estavam em guerra com tribos hostis e que estas não viviam na ilha nem na terra firme próxima. O documento da *Bretoa* alertava: "(...) defendereis ao mestre e a toda companhia da dita nau que se não faça nenhum mal, nem dano à gente da terra."

Ora, além do pau-brasil, a nau também carregou 36 escravos para serem vendidos na Europa. Esse simples dado demonstra ("se não faça nenhum mal") que os cativos eram produto de guerra entre o gentio, prisioneiros capturados nas batalhas, fornecidos pela *gente da terra* à feitoria.

Vista aérea da barra da lagoa de Araruama, com o forte de Cabo Frio em primeiro plano, 2001

Que indígenas afinal eram esses, habitantes de uma ilha e de um litoral imediatamente próximo, em guerra com inimigos que não estavam longe e instalados em uma ampla zona de suprimento de madeira tintorial, algodão e pimenta?

Onde ficavam essa feitoria, essa ilha e esse litoral, conhecidos e freqüentados havia tanto tempo que a experiência de sucessivas viagens (implicando anos seguidos de presença e conhecimento do território) já permitia determinar tão detalhadas cautelas com deserções na equipagem e um conhecimento tão minucioso da vida dos nativos do *dito Brasil*?

Desde o Cabo Frio até a baía de Guanabara, apenas uma ilha e um grupo de indígenas preenchem todas as condições acima listadas. E as preenchem de tal forma que a conclusão se impõe taxativamente: a primeira feitoria portuguesa no Brasil ficava na ilha do Gato (hoje ilha do Governador, na baía da Guanabara) e os nativos, aliados dos lusos, eram os Temiminó, também chamados de Maracajá, ancestrais inimigos dos Tamoio (habitantes do Rio de Janeiro e aliados dos franceses).

Eis o que tentaremos demonstrar.

As desvantagens do Cabo Frio

A historiografia oficial, que considera o modelo Varnhagen como absoluto, afirma até hoje que a primeira feitoria se localizava em Cabo Frio. Mas essa teoria pode ser descartada. Como vimos, o estabelecimento era insular e Cabo Frio não tinha (e não tem) qualquer ilha nas condições aqui examinadas, a começar pela própria ilha de Cabo Frio. De mar aberto em grande parte do seu perímetro, essa ilha situa-se longe da flora utilitária e totalmente desviada do sítio onde se encontram a barra e a atual cidade de Cabo Frio (local considerado por outros historiadores como o ponto onde se localizava a feitoria).

Cabo Frio apresentava, nas margens da lagoa de Araruama, grandes concentrações de madeira tintorial e outros produtos da flora utilitária. Por isso, ali também se faziam escalas para completar a carga. Os franceses recolheram muito pau-brasil naquela região e até hoje a árvore ainda é encontrada com relativa abundância nesse belíssimo trecho do litoral fluminense.

Mas Cabo Frio não possuía uma ilha nem um grupo de indígenas nas condições exigidas pela feitoria e bem reveladas pelo regimento da *Bretoa*. Além disso, Cabo Frio esbarrava em outra limitação importante: a falta de água. Esse problema (que sempre perseguiu a região e seus moradores) era

Montanus, 1671

particularmente delicado para as embarcações a vela do século XVI. Sujeitas a tantas incertezas de rota, as aguadas eram ponto-chave na definição das escalas de abrigo e refresco.

Numa época de navios movidos a vela, quando navegar em linha reta era mais uma figura de retórica do que um procedimento real, os contratempos causados pelas correntes, a mudança brusca dos ventos e a reunião de forças dos elementos, para mencionar apenas estas dificuldades, levavam os capitães e pilotos a redobrarem os cuidados nas manobras e investidas.

Ora, na costa fluminense, o litoral do Cabo Frio é justamente um dos locais onde as manhas do oceano reclamam particular atenção do navegante. Não chega a ser uma costa a ser evitada, mas é um litoral que exige prudência e cautela. (Entre 1830 e 1887, 19 veleiros foram ali colhidos por desastres, numa época com recursos de navegação muito mais sofisticados do que os do século XVI.[13]) Já o acesso à baía de Guanabara é descrito, nos estudos de navegação, como uma barra serena.

Seria muito difícil admitir que os portugueses, navegantes tão eficientes em vascular litorais, deixassem passar um acidente geográfico da significância naval do Rio de Janeiro, com um sítio discreto e agreste, resguardado por uma reentrância costeira.

Cabo Frio nem de longe poderia concorrer com o Rio de Janeiro. Se isso é muito fácil de deduzir ainda hoje, que dirá segundo os pressupostos e condicionalismos náuticos do século XVI?

Por outro lado, Porto Seguro (na trilha do *Rio d brasil* registrado pelo planisfério de Cantino) tampouco era o local onde se erguia a primeira feitoria. Esta ficava numa *ilha* e tanto Porto Seguro como a baía Cabrália estão onde sempre estiveram, em terra firme, no continente.

Eliminadas as possibilidades de que a feitoria se localizasse em Cabo Frio propriamente dito, em Porto Seguro ou na baía Cabrália, é preciso examinar o espaço litorâneo compreendido entre Cabo

Frio e a baía do Rio de Janeiro, ponto de localização da feitoria, conforme o modelo engenhosamente proposto por Rolando Trías.

A hipótese mais provável aponta, como dissemos, para a baía de Guanabara e os "Maracajá".

Em primeiro lugar, não havia pau-brasil no litoral norte de São Paulo ou nas ilhas próximas, faltando também abaixo do Rio de Janeiro, o que inclui a ilha Grande e arredores.[14] Por outro lado, a ilha do Governador e as adjacentes, além do litoral circundante, bem como os próprios Maracajá, surgem claramente em depoimentos e imagens do século XVI como supridores dos embarques de matéria corante.

São muitos os registros iconográficos que salientam o papel da ilha "do Gato" (que nada mais é, aliás, do que a tradução para o português da palavra tupi *maracajá*) como fonte de abastecimento de madeira tintorial, tanto para franceses como para portugueses.

A presença Maracajá identificava-se com um ambiente tão familiar aos portugueses que eles a batizaram como uma ilha "portuguesa", no nome de ilha do Gato.

Já observamos que a escolha de ilhas para a sede de feitorias, aguadas e portos salvaguardados era bastante comum na trajetória de conquista portuguesa dos mares e assim foi até bem tarde, no século XVI. Somente na costa brasileira, temos as ilhas de Itamaracá (PE), Santana (RJ), São Vicente e Santo Amaro (SP), Vitória (ES), Santa Catarina (SC) e outras.

O episódio de Carvalhinho e niñito

Se esses argumentos não fossem suficientes, um episódio inusitado ocorrido enquanto a nau *Bretoa* continuava ancorada em "Cabo Frio" para carregar pau-brasil nos daria a prova definitiva de que a feitoria era na baía de Guanabara.

Foi mais uma vez Rolando Trías quem enveredou por uma bem esmiuçada pesquisa. O eixo da sua investigação centrou-se no piloto português João Lopes de Carvalho, o *Carvalhinho*, abandonado naquela costa como castigo por ter roubado alguns machados da carga da *Bretoa*.

Trías encontrou nos arquivos espanhóis o relato do cronista Ginés de Mafra sobre um tal *Juan Caravallo*, piloto de Fernão de Magalhães, que viveu na *baia de Henero* (a baía da Guanabara no Rio de Janeiro) e ali deixou um filho que tinha sete anos quando a frota castelhana fez escala naquele porto, em 1519.

Juan Caravallo não poderia ser outro senão João Lopes de Carvalho, da *Bretoa*, com um filho nascido em 1512. O fato é que o piloto foi reconhecido pelos indígenas da baía de Guanabara que acolheram a frota espanhola e logo levaram a mãe e o *niñito* para bordo, entregando-o ao pai.

A presença de um João *Carnagio* em terras brasileiras foi confirmada por outras fontes, entre elas o toscano Francisco Antonio Pigafetta (1491-1534). Pigafetta era um nobre de espírito aventureiro que se alistou na viagem de Magalhães. Graças a seu relato, ao de Ginés de Mafra e a outras fontes da época, podemos reconstituir a surpreendente trajetória de *Carvalhinho*: exilado no Brasil por ter roubado os valiosos machados de ferro, o piloto da *Bretoa* ficou vivendo em algum lugar do litoral sul do Brasil, presumivelmente no sítio onde se localizava a feitoria.

Amancebou-se com uma nativa, com quem teve um filho, nascido em 1512. Foi recolhido por uma expedição espanhola, em 1516, e levado para Sevilha. No mais movimentado porto espanhol da época, sua experiência lhe permitiu obter o cargo de piloto da expedição de volta ao mundo de Fernão de Magalhães, que zarpou em 20 de setembro de 1519.

A contratação de *Carvalhinho* em Sevilha e seu embarque na companhia de Magalhães, a cronologia dos eventos desde 1511, o rumo direto ao Rio de Janeiro que ele deu à armada e a autorização obtida do comandante para recolher o *niñito*, tudo isso vem demonstrar que a feitoria para o comércio do pau-brasil estava localizada na Guanabara. Ora, para castigar *Carvalhinho*, o capitão da *Bretoa* não levantaria âncora de onde estava a fim de deixar o condenado à sombra do Pão de Açúcar, retornando a Cabo Frio antes do regresso a Portugal.

O próprio diário de viagem da *Bretoa* não menciona tal cabotagem pela costa fluminense. Como já foi dito, a menção ao Cabo Frio seria apenas de natureza geográfica: um marcante acidente que mudava o rumo da costa.

Revisitando a ilha do Gato

Vamos agora investigar o cenário para comprovar que o local onde se erguia a feitoria era a "grande ilha" do fundo da baía de Guanabara.

No século XVI, a ilha do Gato apresentava quatro características ambientais: era extensa, fértil, coberta de florestas e com abundantes fontes de água. O mar, a terra e os manguezais abasteciam com fartura de alimentos toda a clientela indígena, depois os visitantes europeus e, mais adiante, contribuíram para o sustento da própria cidade do Rio de Janeiro até o final do século XIX.[15]

Detalhe da baía de Guanabara, com a ilha do Gato (do Governador) ao fundo. Santa Teresa, 1698

O espaço insular de 32 quilômetros quadrados oferecia ao índio outros atrativos, destacando-se o barro cerâmico de Inhaúma. A argila e a cal dos mariscos e dos depósitos de cascas de ostras também logo atraíram a atenção dos brancos para o trabalho de olaria e fabrico de louças.

Na verdade, o triângulo Inhaúma–Irajá–Governador delineava todo um perímetro de vantagens logísticas especiais. Uma delas era a de ligar a navegação a fontes de abastecimento, comunicação e comércio (onde está inserido o escambo com os nativos), fundamentais para uma feitoria.

No entanto, uma das vantagens estratégicas mais notáveis desse triângulo geográfico é que se tratava de uma região integrada à rede dos *peabirus* — assim se chamavam as trilhas usadas pelos caçadores do pleistoceno e depois aproveitadas pelos indígenas do período histórico.

Quando ocuparam a baía de Guanabara, os europeus e seus descendentes foram aos poucos adaptando os rios aos *peabirus*, localizando-os a partir dos cursos fluviais. As trilhas antigas foram cobertas pela primitiva rede viária da colônia, sucedida pela do reino e pela do império.

O exame da configuração dessa malha viária guanabarina mostra como a rede convergia para pontos do recôncavo que ficavam justamente ao lado da ilha do Governador. À esquerda, o "Caminho de Guaratiba" começava (ou terminava) em Inhaúma. Dali partia outro *peabiru*, mais tarde absorvido no sistema de estradas da província, conforme lembra Capistrano de Abreu.

Inhaúma é um ponto de especial importância no estudo das trilhas, pois ali convergiam dois caminhos: o de Guaratiba (conduzindo ao outro grande recôncavo da região, a baía de Sepetiba) e o da outra passagem da Serra do Mar, que levava em direção a Minas Gerais.[16]

A "Grande Ilha", por sua vez, era franqueada por um sistema próprio de caminhos indígenas. Estes ligavam a extremidade ocidental, diante de Inhaúma, às posições mais estratégicas (do ponto de vista de segurança e ação naval) do território insular.

A atual Estrada do Galeão e a Avenida Paranapuã, *grosso modo*, estão construídas sobre antigos alinhamentos de trilhas. A escolha da ancoragem nas proximidades da ilha do Governador constituía uma iniciativa lógica, que viabilizava as rápidas deslocações dos expedicionários despachados para o interior, que só poderiam ser feitas seguindo-se pelas trilhas.

O testemunho arqueológico

As provas mais sólidas, porém, parecem provir das pesquisas da arqueóloga Maria Beltrão, que localizou numerosos sítios indígenas na ilha do Governador, classificados entre aldeias, aldeamentos, *ateliers* e sambaquis, distribuídos em dez localidades.[17] De todos eles, os mais importantes para o tema da feitoria encontram-se nos *places* GB-18 (aldeamento das Pixunas), 39-QP (aldeamento de São Tomé, nos terrenos da Escola São Tomé) e GB-19 (aldeia e aldeamento da Estação de Rádio da Marinha).

No aldeamento das Pixunas, as escavações encontraram material de origem européia associado ao indígena desde a base do sítio. A forma retangular da ocupação do local revela a influência do europeu na adoção de um modelo de defesa, presente também no desenho das aldeias Tupi reproduzidas no mapa do cartógrafo francês Vau de Claye. A datação do aldeamento foi estabelecida entre 1500-1550 d.C.

As escavações na colina da Escola São Tomé mostraram um antigo acampamento da cultura Tupi-guarani, configurado através de abundante material cerâmico associado à louça européia. Os trabalhos de datação do 39-QP identificaram-no ao período histórico (posterior a 1500).

Entretanto, ao estudar o *place* da Estação de Rádio da Marinha na ponta do Matoso, Maria Beltrão identificou a aldeia como do *período correspondente ao primeiro contato com os europeus*, com a data do sítio estabelecida entre 1300 e 1500. "Nas camadas superficiais do sítio a cerâmica indígena aparece associada à cerâmica neobrasileira colonial e *de Macau*, ao todo 875 cacos, não se podendo diagnosticar, pela análise estratigráfica, se a cerâmica neobrasileira foi um elemento cultural intrusivo ou se processos aculturativos desenvolveram-se entre o indígena e o europeu."[18]

É intrigante que a divulgação do encontro dos singulares restos de "louça de Macau" — e na datação apontada — não tenha repercutido entre os historiadores e pesquisadores da antropologia cultural. O achado da porcelana chinesa parece quase inexplicável. Como entender sua presença na fossa da aldeia e em tal época?

Se admitirmos que o conceito de datação não é rígido, *1500 d.C.* corresponderia (como diz a própria arqueóloga) ao "período do primeiro contato" dos indígenas da ilha com os europeus. Porém, ainda que alarguemos a faixa de tempo para um ou dois decênios após 1500, a utilização de louça chinesa por homens brancos (que dirá por indígenas!) na costa brasileira continuará sendo uma incongruência.

Tanto pelo preço alto como pela fragilidade, não há como explicar a presença de objeto tão refinado no sítio insular. É claro que louça fina não fazia parte dos serviços de naus e caravelas, menos ainda das que trafegavam pela chamada Carreira da Índia.

Por outro lado, as embarcações portuguesas não costumavam voltar do Oriente passando pela costa do Brasil, particularmente no primeiro terço do século XVI. A porcelana, por motivos óbvios, não entraria na posse dos nativos em sua forma original, mas já em cacos, depois de danificada no manuseio utilitário do homem branco ou pelo resultado de algum acidente comum.

Qual seria o interesse do índio pelos cacos de louça? Dado que nessas mesmas escavações surgiram novos padrões decorativos em parte da cerâmica Tupi recolhida, com a superfície dos artefatos mostrando-se bem alisada, podemos constatar uma inovação de natureza instrumental no trabalho de acabamento da cerâmica indígena, talvez proporcionada pela adoção dos bordos lisos do caco de louça como ferramenta. É uma hipótese.

Em síntese: os sítios arqueológicos da ilha traduzem importantes revelações proto-históricas quanto aos assentamentos indígenas. O da ponta do Matoso, *da fase cronológica do descobrimento do Brasil*, mostra algo ainda mais importante do que um simples aldeamento.

Esse sítio permite deduzir, pelos materiais exclusivos encontrados somente ali, a existência de atividades de carpintaria naval, sugerindo carenagem de embarcações, tanoaria, aparelhamentos; enfim, serviços de apoio típicos de uma feitoria, a feitoria da ilha do Gato.

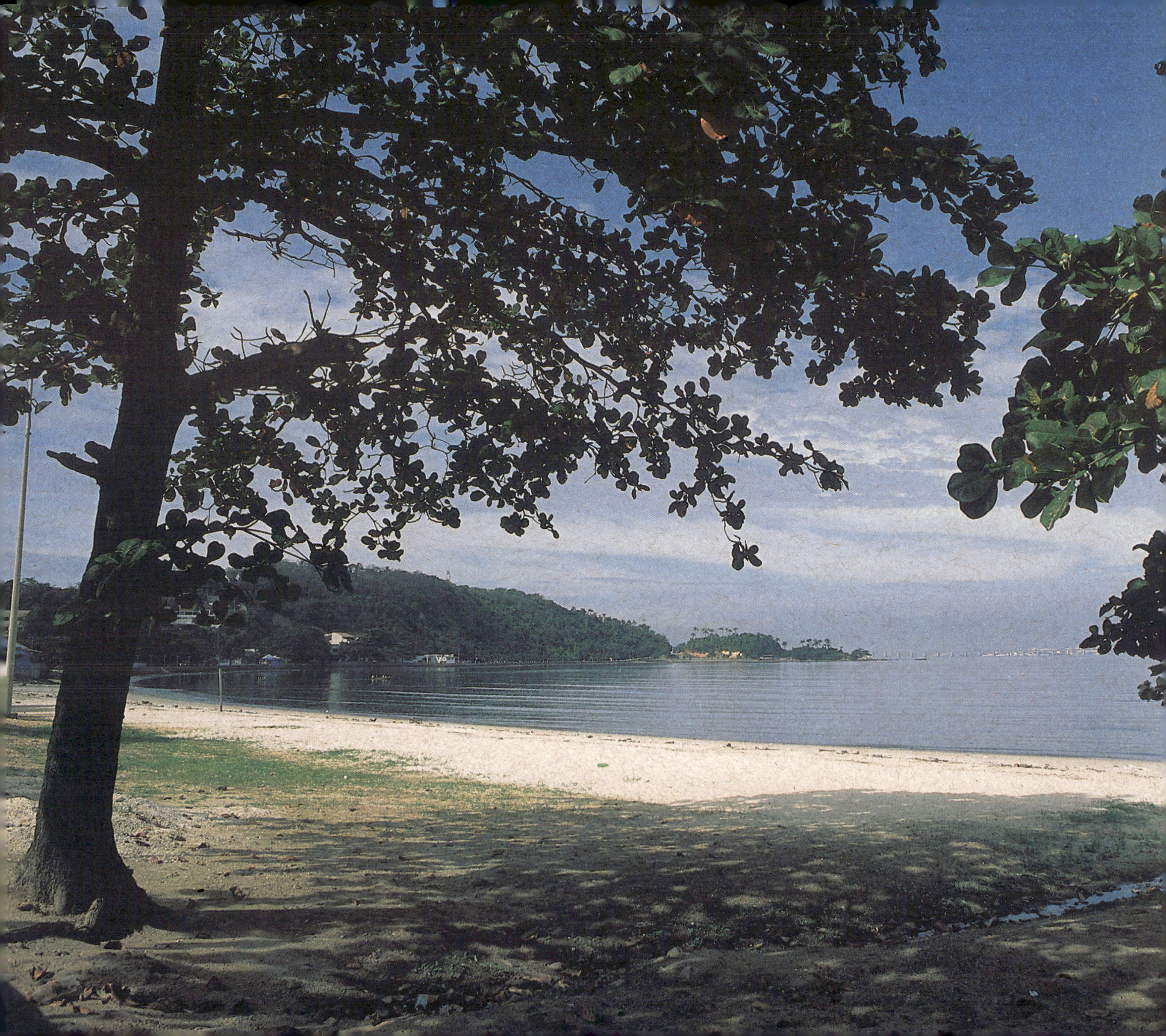

Hoje a ponta do Matoso é ocupada por uma base naval, onde se localiza o depósito de combustíveis da Marinha no Rio de Janeiro. Trata-se, talvez por isso mesmo, de uma das porções mais bem preservadas de uma ilha por outro lado bastante degradada. Ainda assim, as águas escuras e oleosas da baía de Guanabara levam muito lixo, latas e garrafas plásticas para suas praias mais escondidas, como a praia da Bica, nas proximidades da qual provavelmente se localizava a feitoria.

Os grandes tanques, os depósitos e os aterros criam uma paisagem industrial destituída de encanto. Ainda assim, aqueles vastos tanques brancos abarrotados de combustível, o número de bases navais e instalações militares espalhadas pela ilha, o próprio aeroporto do Galeão, o fluxo incessante de navios e aviões, tudo é um indício evidente e ruidoso da posição altamente estratégica de que a ilha desfruta ainda hoje.

Os vestígios da feitoria, bem como os sinais da aldeia do Grande Gato, o "Maracajá" (chefe indígena cuja força e vigor acabaram por batizar toda a tribo), estão agora soterrados sob o peso dos anos e de toneladas de entulho, em meio a uma paisagem de imperfeições. Ao que tudo indica, porém, foi exatamente ali que a Terra do Brasil começou a se tornar o Brasil de hoje. Se o Brasil de hoje ainda o ignora, ou nem sequer se interessa em esclarecê-lo, e se já não há mais virtualmente um único pé de pau-brasil na ilha ou em seus arredores, nem por isso o cenário e seus desdobramentos são menos reveladores. Pelo contrário.

Vista da base naval da ponta do Matoso; e na página oposta, a praia da Bica, nas proximidades da qual provavelmente se localizava a feitoria da ilha do Governador.

A *feitoria*: seu cotidiano e sua fisionomia

Com exceção dos poucos dados registrados pelo diário de bordo da nau *Bretoa*, nada mais se sabe de efetivo sobre a primeira feitoria montada pelos portugueses no "Cabo Frio". Mas a ausência de registros formais não nos impede de restabelecer, em linhas conjecturais, mas objetivas, os padrões de funcionamento, subsistência e segurança daquele estabelecimento pioneiro, bem como as vicissitudes a que estavam submetidos todos os que ali viveram.

A partir da geografia física, dos condicionalismos ambientais e da ilustração iconográfica (desde que encarada com cautela), além do exemplo fornecido pela experiência lusa no estabelecimento de entrepostos fortificados em diversas paragens do globo, não chega a ser tarefa das mais difíceis traçar o perfil esquemático da feitoria da ilha do Gato.

Em primeiro lugar, vem a edificação. É preciso salientar que o erguimento da feitoria-fortim teria exigido a participação não apenas dos homens destinados a guarnecê-la, mas de todos ou da maioria

Representation du Rio Iaveiro, en 23 degrez 15 minutes au Sud de la Linie, où que cherchions rafreschissement. G Icy estions ancrez avec nos navires. A Est le Chasteau des Portugalois, situé au costé Nord de l'entree. B Vis à vis du Chasteau gist la ville de Iaveiro. C Et un Mont, nommé pain de Sucre, auquel gaschames avec 70 hommes, envoyans un Mestiz & deux hommes en terre, qui furent assailliz d'une grande troupe en embuscade, & emmenez prisonniers, nous nous sauvans de fuy nos Batteaux, ausquels ils tirerent dru, tellement que 6 ou 7 des nos furent blessez. D L'endroict où que receumes nos prisonniers, n les leurs.

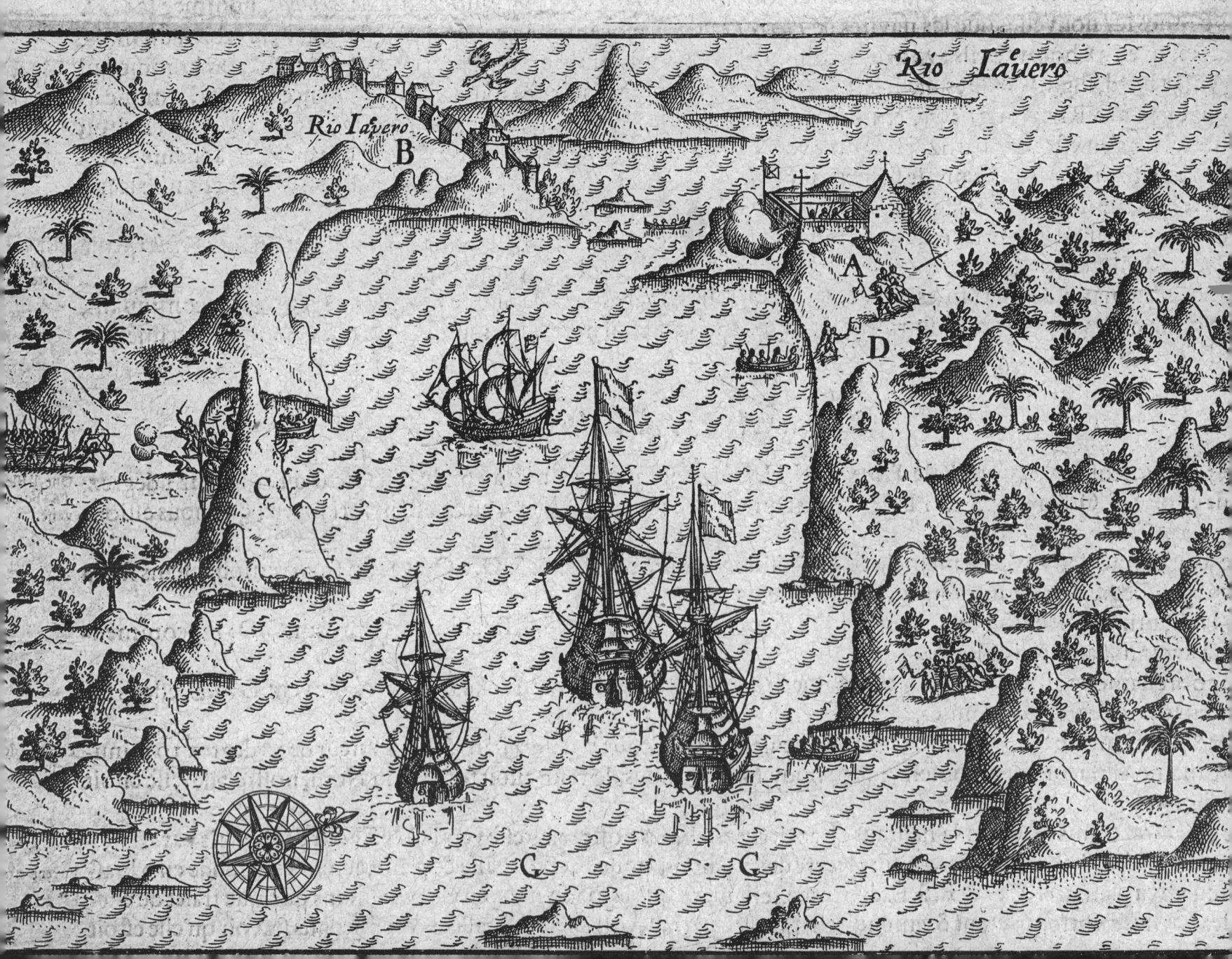

dos tripulantes da nau que conduziu a missão e transportou os materiais e equipamentos destinados ao entreposto. A obra precisava ser feita rapidamente.

Erguida sobre uma parte elevada nas proximidades da linha do mar (muito possivelmente no morro atrás da atual ponta do Matoso), a sede da feitoria deveria apresentar um desenho de ocupação quadrangular do terreno. O mato era roçado em volta da paliçada (mais tarde, um muro) para manter livre a visão de todo o perímetro, mesmo de posições que poderiam ser eventualmente cobertas pela vigilância da aldeia Maracajá que lhe ficava próxima.

O principal enfoque de defesa estava em cobrir o ancoradouro ou a praia diante da feitoria, com o objetivo de evitar o sucesso de ataques frontais antes que ocorresse o desembarque dos agressores, fossem eles indígenas ou europeus.

O conceito arquitetônico do estabelecimento não seria muito diferente do que observamos nas ilustrações quinhentistas, por exemplo, em Théodore de Bry e em Vau de Claye: um pavilhão quadrado ou retangular com grandes paredes feitas de troncos de palmeira pregados dois a dois e amarrados por correntes.

O telhado tinha placas de cobre por dentro; por fora, era coberto inicialmente pelas ramas de palmeira. Erguidos à frente do estabelecimento, dois bastiões em torre armados de bombardas serviam como pólos de defesa da paliçada. Ali dentro, uma pequena capela de taipa abrigava os cultos.

Se já não tivesse vindo de Portugal uma carga de telhas e cerâmicas, usadas como lastro, logo seria feita a substituição da cobertura, pois a área em torno da ilha do Gato era rica em barro de olaria, argila, cal de mariscos e depósitos de cascas de ostras. A proteção do teto era muito importante, por causa de ataques inimigos com flechas incendiárias.

O modelo funcional não se limitava apenas à "sede", mas estendia-se a outros pontos, entre os quais o "estaleiro" na praia onde se fazia a carenagem das embarcações e os depósitos (então chamados *passos*) destinados à armazenagem do pau-brasil, de outras madeiras e da carga pesada para exportação. Perto dos depósitos ficava o trapiche, construído para o acostamento dos batéis e esquifes, no trabalho de embarque e abastecimento de naus, caravelas e bergantins.

O efetivo de pessoal não seria muito inferior ao da conta de Américo Vespúcio: pelo menos uns 12 homens, não devendo, no entanto, ultrapassar uma vintena, em face dos custos de manutenção, substituição, transporte e salários implicados. Tudo isso também se relaciona com o porte dos navios envolvidos no tráfico do escambo e a capacidade de embarcar equipagens de pessoal suplementar.

A feitoria não era estática, mas ativa no seu relacionamento com o espaço circundante, diante do programa de acumulação de estoques dos produtos da flora e fauna utilitárias (como papagaios e

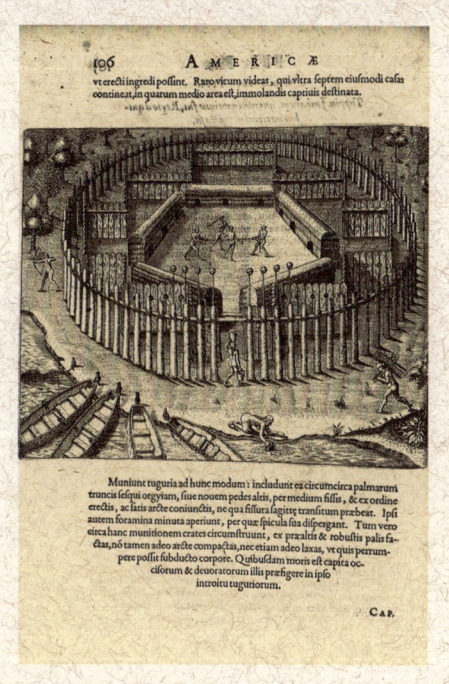

Théodore de Bry, 1592

Página oposta:
A primeira gravura do Rio de Janeiro, mostrando o forte ("Chateau") dos portugueses, a cidade, o Pão de Açúcar, e a troca de prisioneiros (Olivier van Noort, 1610).

bugios), do alargamento do campo de informações geográficas implicadas nesses objetivos e na necessidade de reconhecer, por motivos de segurança e para a eventualidade de mudança do local das instalações, as regiões próximas e remotas daquele estratégico sítio guanabarino.

Para tanto, a guarnição contaria com um bergantim ou um batel robusto, capazes de navegar na costa da baía, fazer incursões à malha dos rios e saídas barra afora. Essas embarcações poderiam receber armamento pesado, as bombardas. Do material bélico da feitoria ainda constavam as bestas e suas flechas, couraças e capacetes, lanças e armas de fogo portáteis. Barris de pólvora e mais carvão, enxofre e salitre para o fabrico do explosivo completavam o paiol, sempre bem protegido.

Comida e trabalho

Os mantimentos europeus não eram diferentes dos habituais nos navios portugueses da fase da expansão oceânica. Mas estavam sujeitos a quantidades limitadas de biscoito, vinho, vinagre, azeite, arroz e algumas conservas. O estabelecimento deveria suprir-se com os recursos locais, da terra e do mar, obtidos através da produção nativa e dos próprios esforços da guarnição.

O auto-sustento incorporava a pesca de rede e de linha, tradicional atividade de todas as frotas, para a qual a feitoria encontrava-se munida do equipamento necessário. Sempre que possível, eram deixadas em terra grandes gaiolas com galinhas e patos, e outros animais baixavam para criação, agregados aos da fauna doméstica local.

A salga do pescado e o preparo de outros alimentos em conserva, além do consumo do pessoal desembarcado, visavam ao abastecimento (e compensação) dos navios em visita periódica de carga. Quando estes chegavam, as cautelas de defesa não eram relaxadas, mas sim aumentadas. As embarcações deveriam estar fundeadas de maneira a neutralizar ou, pelo menos, não ampliar os riscos de eventuais ataques de surpresa vindos do mar.

O corte de madeira tintorial implicava uma participação integrada no escambo com os indígenas da ilha do Gato e também com os de outras aldeias da baía de Guanabara. Todos esses nativos precisavam ser contatados e com eles negociada, pela oferta de artigos de utilidade prática trazidos da Europa (miçangas, enfeites, roupas e principalmente *ferramentas de metal*), a cooperação na busca dos melhores nichos, seleção, corte e falquejamento das árvores, sua condução até a praia, além da faxina e da estiva dos lenhos.

Manter os indígenas animados para o trabalhoso e exaustivo corte do lenho vermelho era tarefa que obrigava o feitor a fornecer-lhes mercadorias e instrumentos de ferro. O fluxo desse escambo exigia, naturalmente, uma linha constante de suprimento de mercadorias (entre as quais os tão desejados machados, facas e tesouras) e o suporte para a manutenção e segurança da feitoria. Os montantes de madeira tintorial obtidos pela feitoria deveriam ser, necessariamente, proporcionais à capacidade de fornecimento daquelas mercadorias.

Assim sendo, o estudo de localização da feitoria exige que levemos em conta as condições do sítio enquanto fonte de suprimento do pau-brasil, bem como sua capacidade de assegurar garantias sólidas para ancoragem, reparo e carenagem das embarcações, de refresco e aguada, e de sustento das tripulações durante a permanência (a da nau *Bretoa*, por exemplo, foi de cerca de dois meses).

Na questão do sustento, é claro que não se poderia dispensar um forte apoio indígena na produção e fornecimento de farinha de mandioca, tanto para o consumo da equipagem durante a estadia como para a viagem de regresso.

A feitoria, portanto, teria necessariamente de estar localizada perto ou junto a uma grande aldeia habitada por nativos confiáveis, amigos e dispostos a comerciar com os europeus e também a protegê-los. A recíproca era verdadeira: os europeus, se queriam manter a feitoria, com todas as trabalhosas implicações de apoio indígena na obtenção do pau-brasil, deveriam se identificar, na paz e na guerra, com os seus colaboradores.

E tal aldeia precisaria ser grande o suficiente para permitir o lento trabalho de campo, com as operações de localização, corte, preparo e transporte das toras de madeira; para ajudar no erguimento dos depósitos, na acumulação e faxina do lenho; e para colher e preparar, com o trabalho de suas mulheres, toda a mandioca necessária às tripulações.

A ibirapitanga e os nativos

Esses episódios e circunstâncias talvez passem a impressão de que os *brasis* de 1500 (ou seja, os nativos encontrados por portugueses e franceses) conviviam com o uso corrente e constante do pau-brasil como matéria tintorial. Certamente não era assim.

Os índios não usariam no cotidiano o corante extraído do lenho, madeira duríssima, árvore difícil de abater, exigindo machado de ferro e braço firme. Claro que os nativos tinham braço firme, mas ainda não haviam sido cooptados pelo homem branco nem apresentados à ferramenta. Derrubavam as grandes árvores a fogo.

Algumas espécies vegetais, e mesmo elementos minerais, bem mais acessíveis e práticos, atendiam às necessidades comuns de uma taba. O pau-brasil ficava reservado para ocasiões ou circunstâncias muito próprias. Não seria por outro motivo que o urucum, o jenipapo e outros produtos corantes eram empregados largamente, tanto por suas finalidades cosméticas e protetoras como pela funcionalidade de seu preparo.

Parece lógica a pergunta: por que derrubar uma árvore enorme (basta imaginar o falquejamento com machados de pedra e cunhas) se o mesmo resultado poderia ser obtido com a essência da polpa de um fruto ou com as cascas de determinado arbusto, quando a questão se resumia a tingir umas poucas meadas de fibra ou enfeites de cordéis?

Não se fez até agora um estudo aprofundado das modificações da cultura indígena no início do século XVI, com os procedimentos tecnológicos introduzidos pelo homem branco e suas conseqüências na vida tribal. Tampouco se tomou o caminho inverso: a influência dos nativos na vida da feitoria e no cotidiano de seus ocupantes, na tropicalização do europeu que aqui vivia.

Na historiografia de temática brasileira, por vezes, em 15 linhas pula-se do século XVI para o XVII, como se o início do ciclo do pau-brasil fosse o alicerce de uma grande edificação que simplesmente não se vê. Enterrado está, enterrado fica.

Mas o processo de adaptação do homem branco ao meio, para o sucesso de uma missão permanente como a da feitoria, exigiu a adoção de usos, costumes e práticas nativos, da tecnologia por diferenciação entre a ordem européia e a tropical. Vale dizer, em inúmeros momentos o europeu é que era o "selvagem" e o índio, o "civilizado".

Coisas aparentemente banais ganhavam inesperada importância e logo, por exemplo, os homens do entreposto aprenderam a dormir em redes. Fazer cama no chão, sobre ramos e palhas, era aquecer um ninho para lacraias e escorpiões. Do pão da terra, a mandioca-brava plantada pelos índios, os europeus aprenderam o valor alimentício e a importância tática de uma farinha de longa duração, logo transformada em suprimento dos navios em retorno a Portugal. Passaram a entender os perigos e as "leis" da mata e a compreender a diferença daquilo que antes fora indiferenciável para o europeu. Quem não aprendeu, não voltou.

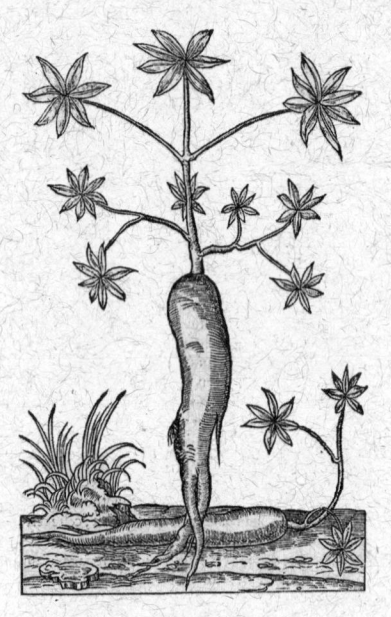

A mandioca. Thevet, 1558

Esse tipo de associação com o índio iria reger a exploração do pau-brasil em todos os locais onde foi realizada, principalmente na primeira metade do século XVI. As cadeias de aliança iriam se esgarçar à medida que o tempo avançava, aumentava o número de visitantes, difundia-se o conhecimento da costa, rompiam-se muitos dos mistérios de uma natureza suprema e, por fim, estabelecia-se mais plenamente a colonização.

No entanto, a colonização portuguesa do Brasil seria, ao longo de seu primeiro e frágil meio século, francamente ameaçada por outro povo, igualmente ousado e empreendedor. Esse outro povo, além de não reconhecer validade jurídica nas estipulações que haviam assegurado a soberania lusa sobre aquele vasto território (configuradas pelo Tratado de Tordesilhas), estava tão ou mais interessado do que os "descobridores" originais em explorar o principal recurso ali encontrado: o pau-de-tinta.

Esse povo era o francês.

A feitoria do Cabo Frio

Embora todos os indícios apontem para o fato de que a chamada "feitoria do Cabo Frio" se localizava na ilha do Governador, a região de Cabo Frio propriamente dita concentra vários sítios arqueológicos de grande importância — alguns deles diretamente ligados à história do pau-brasil.

O principal e o mais polêmico desses sítios fica no morro do Arpoador, na margem esquerda do canal de Itajuru, na zona conhecida como "boca da barra", uma vez que o referido canal nada mais é do que o braço através do qual a vasta lagoa de Araruama despeja suas águas nas do oceano Atlântico.

Trata-se de um local de extraordinária beleza, cuja formação peculiar o transforma num dos mais notáveis de uma zona que se caracteriza justamente pela concentração de lugares lindíssimos. Ao longo de 20 anos, o pesquisador Márcio Werneck da Cunha — apaixonado pela região, pelo pau-brasil e, acima de tudo, pelo tema da primeira feitoria portuguesa no Brasil — vem juntando dados para tentar comprovar a tese de que aquele entreposto ficava na barra da lagoa de Araruama, à sombra do morro do Arpoador.

Werneck da Cunha já publicou ensaios, artigos e livros defendendo suas idéias, com argumentos sólidos e bem articulados. Embora

Pau-brasil tenha optado por seguir os conceitos de Fernando Lourenço Fernandes, nem por isso deixa de prestar homenagem ao trabalho dedicado e virtualmente solitário de Werneck.

Mesmo porque foi graças a eles — ao homem e à obra — que o desocupado e maravilhoso morro do Arpoador segue sendo maravilhoso e desocupado: o próprio Werneck é o principal responsável pelo tombamento da área, que, de outro modo, teria virado um dos tantos "condomínios fechados" que vêm devastando porções do litoral brasileiro.

Tendo ou não sido o local onde se ergueu a primeira feitoria, o morro do Arpoador configura não apenas um patrimônio paisagístico de primeira grandeza: reúne também vários outros predicados que justificam o tombamento. Em primeiro lugar, Werneck e equipe identificaram mais de cem pés de pau-brasil nas encostas da colina. Além disso, nos arredores, existem pelo menos três sítios arqueológicos: as ruínas da feitoria-fortaleza francesa chamada Casa de Pedra (1556-1575); o sítio de uma feitoria-fortaleza inglesa (1615); e o fortim luso-castelhano Santo Inácio (1615-c. 1620), depois transformado no atual forte São Matheus.

A batalha judicial, vencida em 1986, custou várias ameaças de morte a Márcio Werneck da Cunha. Atualmente, porém, o orgulho que o pesquisador solitário sente cada vez que percorre o recanto onde julga que Américo Vespúcio teria vivido por alguns meses comprova que, pelo menos ali, a utopia de Thomas Morus se tornou realidade.

A feitoria de Itamaracá

Até Martim Afonso de Sousa fundar a vila de São Vicente, em fevereiro de 1532, os únicos estabelecimentos portugueses no Brasil eram feitorias para o recolhimento do pau-brasil. Quantas, quais e onde ficavam essas feitorias é tema ainda controverso entre os historiadores. O que parece certo, no entanto, é que em outubro de 1516, tão logo soube que a chamada feitoria do Cabo Frio (localizada, como já vimos, na ilha do Gato) havia sido descoberta por navegadores espanhóis, o guarda-costas Cristóvão Jaques — encarregado pelo rei dom Manuel de proteger o litoral brasileiro — teria decidido fechar aquele entreposto e transferi-lo para a ilha de Itamaracá, em Pernambuco.

Com efeito, sabe-se que Jaques partiu de Lisboa para o Brasil em agosto de 1516. Chegou ao Rio de Janeiro em outubro daquele ano, poucas semanas depois de o piloto da nau *Bretoa*, João Lopes de Carvalho, o *Carvalhinho*, ter sido recolhido por uma expedição espanhola. Por uma série de circunstâncias, ficou então claro para os portugueses que não havia mais sentido em manter uma feitoria no litoral sul do Brasil, abaixo da perigosa barreira dos Abrolhos e numa zona muito mais distante de Portugal do que Pernambuco — onde, além de tudo, existia pau-brasil de melhor qualidade, o chamado "brasil fino", visto que, como diria muitos anos depois o cronista Pero de Magalhães de Gândavo, "aquele pau é fruto da quentura do sol".

Cristóvão Jaques — que, além de militar, teria sido um dos "contratadores" do chamado "trato do pau-de-tinta" (negócio que talvez tenha assumido tão logo expirou o contrato anteriormente assinado entre o rei, Fernando de Noronha e Bartolomeu Marchionni) —, ergueu a segunda feitoria do Brasil na ilha de Itamaracá, no alto de uma ribanceira, em frente ao canal que separa a ilha do continente, muito próximo da foz do rio Igaraçu.

Não restam vestígios desse estabelecimento pioneiro, embora não restem dúvidas de que ele ficava muito próximo do forte Orange — construído pelos holandeses um século e meio mais tarde, como se para comprovar que se tratava de um sítio altamente estratégico. A feitoria de Itamaracá funcionou durante décadas e foi palco de um dos maiores confrontos entre portugueses e franceses travados no Brasil, em julho de 1532, quando Pero Lopes, irmão de Martim Afonso de Sousa, enfrentou os contrabandistas num episódio tão importante que, de certo modo, iria deflagrar o processo de divisão da colônia em capitanias hereditárias — o início da ocupação do Brasil.

Mais um motivo para que se iniciem quanto antes pesquisas arqueológicas em busca da segunda feitoria portuguesa no Brasil: a feitoria de Itamaracá.

Santa Teresa, 1698

Forte Orange e detalhe do mapa de Itamaracá. Santa Teresa, 1698

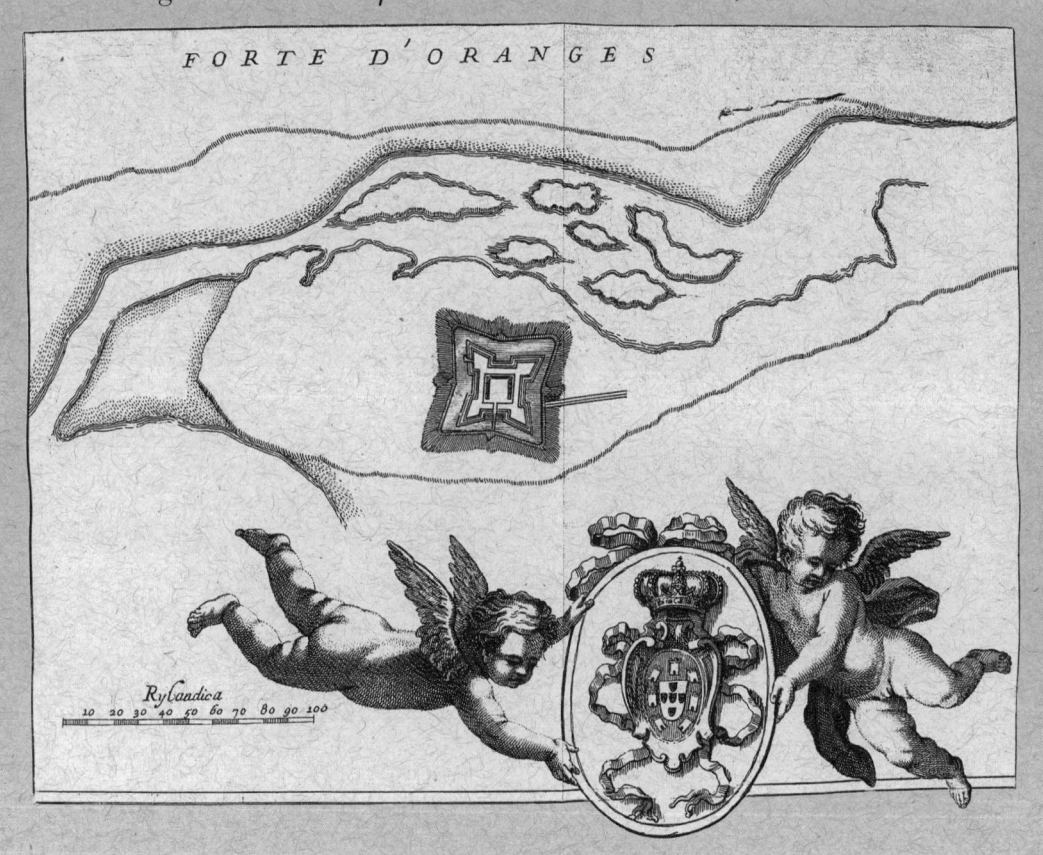

Max Justo Guedes

La Terre du Brésil: contrabando e conquista

Cosmographie Vniuerselle

corps paint diuersement, s'enquirent du moyen de ceste tainture: & leur fut par aucuns mostré l'arbre, que nous nómons Bresil, & les Sauuages *Oraboutan*. Cest arbre est tresbeau à le regarder, droit & gros, ayant l'escorce superficiellement de couleur grisastre, & le boys rouge par dedans, & principallement le cueur, lequel est le plus excellent de tout l'arbre : & c'est aussi dequoy se chargent le plus les marchands. Et vous diray bien en passant, que d'vn arbre aussi gros que trois hómes en scauroient embrasser, on n'en tire point aussi gros de ce cueur & mouëlle rouge, que pourroit estre la cuisse d'vn homme. Cest arbre a les fueilles ainsi que le buys, aussi petites, mais plus espaisses & frequentes, & qui aussi verdoyent en tout temps. Ie ne veux icy oublier la faute que a fait vn quidam, qui a escrit l'histoire des Indes, lequel descriuant le Bresil, dit, que cest arbre n'est ny grand ny droit, ains est fait tout ainsi qu'vne espece de Chesne, lequel a les fueilles menues : mais encor dit il, qu'il est plus subtil, petit & tortueux, & que l'escorce se separe facilemét de l'arbre, & a les fueilles aucunement espineuses & poignantes, mais non trop aspremét. Toute ceste description conuient autant à l'arbre du Bresil, cóme à vn pommier. Car l'*Oraboutan* est hault, grand & droit, & des plus gros que l'on voye, & sa fueille point ne plus ne moins que celle du Buys. Ie le puis dire, qui en ay veu plus de cent mille, estant pardelà, & qui l'ay veu couper, escorcer, & en tirer le cueur pour charger les nauires: & pense que celuy qui en parle ainsi, s'est abusé, & qu'il a pris quelque autre arbre au lieu de l'Oraboutan, ou bien que és lieux où il a esté, il y a quelque espece d'arbre, qui a ainsi le cueur rouge, qui correspond à sa description, & lequel il a pris pour le Bresil. Mais ie luy contre-dis d'autant plus asseurement, cóme ie scay bien quel est le Bresil, & ayant plusieurs tesmoings en France, qui scauent la verité estre de mon costé. Ie puis aussi contredire à ce qu'en a dit Cardan, lequel dit entre autres choses,

Oraboutan signifie boys de Bresil.

Erreur de Cardan, sur

Parece lógico que a Terra de Santa Cruz, não tendo despertado grande interesse na Coroa portuguesa (razão pela qual o rei dom Manuel tratou logo de arrendá-la a um consórcio de cristãos-novos), também não tenha a princípio motivado os navegadores de outros países não peninsulares. Dentre esses, é sabido, destacavam-se ingleses e franceses

Se tal desinteresse existiu, porém, teve curta duração e por uma razão fortuita: na virada de 1502 para 1503, quando as armadas de Vasco da Gama, Cabral e João da Nova já haviam regressado da Índia, achava-se comerciando em Lisboa um certo Binot Paulmier de Gonneville, acompanhado por Jean l'Anglois e Pierre le Carpentier, todos negociantes estabelecidos na cidade portuária de Honfleur, na costa da Normandia, norte da França.

Cópia manuscrita do relato de Gonneville, 1658

Como Gonneville recordaria mais tarde, eles puderam observar com os próprios olhos "as belas riquezas de especiarias e outras raridades" que começavam a afluir desde a Índia ao movimentado porto às margens do Tejo. E foi aquela visão, cheia de expectativa, que os levou a firmar um acordo para enviar um navio às ainda misteriosas e longínquas "partes do Oriente".

A decisão se consolidou porque Gonneville e seus sócios conseguiram obter, por "um alto salário" e à custa de sinuosas negociações, a ajuda de dois portugueses, Bastião Moura e Diogo Couto. Acredita-se que esses dois eram marinheiros que haviam passado por Calicute, na Índia, em uma das três expedições lusas que lá chegaram.[1] Seis outros burgueses de Honfleur completaram os custos da armação do *L'Espoir*, navio quase novo, de 120 tonéis,[2] dos melhores que havia então no porto normando. Foi tripulado por 60 homens e muito bem equipado. Para pilotá-lo, escolheu-se o hábil Colin Vasseur, tendo como sota-piloto[3] Nollet Espendry de Grestaing.

O relato original de Gonneville desapareceu, mas há uma cópia manuscrita (feita em 1658), intitulada *Declaration du voyage du capitaine Gonneville devant les gens de l'Almiranté de Rouen*,[4] que conta detalhadamente a atribulada campanha do *L'Espoir* por mares bem diferentes daqueles que planejara cruzar.

O navio partiu de Honfleur em 24 de junho de 1503, buscando alcançar a Índia pela rota já conhecida: afastar-se da costa africana no rumo do ocidente, a partir do Cabo Verde, fazendo a chamada "volta do mar". No dia 12 de setembro, o *L'Espoir* cruzou o equador. Nas proximidades do cabo da Boa Esperança, em 9 de novembro, foi açoitado por uma tempestade que o forçou a correr contra o tempo, afastando-o da costa africana. Àquela altura, vários tripulantes já haviam sido vitimados pelo "mal do mar" [o escorbuto], mas a perda maior foi o piloto Vasseur, vítima de uma "apoplexia súbita".

No crepúsculo de 5 de janeiro de 1504 foi avistada terra firme densamente recoberta de florestas. No dia seguinte, o navio dirigiu-se à embocadura de um rio que os tripulantes acharam semelhante à do Orne.[5] Apesar da enorme dessemelhança entre ambos, os analistas da *Relação* de Gonneville julgam que o *L'Espoir* ancorou na foz do rio São Francisco do Sul, situada em frente à ilha de mesmo nome, no litoral norte de Santa Catarina.

Gonneville se demorou seis meses naquele rio — fosse ele qual fosse —, sempre em franca camaradagem com os indígenas. Efetuou os reparos necessários no navio "tão carunchoso e gasto" e deu descanso aos tripulantes. Resolveu então voltar à França, por dois motivos básicos: a perda do piloto e pouco conhecimento que tinham da rota do Oriente os demais tripulantes, incluindo os dois portugueses contratados por um "alto salário".

Em local visível, próximo ao mar, foi colocada uma grande cruz de madeira, para afirmar a presença de cristãos naquela terra. Gonneville também conseguiu do líder indígena local, Arosca, permissão para que um dos seus filhos, Essomeriq (talvez Içá-Mirim), fosse levado à França para aprender técnicas européias, em especial a da artilharia. Para acompanhar Essomeriq foi escolhido outro nativo, um certo Namoa. Gonneville prometeu trazer seus dois convidados de volta para o Brasil num prazo de "20 luas" (ou seja, 20 meses).

A partida rumo à França ocorreu a 3 de julho de 1504. Febres malignas não demoraram a grassar a bordo, atacando boa parte da tripulação e causando várias mortes, inclusive a do índio Namoa.

Honfleur, 2001

Saint-Malo, 2001

Gonneville imaginou que a água não corrompida, os bons ares e a fartura de gêneros da terra curariam os enfermos. Após ultrapassar o trópico de Capricórnio e aproveitando o vento alísio de sueste, o *L'Espoir* retornou às Índias Ocidentais, "nas quais", de acordo com o texto da *Relação*, "desde alguns anos os [navegadores] de Dieppe e Saint-Malo e outros normandos e bretões vão buscar a madeira de tinta vermelha, algodão, monos e papagaios".

Trata-se de um trecho estranho, que até parece ter sido acrescentado ao depoimento inicial de Gonneville. Sendo verdadeiro, indicaria que normandos e bretões já estariam traficando na costa brasileira *antes* de 1504, o que é bastante improvável.

Com o vento de leste que soprava, indício de que o *L'Espoir* navegava ao largo da costa baiana, a nau buscou terra. Segundo a descrição de Gonneville, encontrou-a em região dos Tupinambá ou dos Tupiniquim.

A terra abordada já tinha sido visitada por cristãos. Os indígenas, aproveitando-se do pouco conhecimento dos franceses a seu respeito, mataram um pajem e carregaram para o interior um soldado e um marinheiro, ambos de Honfleur. Quatro outros tripulantes conseguiram fugir e alcançar o batel do navio. Três chegaram feridos, e um deles, Nicolle Le Febvre, morreu pouco depois.

Diante disso, Gonneville abandonou aquela região e buscou ancoradouro cem léguas mais para o norte. Os nativos lá encontrados eram semelhantes aos anteriores, mas não fizeram mal aos franceses. Durante aquela escala, o navio foi abastecido e recebeu os "produtos" da terra: *pau-brasil*, algodão, macacos[6] e papagaios, com os quais Gonneville julgava cobrir os custos da viagem.

A jornada recomeçou entre 21 e 25 de dezembro de 1504 (dia de São Tomé e Natal). Dois indígenas foram raptados, mas, bons nadadores, lançaram-se na água a mais de três léguas da costa e retornaram a nado para a terra.

Após cinco semanas, o equador foi ultrapassado e a estrela Polar tornou a ser avistada. O *L'Espoir* cruzou o mar de Sargaços[7] e alcançou os Açores, onde foi reabastecido. Dali chegou à Irlanda, acossado pelas tempestades usuais do inverno. E foi então que suas desventuras realmente se iniciaram.

Em maio, perto das ilhas Jersey e Guernsey, o navio foi atacado por um pirata inglês de Plymouth (Edouard Blunth, segundo Gonneville). O *L'Espoir* reagiu e já estava quase a salvo quando a situação se tornou insustentável: Mouris Fortin, bretão já condenado por pirataria, juntou-se ao inglês. Atirar o próprio navio de encontro à costa pedregosa foi o único recurso de Gonneville para evitar que a embarcação fosse capturada ou afundada. Dezesseis tripulantes morreram, inclusive o sotapiloto Espendry.

Os sobreviventes, mais mortos que vivos, chegaram por terra a Honfleur no dia 20 de maio de 1505. Do grupo faziam parte o próprio Gonneville e o jovem "príncipe" Essomeriq. Arruinado, Gonneville nunca mais teve outro navio e, portanto, não pôde cumprir sua promessa de devolver Essomeriq ao Brasil.

Muito bem recebido na França, Essomeriq casou com uma sobrinha de Gonneville, teve 14 filhos e viveu na Normandia até sua morte, em 1583, aos 95 anos de idade. Circunstâncias tão afortunadas levaram sua principal biógrafa, a professora Leyla Perrone-Moisés, a chamá-lo de "o venturoso Carijó".[8] Ele seria o primeiro de uma longa linhagem de nativos do Brasil levados para a França, e que tanto impacto teriam no imaginário francês.

Se Essomeriq/Içá-Mirim teve sorte, o mesmo não se pode dizer de seu padrinho. Tendo perdido o navio e seus diários de bordo, Gonneville e os principais tripulantes da viagem (Andrieu de La Mare e Anthoyne Thurry) apresentaram à Justiça, em 19 de junho de 1505, uma queixa formal na esperança de obter uma indenização. Esta jamais foi paga. A infelicidade do explorador foi a ventura dos historiadores: é graças àquela *Relação* juramentada que hoje podemos recriar as principais peripécias da jornada. E ela tem interesse especial para nós, brasileiros, porque aborda o primeiro contato entre os normandos e a Terra de Santa Cruz, que logo teria múltiplos e duradouros desdobramentos, quase que inteiramente relativos ao tráfico de pau-brasil.

Em busca do "bois rouge"

A aventura do *L'Espoir* se tornaria um modelo típico das futuras viagens normandas ao Brasil. Além de ter levado a primeira carga de pau-brasil para a França, pelo que sabemos, abriu caminho para a associação de forças economicamente diversas e complementares: ao menos naqueles primeiros tempos, um único armador não teria condições de arcar com os custos e riscos de uma viagem ao Brasil. As dificuldades vividas pelo próprio Gonneville bem o comprovam.

Além das rações[9] para a tripulação, também era preciso investir no armamento necessário à defesa do navio. Canhões de bronze, pedreiros de ferro de diferentes calibres, munição, pólvora, morrões para dar fogo, mosquetes, arcabuzes e balas, piques, machados e todos os acessórios indispensáveis.

Os armadores também arcavam com os custos dos sobressalentes e o pagamento da tripulação. Esta consistia, para uma nau de cem tonéis, em cerca de 50 homens: mestre, dois pilotos, calafate, dois carpinteiros, dois toneleiros, barbeiro, artilheiros, marinheiros e pajens. No caso específico do *L'Espoir*, o contingente de 60 homens era um tanto acanhado para o ambicioso projeto de percorrer a rota da Índia (mais uma razão para o fracasso).

As primeiras viagens "de trato"[10] feitas por franceses ao Brasil logo evidenciaram a conveniência das naus de cem a 150 tonéis (às vezes, um pouco menos), com castelos na popa e na proa. Os estaleiros franceses[11] encarregados da construção desses navios utilizaram amplamente a experiência portuguesa ou, em menor escala, a espanhola, ambas já testadas nas longas travessias comerciais.

É importante salientar que, por não terem feitorias estabelecidas no litoral brasileiro, os franceses precisavam de navios com boa capacidade de manobra e calado suficiente para entrar nos diferentes, e por vezes difíceis, portos onde conseguiam traficar com os indígenas. Esse aprendizado foi lento, porque não eram muito freqüentes suas viagens ao Brasil naqueles tateantes primórdios.

O motivo pelo qual os franceses não podiam ter entrepostos fixos no Brasil é óbvio: os *entrelopos* não reconheciam a validade jurídica do Tratado de Tordesilhas, mas sabiam que seus navios ou qualquer feitoria fixa que erguessem no Novo Mundo poderiam ser facilmente, e dentro da "legalidade", atacados pelos portugueses e espanhóis.

Talvez tenha sido por isso que tantas viagens foram realizadas secretamente, das quais restaram tão poucas informações. Uma das raras fontes sobre as primeiras navegações francesas à América é a compilação organizada por Giovanni Battista Ramusio (1485-1557).[12] Geógrafo e membro do Conselho dos Dez [o senado veneziano], Ramusio realizou uma pesquisa exaustiva sobre as viagens de exploração pela África, Ásia e América.

Abate, transporte e troca do pau-de-tinta no mapa de Giovanni Battista Ramusio, editado em 1553, em Veneza.

Detalhe do planisfério do abade Desceliers, de 1550, realizado em Arques, perto de Dieppe.

Ele cita um certo capitão Denys, de Honfleur, que traficou pela margem ocidental do Atlântico em 1506, num navio pilotado por um Gamart de Rouen. Diz também que, em 1508, esteve na mesma região Thomas Aubert, o primeiro a trazer consigo navegadores de Dieppe. São hipóteses; a nós parece bem mais provável que tais viagens tenham sido feitas à região da Terra Nova, no atual Canadá. Porém, em 1509 o abade d'Estourville enviou a Paris dois papagaios comprados em Rouen, obviamente provenientes do Brasil.

Ainda segundo Ramusio, os franceses cedo demonstraram preferência pela porção do litoral brasileiro compreendida entre o cabo de Santo Agostinho (PE) e um certo "Porte Real" (que, pelos 14º de latitude sul citados pelo geógrafo italiano, possivelmente era Camamu, na Bahia, um pouco ao sul da baía de Todos os Santos). Claro que não chega a ser exatamente uma coincidência o fato de a referida região ser rica em pau-brasil, pois o *bois rouge* [madeira vermelha] levada por Gonneville para a Normandia havia despertado o interesse da indústria têxtil francesa.

As viagens foram se intensificando à medida que os gauleses iam estabelecendo alianças com os índios. E, de acordo com a opinião do historiador e folclorista Câmara Cascudo, os franceses desfrutavam de uma posição mais cômoda do que a dos portugueses para firmar tais acordos.

"Não queriam terra nem mando", pondera Cascudo em sua *História da Cidade do Natal*. "Queriam apenas trocas imediatas, rápidas, sem obrigações recíprocas. O português queria tudo: a terra, árvores, diamantes, bichos, mulheres, o trabalho dos homens, as águas e os ares. O francês era o doador amável de tudo, facilitando vícios, indo com os guerreiros saltear aldeias litorâneas na costa da Paraíba e Pernambuco, dando os prisioneiros brancos, cristãos portugueses, para o banquete antropofágico."

"O português vinha para estabelecer-se, para fixar-se, fundando casa, criando família, organizando o trabalho com os elementos nativos", prossegue Cascudo. "O francês era o adventício, o traficante rápido, o permutador. Chegava, negociava, retirava-se — exceto aqueles que eram desembarcados e ficavam entre a indiada, aprendendo a falar o nhengatu, pintando o corpo com urucum e jenipapo, furando o beiço para o tembetá, casando com as cunhãs, ganhando prestígio soberano. Mas não lhes interessava, de momento, a posse da terra imensa. O essencial era afastar o concorrente."[13]

A partir de 1517, os aventureiros normandos se viram amparados pela ordenança publicada a mando do rei Francisco I, relativa à liberdade dos mares: o monarca francês não reconhecia o Atlântico como *mare clausum*,[14] exigindo o direito de seus súditos também poderem empreender navegações à África e ao Novo Mundo. Logo se tornaria célebre, cabe lembrar uma vez mais, sua jocosa afirmação de desconhecer o testamento de Adão que dividira o mundo entre castelhanos e portugueses.

O inabalável poder de Jean Ango

Infelizmente, restam poucos documentos da ação normanda na costa brasileira: os ingleses bombardearam Dieppe em 1694, provocando o grande incêndio que destruiu seus arquivos. Mas aqui e ali colhem-se informações de que mesmo em portos tão pequenos como Jumièges (na margem do Sena) eram armados navios para o comércio do Brasil. Foi o caso do *La Martine*, de 80 tonéis, cujo mestre era Robert Costard, que em 1518 deveria trazer o navio à costa "do Brasil".[15]

A partir do início dos anos 1520, essa situação seria substancialmente modificada com o interesse de Jean Ango,[16] grande armador, comerciante e futuro visconde de Dieppe, pelo comércio brasileiro. Ango seria o verdadeiro responsável pela política marítima da França no reinado de Francisco I: "Por sua atividade, perseverança e gênio, alcançou Ango o apogeu da riqueza, agrupou em torno de si os melhores artistas, os pilotos mais arrojados."[17]

Senhor de uma rede de negócios que se estendia das Ilhas Britânicas à Turquia, dono de mais de 50 navios, coletor de impostos, aprovisionador da frota, conselheiro do rei, chefe de corsários e algo pirata, o visconde de Dieppe teve papel fundamental nas ações dos marujos franceses — seja nas costas americanas, assaltando as armadas portuguesas e as frotas castelhanas, seja levando seus navios ao Oriente e quase alcançando as Molucas.[18]

O que nos interessa aqui é o comércio de Ango com o Brasil, centrado especialmente no tráfico do pau-brasil. Nessa e em outras empresas, Ango contou com alguns dos mais notáveis pilotos da época. O grande Jean Parmentier foi um deles, tanto por seus conhecimentos de náutica e navegação de alto-mar como por seu humanismo e dotes poéticos e literários. Antes de iniciar sua célebre viagem ao Oriente, que o levou até Sumatra (onde morreu de tifo), Parmentier esteve nas costas americanas e os negócios que efetuou no Brasil com os índios provocaram forte alarme na Corte portuguesa.

Busto de Ango, em Dieppe

Astrolábio da época

Por mais de dez anos, as ações de Ango refletiram grandemente em Portugal, com profundas conseqüências para a história da colonização do Brasil. Por isso, é surpreendente — quase inacreditável — que o nome do visconde de Dieppe raramente seja encontrado nos livros sobre nossa história colonial.

As expedições francesas ao Brasil tornaram-se cada vez mais numerosas. E foi justamente para reprimi-las que, em 1526, o rei dom João III resolveu despachar em sua perseguição a flotilha de Cristóvão Jaques, capitão "guarda-costas" já familiarizado com a navegação brasileira e que iria, a partir de então, adquirir fama de homem cruel e vingativo.

Entre 1527 e 1529, Jaques infligiu terríveis castigos aos *entrelopos* que encontrou. O caso mais rumoroso ocorreu na baía de Todos os Santos, onde Jaques deparou com três navios franceses (um dos quais era o *Le Leynon*) pertencentes a um grupo de cinco armadores.[19]

No protesto enviado por Francisco I ao rei de Portugal em 6 de setembro de 1528, os franceses asseguravam que, após todo um dia de combate, vendo seus navios prestes a naufragar, alguns *entrelopos* buscaram refúgio em terra e outros se entregaram. Dizia o protesto que Jaques mandara enforcar alguns dos prisioneiros, enquanto outros teriam sido enterrados na areia, apenas com a cabeça de fora, e depois supliciados e flechados.

Glyas Hellie, rei d'armas de Angulema, o mesmo que fora a Lisboa para apresentar a dom João III o protesto de Francisco I, voltou a Paris com a resposta: é tudo falso.

De todo modo, não restam dúvidas de que a baía de Todos os Santos era, naqueles anos, um porto muito atrativo para normandos e bretões. Como prova disso temos a viagem de Diogo Álvares (o Caramuru) e sua mulher, a índia Paraguaçu, a Saint-Malo, onde ela recebeu o batismo e o nome cristão de Catarina.[20]

Os Verrazzano no Brasil

Lembremos que, ainda na década de 1520, estava envolvido no tráfico do pau-brasil outro famoso navegador, o florentino Giovanni da Verrazzano. Comissionado por um grupo de negociantes de seda estabelecido em Lyon (com financiamento de banqueiros florentinos daquela cidade), Giovanni tentou buscar no Novo Mundo uma passagem que lhe permitisse chegar ao Cathay (a China de Marco Polo). Não encontrou o Cathay, mas descobriu (em 1524, a bordo do *Dauphine*) uma parte importante da costa dos Estados Unidos, que incluiu a região onde hoje está Nova York.

Os Verrazzano, Giovanni e seu irmão Gerolamo, voltariam a navegar em 1526, dessa vez em busca das especiarias das Índias (provavelmente tentando alcançar as Molucas), após acordo com vários armadores: o famoso Philippe Chabot (almirante da França e da Bretanha), Guillaume Prudhomme, nosso conhecido Jean Ango e outros.

Foram aparelhados três navios, dois do Havre e um de Dieppe, que velejaram de Honfleur, em junho de 1526, tentando cruzar o estreito de Magalhães. Como não venceram aquele terrível labirinto de ilhas e canais, os navios rumaram para o cabo da Boa Esperança. Um deles conseguiu chegar ao Índico, mas acabou naufragando e os poucos marinheiros sobreviventes foram presos pelos portugueses em Moçambique, quando lá chegaram numa embarcação improvisada.

Os Verrazzano buscaram então refúgio no Brasil, onde carregaram pau-brasil, provavelmente para a rede de negócios de Ango, antes de retornarem à França, em 1527.

Mas os intrépidos irmãos florentinos não desistiram de seus intentos descobridores (e mercantis). Tanto é que, no ano seguinte, efetuaram novos contratos com os *bourgeois* [armadores] para velejar com o *La Flamengue*, de Fécamp. Novamente a viagem deveria ser no rumo da Índia, mas acabou se tornando mais uma no intenso contrabando de pau-brasil que bretões e normandos efetuavam com assiduidade — assustando cada vez mais a Coroa portuguesa.

É provável que a viagem dos Verrazzano tenha ocorrido entre abril de 1528 e março de 1529, quando o *La Flamengue* retornou a Fécamp. Giovanni não regressou: foi morto e devorado por canibais quando desembarcou, com alguns tripulantes, numa das ilhas das Índias Ocidentais.[21] Sua morte trágica foi lembrada por Giulio Giovio, visconde de Nocera, numa das estrofes da *Storia Poetica*.

Mesmo a horrível morte do irmão, comido ante seus próprios olhos, não desanimou Girolamo Verrazzano. Em 27 de setembro de 1529, ele contratou com Jean Bonshons, rico *bourgeois* de Rouen, a viagem de uma nau de 120 tonéis, o *Le Sauveur*. Verrazzano deveria partir do Havre no final de novembro de 1529, velejar para a *Isle de Brésil* — como os *entrelopos* se referiam ao Brasil — e depois seguir para Veneza e vários outros portos do Mediterrâneo para transações comerciais, presumivelmente envolvendo pau-brasil, retornando enfim ao Havre.

Giovanni da Verrazzano, em gravura de 1767.

Martim Afonso, os franceses e as capitanias

> LE BRESIL, dont la Coste est possedeé par les Portugais, et diviseé en Quatorze Capitaineries. Le Milieu du Pays est habité par vn Tresgrand nombre de Peuples la plus part jncogneus, et dont les Positions sont fort jncertaines.
>
> Par N. SANSON d'Abbeville Geogr. ord.re du Roy.
> A PARIS.
> Chez l'Auteur.
> Avecq Privil. po 20 Ans.
> 1657

Naquele ano de 1529, a atuação francesa no Brasil chegou ao auge, apesar dos esforços repressivos de Cristóvão Jaques. A crise veio com a captura do *La-Marie*, navio de Dieppe pertencente aos irmãos Morel, sócios de Jean Ango. Baseado nesse episódio e contando com o apoio de Margaritte de Navarra, irmã de Francisco I, Ango obteve do então vice-almirante da França e governador do Havre, Charles de Bec, duas cartas de corso[22] — que nada mais eram do que autorizações oficiais para o exercício da pirataria —, válidas até que ele recuperasse dos portugueses o prejuízo sofrido, avaliado em 250 mil ducados.

Os emissários portugueses agiram com rapidez. Mediante a fortuna de 60 mil ducados, pagos diretamente a Ango, obtiveram a anulação daquelas cartas de corso. No episódio teve destacada atuação Philippe Chabot de Brion, almirante de França, subornado a mando de dom João III.

Apesar desse relativo sucesso, a Coroa portuguesa percebeu que era inevitável o início da colonização do Brasil: ou isso ou se arriscava a perdê-lo para os franceses. Para deflagrar o processo de ocupação do vasto território atlântico, armou-se então a conhecida expedição de Martim Afonso de Sousa. E, num sinal claro de como se tornara freqüente o assédio ao Brasil, logo que sua armada avistou o litoral de Pernambuco, ponto de chegada ao Brasil, Martim Afonso e o irmão, Pero Lopes, encontraram e capturaram dois navios franceses repletos de pau-brasil.

Dois dias mais tarde, chegaram à feitoria da ilha de Itamaracá[23] e a encontraram saqueada, fazia dois meses, por um galeão francês.

Passados uns dois anos, enquanto Martim Afonso cuidava da fundação de duas vilas (São Vicente e Piratininga) e de outras providências administrativas, Pero Lopes regressou a Portugal. Ao se aproximar da ilha de Santo Aleixo, o jovem capitão avistou um grande navio francês. Sabemos hoje que era o *La Pélerine*, pertencente ao barão de Saint Blanchard, almirante da Esquadra Francesa do Mediterrâneo. Seu capitão era Jean Duperet e a tripulação constava de 120 homens.

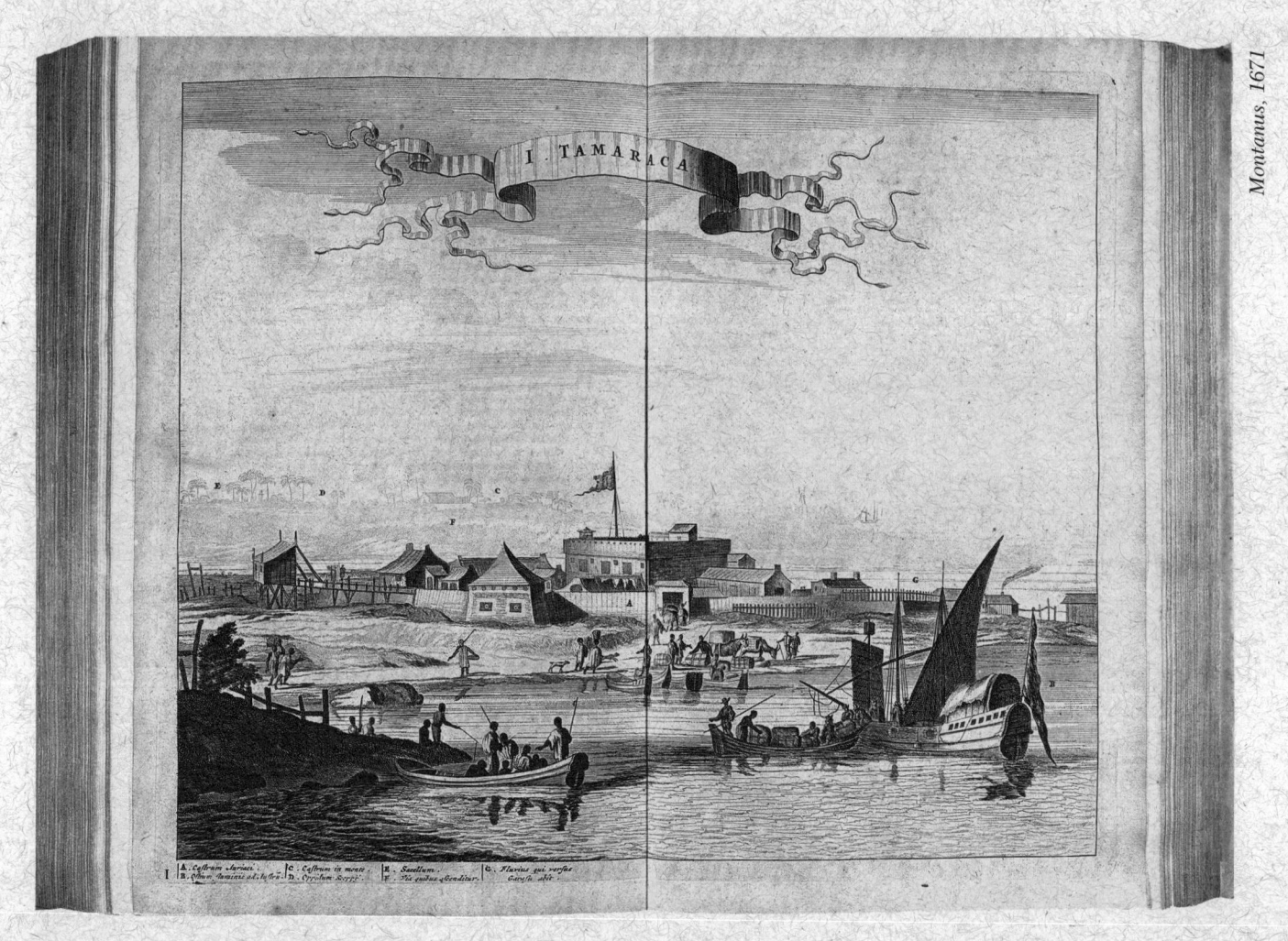

Montanus, 1671

Aquele navio, que viria a desempenhar um papel decisivo na história da colonização do Brasil, partira de Marselha em dezembro de 1530 rumo ao litoral de Pernambuco, onde faria com os indígenas o costumeiro comércio de pau-brasil, algodão, papagaios e macacos.

Três meses após a partida, o *La Pèlerine* tinha chegado a Pernambuco e sido atacado por seis portugueses que comandavam um grupo numeroso de indígenas. Derrotados, os portugueses se viram forçados a auxiliar os marinheiros de Duperet a construir um forte na ilha de Santo Aleixo. Foi perto dessa ilha que Pero Lopes de Sousa avistou o *La Pèlerine*, mas ignoram-se os pormenores do encontro. O fato é que o navio marselhês retornou ao Mediterrâneo, capitaneado por um certo Delabarre e guarnecido por apenas 40 homens.

Após rápida viagem, em agosto de 1531 o *La Pèlerine* aportou em Málaga, na Espanha, para reabastecer-se de víveres. Ao deixar aquele porto, foi capturado por uma esquadra portuguesa e remetido para Lisboa.[24] Ao mesmo tempo, chegavam a Portugal as mercadorias e os prisioneiros apreendidos por Pero Lopes de Sousa no forte da ilha de Santo Aleixo, que ele atacou após encontrar o *La Pèlerine*.

Dom João III e seus assessores não tiveram mais dúvidas: se os portugueses não ocupassem o Brasil, a colônia certamente cairia nas mãos dos franceses. E foi assim que o monarca decidiu implantar no Novo Mundo o sistema que já havia funcionado nos Açores e na Ilha da Madeira: dividir o Brasil em capitanias hereditárias.

Abaixo, a lista da carga do *La Pèlerine*, exemplo do vultoso comércio que os franceses faziam no Brasil. Quando o navio foi capturado em Málaga, os portugueses ficaram espantados com o que encontraram em seus porões:

. cinco mil quintais (cerca de 300 toneladas) de pau-brasil, valendo 40 mil ducados, ou seja, oito ducados por quintal.
. 300 quintais de algodão, no valor de três mil ducados, a dez ducados o quintal.
. 300 quintais de grãos do país, valendo 900 ducados, a três ducados o quintal.
. 600 papagaios, sabendo algumas palavras em francês, valendo 3.600 ducados, a seis ducados cada.
. três mil peles de onça e outros animais, no valor de nove mil ducados, a três ducados cada pele.
. três mil ducados de ouro e mil ducados de óleos medicinais.
O valor da carga totalizava 62.300 ducados.

Vale a pena salientar um aspecto curiosíssimo dessa lista, preservada graças ao processo judicial que o barão de Saint Blanchard, proprietário do *La Pèlerine*, moveu contra o reino de Portugal: embora os preços estivessem evidentemente superfaturados (em 1531, de acordo com várias outras fontes, um quintal de pau-brasil valia em torno de 3,5 ducados, e não oito ducados), é interessante perceber que o preço de um papagaio (seis ducados) ou o de duas peles de onça (também seis ducados) quase se equiparava a cerca de 60 quilos de pau-brasil.

Outra vez o poderio e a arte de Ango

Valores aparentemente tão baixos não impediram que a fortuna e o poderio de Jean Ango continuassem se multiplicando, embora ele não negociasse apenas pau-brasil. Mas, como veremos, é evidente que o *bois rouge* ocupava um lugar de destaque em sua vasta rede comercial.

Os negócios de Ango parecem ter alcançado o apogeu em meados da quarta década do século XVI, pois data dessa época uma de suas mais importantes realizações artísticas: o chamado Tesouro da Igreja de Saint-Jacques de Dieppe, um friso de mármore esculpido em alto-relevo e colocado próximo à sacristia daquela igreja.

No friso, conhecido como *Frise des Sauvages* [Friso dos Selvagens], a uns sete metros do solo, estão representados, em três grupos distintos, os indígenas, as plantas, frutos e animais do Brasil, seguindo-se os africanos, com idênticas representações naturalistas, e finalizando, à direita de quem olha, com os orientais, a natureza e costumes da Ásia. Ou seja, todas as diferentes regiões terrestres com as quais os pilotos de Ango tiveram contato.

A imagem do próprio Ango está esculpida no início do friso. Todo o trabalho parece ter sido concebido para mostrar as boas relações entre os navegadores franceses e os povos "selvagens" ao redor do globo, talvez numa tentativa de obter apoio e financiamento real para tão ousado projeto expan-

Vista do castelo e do pombal de onde, segundo a lenda, Jean Ango se comunicava com seus navios, em alto-mar, através de pombos-correio.

Pourtraict de la ville de Dieppe, *na* Cosmographie de tout le monde, *publicada em 1575 por François de Belleforest.*

Dieppe, 2001

sionista. Não surpreende que os índios "brasileiros" ali representados estejam segurando um machado, ao lado de pés de pau-brasil.

Recordemos ainda a recepção dada por Ango a Francisco I em Dieppe, em 1535, e a hospedagem do monarca na magnífica mansão *La Pensée*, digna dos melhores palácios europeus da época. Com suas dezenas de quartos e torres, *La Pensée* ainda pode ser vista em Varengeville (vilarejo nos arredores de Dieppe). A fabulosa mansão se ergue como um símbolo do poderio de Ango, e não há dúvida de que o dinheiro obtido com o pau-brasil ajudou a construí-la. Animais e indígenas brasileiros percorreram os suntuosos jardins do palacete do visconde, palco de algumas das mais memoráveis festas de seu tempo.

Se entre 1532 e 1539 foi evidente a diminuição do comércio francês no Brasil (devido à proibição decretada pelo almirante Chabot de Brion, que, como vimos, tinha sido subornado a mando de dom João III), a partir do final da década a ação dos *entrelopos* iria se intensificar.

Em 1539, por exemplo, encontramos navegando para o Brasil ninguém menos que Jean Rotz (ou Jean Roze), célebre piloto, cosmógrafo e hidrógrafo de Dieppe, autor do notável *Boke of Idrography*.[25] Essa viagem provavelmente foi feita na companhia de Nicolas Guincestre, navegador de Rouen, a bordo do *La Madeleine*. São notáveis as miniaturas inseridas nas duas cartas de navegação relativas ao Brasil e reproduzidas no *Boke*, especialmente a segunda delas, que abrange a nossa costa a partir dos 5°30' S e alcança o estreito de Magalhães.

O escambo com os indígenas, o corte, desbastamento, condução e embarque das toras de pau-brasil, os bosques da madeira tintória, as guerras entre os nativos e o auxílio que recebiam dos franceses, a morte dos prisioneiros e o assar dos corpos, as danças rituais, as paliçadas e as aldeias (inclusive mostrando o interior das ocas) valem por páginas e páginas descritivas.

A partir de 1541, as viagens de normandos e bretões para o Brasil retomaram definitivamente o antigo impulso ou até ultrapassaram-no. Sabe-se que logo foram despachados para a costa brasileira nove navios de Rouen, enquanto 15 naus de Dieppe, muitas delas ligadas à rede de Jean Ango e algumas outras a bretões, tiveram o mesmo destino. Segundo Charles de Roncière, só em 1546 nada menos de 28 embarcações deixaram o Havre com destino ao Brasil.[26]

Para persegui-las, Portugal armou diversos navios; num deles embarcou o depois famoso Hans Staden, na sua primeira viagem ao Brasil. Tanto o navio no qual veio Staden como seu matalote estavam muito bem equipados para a guerra no mar e certamente levavam artilheiros alemães, os melhores da época. O barco pertencia a um certo Penteado.

Grafite de um galeão, na igreja de Saint-Jacques, em Dieppe, representando o tipo de embarcação que se adaptava ao comércio do pau-brasil.

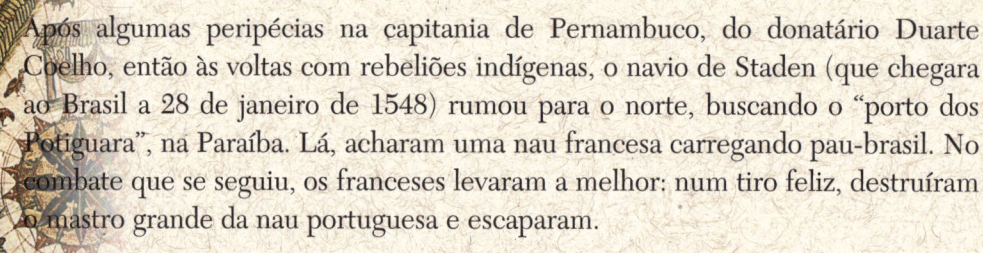

Após algumas peripécias na capitania de Pernambuco, do donatário Duarte Coelho, então às voltas com rebeliões indígenas, o navio de Staden (que chegara ao Brasil a 28 de janeiro de 1548) rumou para o norte, buscando o "porto dos Potiguara", na Paraíba. Lá, acharam uma nau francesa carregando pau-brasil. No combate que se seguiu, os franceses levaram a melhor: num tiro feliz, destruíram o mastro grande da nau portuguesa e escaparam.

Penteado resolveu, por isso, regressar a Portugal, fazendo a rota normal pelos Açores. Os tripulantes sofreram muito com a carência de mantimentos e água; felizmente, nas ilhas, que alcançaram com 108 dias de viagem, tomaram um bem abastecido navio pirata que ali encontraram e puderam aliviar a fome.

Da ilha Terceira dos Açores, o navio de Staden retornou a Lisboa, aonde chegou em 3 de outubro de 1548. A "viagem redonda" tinha durado 16 meses. Após um período de descanso, o espírito aventureiro do alemão manifestou-se novamente; queria conhecer terras espanholas no Novo Mundo, o que o levou a Sevilha.

Embora Staden, no seu relato célebre, afirme que a nova expedição na qual embarcou deixou Sevilha em 1549, "no quarto dia depois de Páscoa", a viagem teve início, na realidade, no ano seguinte, pois os navios partiram de Sanlúcar de Barrameda em 10 de abril de 1550.

As múltiplas aventuras de Hans Staden são amplamente conhecidas, especialmente após ter ele caído nas mãos dos Tupinambá de Ubatuba, na ocasião em que, como artilheiro, guarnecia o fortim português de Bertioga. Ao nosso tema interessa lembrar que os navios franceses, já tão perto de São Vicente (portanto, no atual litoral de São Paulo), continuavam tranqüilamente a traficar pau-brasil, inclusive trocando-o por armas de fogo.

Tanto é assim que, durante o período em que Staden permaneceu prisioneiro, dois navios franceses estiveram naquela região negociando com os Tupinambá; seriam, segundo ele, o *Marie Bel'Eté*, de Dieppe, e o *Catharina de Vatavilla* (talvez o *Catherine de Vateville*). Staden retornou à Europa neste último, graças à boa vontade do capitão Guillaume de Moner. De acordo com a confusa cronologia do aventureiro alemão, isso ocorreu em 31 de outubro de 1554, quando o

Detalhe do mapa de Jean Roze, no Boke of Idrography, *1542.*

navio velejou do Rio de Janeiro, onde traficava. Em 20 de fevereiro de 1555 o *Catherine* aportou em Honfleur, em viagem de quase quatro meses sem escalas. Não deixa de ser elucidativo o fato de que um dos mais famosos e extraordinários relatos do período colonial brasileiro esteja tão coalhado de referências aos traficantes franceses de pau-brasil quanto o livro de Hans Staden.

Uma festa brasileira na França

Em 31 de março de 1547, Francisco I faleceu e foi sucedido no trono francês por seu filho, Henrique II. Em fevereiro, pouco antes da sua morte, o rei expedira várias cartas de corso contra navios portugueses. Todas elas foram suspensas em 12 de dezembro de 1549 pelo novo soberano, que ordenou aos marinheiros franceses a supressão de atos hostis e represálias contra embarcações lusas.

No intuito de controlar melhor os negócios relativos ao Brasil, já três meses antes (a 10 de setembro) Henrique II emitira édito obrigando que as especiarias e drogas importadas das novas terras fossem introduzidas na França somente pelo porto de Rouen.

O agradecimento dos comerciantes locais veio no ano seguinte, quando Henrique II e a rainha Catarina de Médici fizeram uma entrada solene na cidade (outubro de 1550). Na ocasião, entre as múltiplas cerimônias e festas, ocorreu o *Esbat américain*, levado a efeito num descampado entre o convento dos Emmurées e o Sena; ele está descrito no *C'est la déduction du sumptueux ordre, plaisants spectacles et théatres dresses et exhibez par les Citoiens de Rouen á la Sacre Majesté du trés Christian roy de France, Henri second.*[27]

Cerca de 300 homens nus (dos quais pelo menos 50 eram índios Tupinambá da Bahia e de Pernambuco que fingiram combater seus inimigos Tabajara) e marujos franceses, habituados aos costumes dos nossos indígenas, participaram da simulação, num cenário que tentou reproduzir os múltiplos aspectos da flora, da fauna e da vida cotidiana dos índios. *Figure des brisilians* é o título dessa interessantíssima gravura, cujo detalhe é reproduzido na página seguinte.

Ainda em Rouen, a recordação daqueles tempos encontra-se perpetuamente registrada em outras magníficas peças, como um par de baixos-relevos, em carvalho, retirados da casa *L'Isle-du-Brésil*, demolida em 1837 para alinhamento da atual Rua da República (era o antigo número 37 da Rua Malpalu). Os baixos-relevos estão hoje no Museu de Antigüidades de Rouen; um deles representa o abate do pau-brasil, seu preparo e condução até a praia, enquanto o segundo mostra o embarque das toras no batel que os levaria à nau, fundeada ao largo.

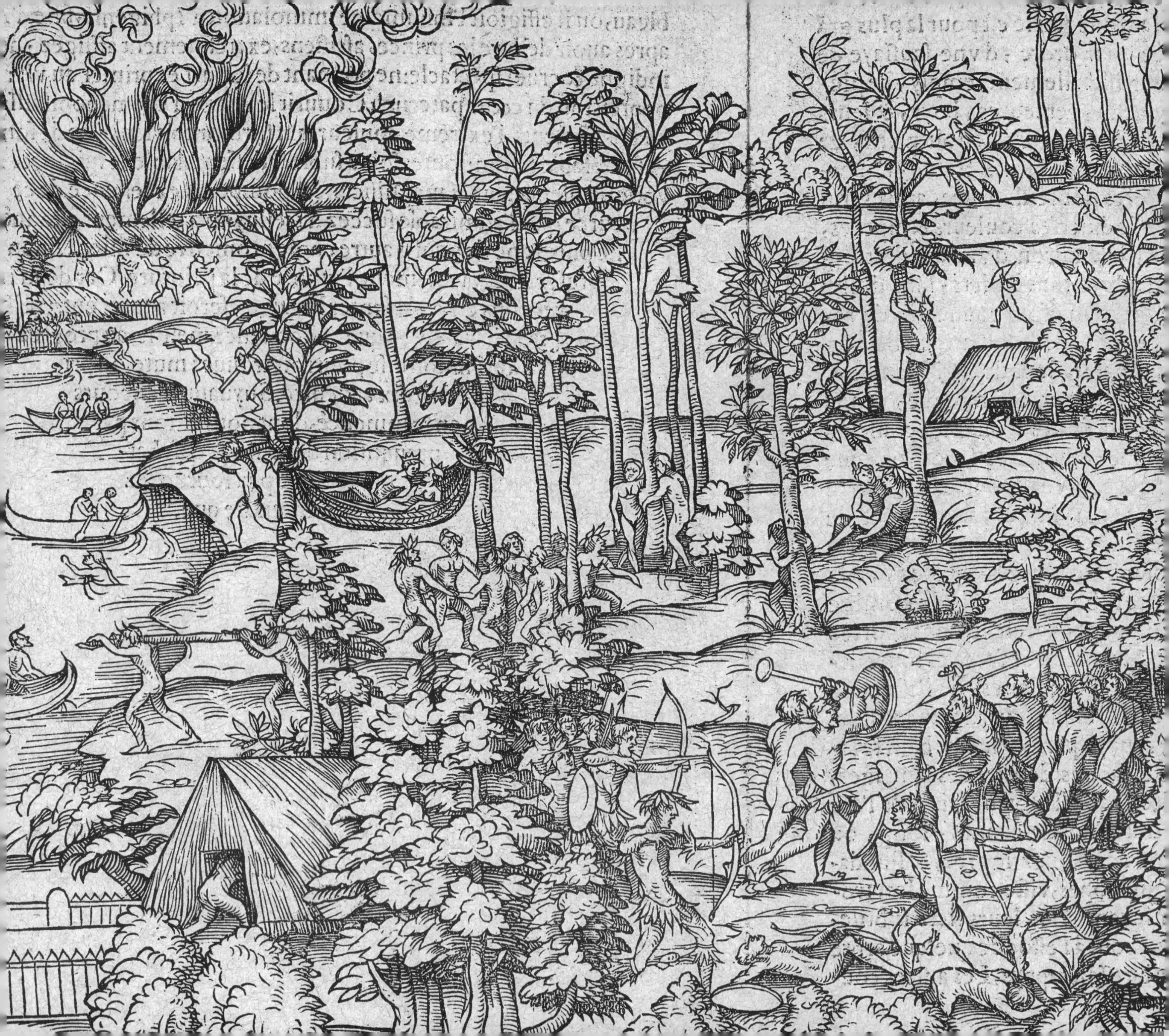

O porto de Rouen, em 1525. Detalhe do manuscrito ilustrado Le livre des fontaines, *obra de Jacques Le Lieur.*

Rouen, 2001

163

Rouen, 2001

Porto de Havre-de-Grâce, *representado em 1583 em* Les Premières Euvres de Jacques de Vaulx, pillote en la Marine. *Este porto foi construído, a pedido dos habitantes de Rouen, em 1517, e dele partiram muitos navios para o Brasil.*

Rouen, 2001

165

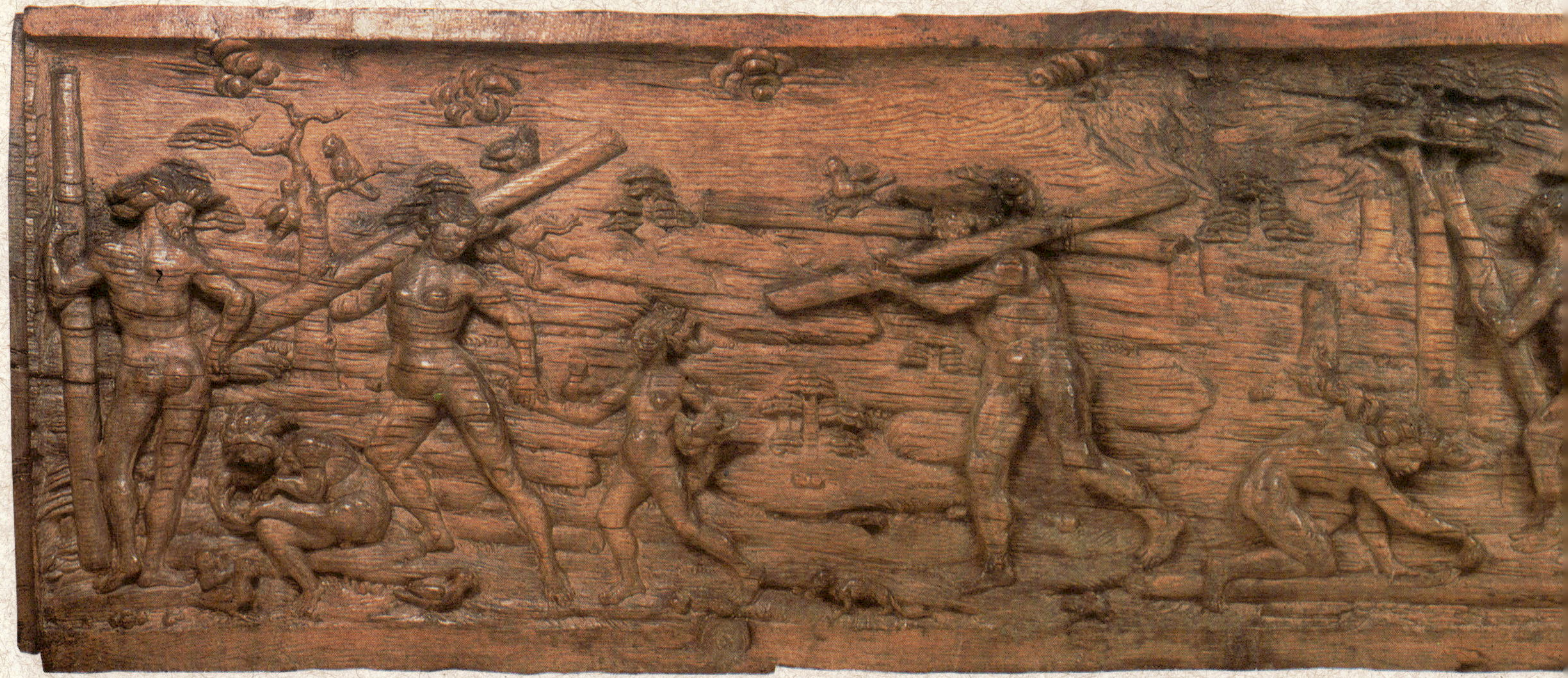

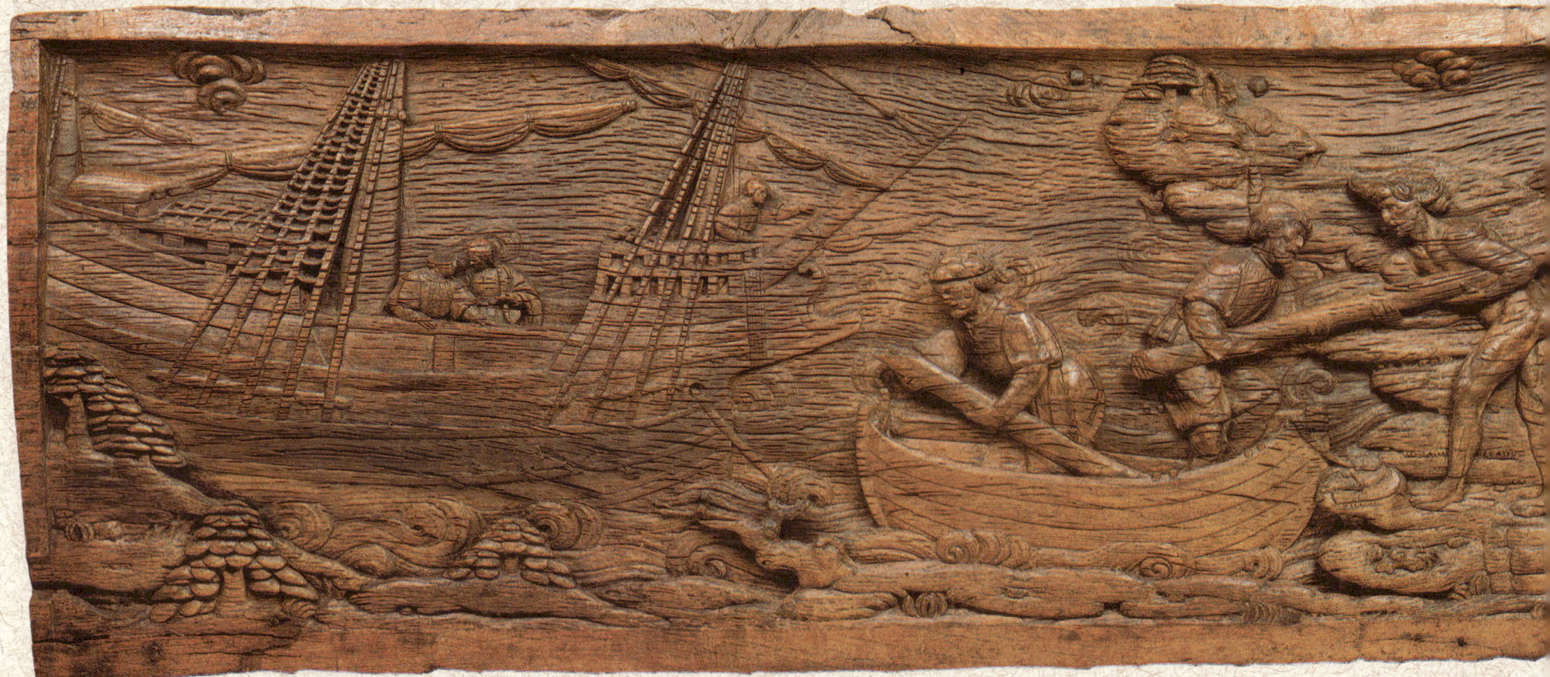

Relevo em carvalho L'Isle du Brésil: la coupe du bois. *Rouen, c. 1530.*

Relevo em carvalho L'Isle du Brésil: le transport du bois. *Rouen, c. 1530.*

Escultura em pau-brasil, século XVI, no museu de Rouen.

São obras de arte admiráveis, que também valem por um tratado histórico. A expressão atenta dos *entrelopos* e o óbvio esforço dos indígenas; o brandir das machadadas, as árvores sendo carregadas nos ombros nus dos nativos; os navios e os batéis ancorados próximos à costa para recolher a preciosa carga; uma mãe nativa desnuda ao lado de seu filho, observando o desenrolar de todo o trabalho. Não restam dúvidas de que os entalhes contam uma história fulgurante, repleta de ação e aventura. Seu ponto alto parece ser a imagem central exibida por um dos painéis: aquela que mostra um nativo, em terra, entregando para um marujo francês, dentro de um batel, uma tora de pau-brasil. A ação combinada, cooperativa, entre ambos resplandece com um vigor comovente.

Finalmente, temos de mencionar outro notável documento daquele primeiro meio século da presença francesa no Brasil; presença tão importante que provocaria, pouco mais de dois anos depois, a tentativa de Villegagnon de fundar a França Antártica, no Rio de Janeiro. Trata-se de um manuscrito sobre pergaminho, de 40 páginas, texto de 714 versos, intitulado *L'entreé de Henri II, roi de France à Rouen au mois d'octobre 1550* e ilustrado com dez miniaturas, de página inteira. O trabalho pertence hoje à Biblioteca de Rouen.

Na festa realizada no Sena vêem-se Netuno triunfante, sereias, monstros marinhos, barcos com seus remadores e a ilha onde os "brasileiros" entregam-se aos seus combates e danças, tudo tendo como pano de fundo edifícios de Rouen, cidade cuja pujança o tráfico do *bois rouge* ajudou a construir.

São retratos autênticos de um período decisivo da história brasileira. Período quase que inteiramente "construído" em torno do tráfico de pau-brasil.

Jean-Marc Montaigne

O índio ganha relevo

Na França, durante a primeira metade do século XVI, o poder real mantinha os olhos fixos sobre as vastas extensões da Europa continental, promovendo guerras e intrigas para tentar obter uma divisão favorável dos grandes reinos rivais. Enquanto isso, ao longo do Sena, entre Rouen e Honfleur, e no litoral da Mancha que ia de Dieppe ao Havre, alguns visionários só tinham olhos para o grande oceano e o Novo Mundo recém-descoberto.

Ao contrário dos portugueses (financiados e estimulados por seu rei), os negociantes, armadores e capitães da Normandia não eram verdadeiros "exploradores". Mas logo seguiram na esteira das frotas lusitanas que se dirigiam à costa brasileira.

Decepcionante no que dizia respeito às especiarias, o tráfico marítimo com o novo território acabou se mostrando muito lucrativo por dois motivos: o pau-brasil, procurado para a tintura de tecidos, e as plumas de pássaros, com suas cores extraordinárias.

Até cerca de 1550, as iniciativas francesas não dispunham de grandes recursos nem de qualquer ajuda estatal. Por isso, os mercadores normandos não conseguiam conduzir uma política belicosa de expansão militar, enquanto os portugueses já buscavam colonizar territórios e anexá-los à Terra do

Brasil. Essas dificuldades, porém, constituíam uma tentação para alguns franceses — desembocando, mais tarde, na desastrada operação de Villegagnon.

As relações entre os marinheiros normandos e os indígenas brasileiros se limitavam a contatos pontuais e periódicos, ligados à freqüência de rotatividade e de carregamento dos navios. Davam a impressão de uma "coexistência pacífica", com um relativo respeito pelas tribos de "selvagens". Alguns normandos até se instalaram no seio das tribos, para aprovisionar as futuras cargas. O testemunho mais surpreendente do nível de "cortesia" atingido nessas relações chegou até nós na forma de um caderno de poucas páginas que pertenceu a Cordier, negociante de Rouen. Esse caderno contém uma transcrição bilíngüe, em normando e tupi, de termos de uso corrente, frases cheias de tato e polidez e regras para o bom convívio com os brasileiros.

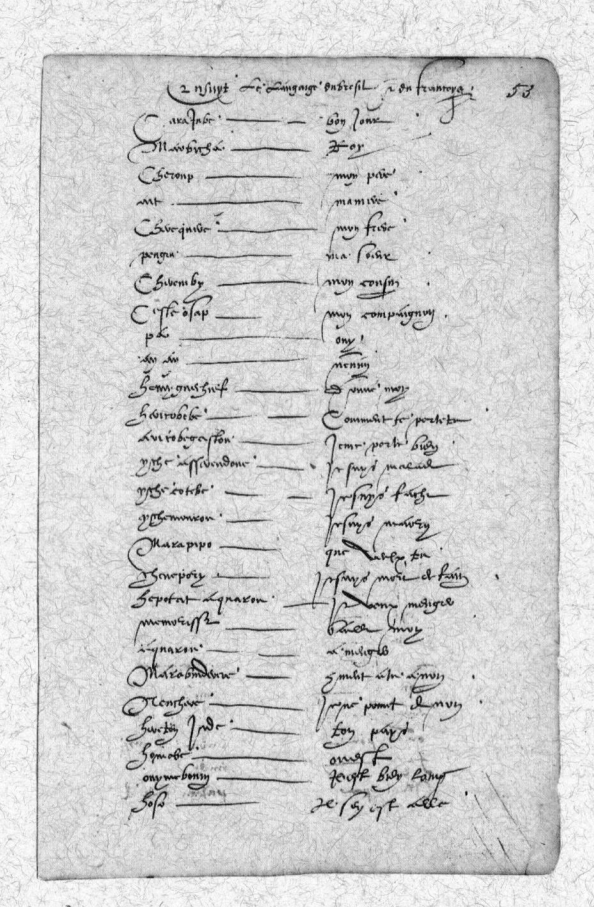

O "dicionário" do negociante Cordier, escrito por volta de 1540, foi incluído em um manual de navegação.

Temos assim um paradoxo: no mar, os marinheiros normandos se comportavam como verdadeiros "selvagens" (principalmente diante de outras tripulações), e em terra, como a relação de forças lhes era desfavorável, se mostravam atenciosos e respeitavam os indígenas anfitriões.

Essa ausência de arrogância, conjugada à brandura do meio ambiente e à beleza das *sauvageresses*, criava um clima favorável à escuta do outro, à descoberta de um modo de vida e favorecia as comparações e interrogações. Tudo isso se transformava em matéria de reflexão sobre a organização social, militar e religiosa, sobre a divisão das "riquezas" no seio das tribos, a ausência de pobreza, a solidariedade: valores reivindicados com hipocrisia na Europa e postos em prática nas Índias Ocidentais. Tudo isso oferecia novos referenciais aos marinheiros normandos e despertava neles algumas dúvidas sobre a legitimidade do poder. Começava a ser questionado o absolutismo que, na França, era considerado uma forma de governo natural e eterna.

Os navios que voltavam do Brasil para a Normandia iam carregados de mercadorias (pau-brasil e plumas) e também carregavam novas idéias e impressões.

Não é de surpreender que esse "choque de civilizações", muito mais profundo e radical do que o contato com o Oriente, por exemplo, tenha deixado vestígios no litoral e nas cidades da Normandia. Já não era um explorador isolado contando suas memórias de viagem; eram tripulações inteiras descrevendo suas experiências para todas as camadas da sociedade, nas mesas das tavernas e dentro dos palácios.

A distância que separava as populações normandas de um Brasil vivido por alguns indivíduos (e imaginado pelos demais) era às vezes encurtada pela chegada a Dieppe e outros portos de indígenas trazidos a bordo dos barcos e que acabavam se integrando às populações locais. Nos portos, abalando as certezas dos "civilizados" sobre a superioridade do seu modo de vida, o brasileiro "vivido" aos poucos se fundia no universo mental das populações litorâneas. Com isso, perdia parte da sua estranheza: basta lembrar que a maior área pública da recém-fundada cidade do Havre se chamava Praça dos Canibais! Entre a costa normanda e a costa brasileira, portanto, as influências foram de mão dupla.

O "capital de simpatia" pelo Brasil também foi fortalecido pelas características incomuns dos produtos trazidos aos portos. Esses produtos não podiam deixar de ser desejados, na medida em que tinham a ver com a aparência, o luxo e a identificação social do indivíduo. O pau-brasil (por vias indiretas) permitia que maior número de pessoas vestisse a tão prestigiada e cobiçada cor vermelha. As plumas, que chamavam a atenção para seu usuário, a partir de então se desenvolveram consideravelmente na moda européia.

O detalhe de um baixo-relevo do Hôtel de Bourgtheroulde, em Rouen, mostra um alto dignitário do séquito do rei. Ele traz plumas em seu chapéu, ao contrário dos cavalheiros que o acompanham.

Fonte de riquezas e bem-estar — embora também fonte de perigos mortais —, o longínquo Brasil só poderia mesmo gozar de uma opinião favorável. Ter uma "boa imagem", como diríamos hoje, ao contrário da costa da Barbária, na África do Norte, por exemplo.

É precisamente em termos de imagens que os testemunhos da influência dos índios sobre o comportamento dos normandos chegaram até nós, muito mais do que em termos de relatos.

Em primeiro lugar, vejamos qual era o *status* das imagens naquela época e como elas se difundiam. Quem encomendava as imagens e as ilustrações? Quem as fabricava? Quem as contemplava?

(Hoje em dia, confortavelmente instalados diante de livros, vídeos e computadores, podemos comparar todos esses testemunhos justapostos uns aos outros. É importante lembrarmos que algumas imagens do século XVI se destinavam a difusão privada e até mesmo confidencial, enquanto outras eram dirigidas diretamente ao "grande público". Nós podemos passar do exame da iluminura de um manuscrito para o detalhe de um vitral ou para uma escultura de fachada; mas isso não acontecia naquela época.)

Assim, sendo pouco difundida, a imagem tinha muito mais peso e importância em termos de força e impacto. O fato de encontrarmos evocações do Brasil, tanto em "imagens raras" como em representações de "domínio público", confirma que todas as camadas da população estavam informadas do tema brasileiro e que este era julgado suficientemente interessante para ser objeto de representações.

No triângulo Dieppe-Rouen-Havre existia uma importante atividade econômica que gerava riqueza suficiente para manter uma grande comunidade de artesãos e artistas capazes de produzir iluminuras. Em Dieppe, por exemplo, havia uma intensa atividade de produção de cartas náuticas, vitrais e esculturas em pedra ou madeira. Rouen, que era a segunda cidade da França, abrigava personagens de primeira grandeza, como os cardeais de Amboise, envolvidos nas questões do reino. Mecenas riquíssimos, apaixonados pelas novas idéias artísticas nascidas na Itália renascentista, contrataram inúmeros artistas italianos para decorar seus palácios. Ocorreu então, na Normandia do século XVI, um amálgama excepcional: tanto no nível da origem, técnicas e tradições dos artistas, quanto no que se refere às suas fontes de inspiração. Estas partiam do Mediterrâneo e chegavam até o Novo Mundo. Desse modo, as figurações brasileiras que chegaram até nós, notadamente as esculturas, são constituídas por uma mistura de influências que se caracteriza pela dosagem sutil entre códigos estéticos tanto eruditos e importados como populares e locais. Essa dosagem também varia geograficamente, segundo a situação (urbana ou portuária) da representação. No imaginário normando, o índio do Brasil não era um bárbaro brutal e desprezível; era um ser cujo modo de vida fascinava, fazia pensar ou, pelo menos, não deixava o europeu indiferente. Exatamente o mesmo

Sobre o capitel de uma das colunas do delicado Pavilhão das Virtudes, em Rouen, aparece uma cabeça de índio ornada com um cocar de plumas. Nota-se que o índio tem barba, exigência inevitável dos códigos de representação masculina da Renascença, também encontrada nos dois painéis de madeira da "Ilha do Brasil", de Rouen.

Imagem de um índio criada por um escultor normando, na igreja de Veules-les-Roses, identificável pela tanga e cocar de plumas.

Outra imagem de índio, desta vez obra de um escultor italiano, na igreja de Saint-Jacques em Dieppe, por volta de 1520.

Índio ornado com plumas e incisões na pele, esculpido numa trave horizontal da casa Ladiré, em Saint-Valéry.

Bonés emplumados ornam um dos pilares da igreja de Veules-les-Roses.

Exuberância de plumas no detalhe do baixo-relevo do Hôtel de Bourgtheroulde (certos adornos de cabeça remetem à tanga usada pelos índios guerreiros em volta dos quadris).

acontecia com a sua roupagem de plumas multicoloridas (cocares e tangas), que logo se tornou o símbolo e o maior signo visual do seu reconhecimento.

O adorno de cabeça do índio foi o primeiro item a seduzir os marinheiros, que prendiam uma pluma no boné para deixar bem claro que tinham vivenciado a "grande aventura". Depois os dignitários do reino se apoderaram desse adorno e o incorporaram aos seus trajes. Esse é mais um sinal revelador de que os elementos estéticos do Novo Mundo não eram considerados ridículos. Pelo contrário, eram vistos como um elemento de modernidade e insinuavam, oficiosamente, a presença da França nas Índias Ocidentais — proibida pelo Tratado de Tordesilhas.

Quando recorriam aos artistas italianos para projetar e decorar seus palácios, os príncipes da Igreja, os aristocratas normandos e os mercadores afortunados tinham a certeza de estar provando ao mundo o quanto eram ricos e felizes.

Por outro lado, nos portos notava-se um estado de espírito diferente: o armador enriquecido não queria apenas proclamar seu êxito, mas desejava também celebrar sua origem (ou seja, o Brasil). Ele recorria aos artistas italianos para decorar sua residência e os prédios que pretendia embelezar, como as igrejas que patrocinava com seu dinheiro, porque isso significava ser "chique e rico". Mas os armadores também tinham a preocupação de mostrar, com a maior exatidão possível, os seus "parceiros" do Novo Mundo. Essa diferença de mentalidade se traduz na decoração dos edifícios normandos. Os prédios mais ricos e prestigiados possuem detalhes de inspiração brasileira, embora superficiais e estetizantes, cuja figura principal é um tipo de máscara emplumada. É nas construções mais modestas que encontramos representações de um Brasil muito mais "real".

Na catedral de Rouen, algumas das máscaras emplumadas que decoram o monumental sepulcro em mármore do cardeal de Amboise, um dos mais importantes mecenas da Renascença francesa.

Vista da fachada da casa Ladiré, delicado trabalho de carpintaria no mais puro estilo normando.

Essa síntese de idéias que ocorreu em várias localidades do litoral normando pode ser apreciada ainda hoje, quase intacta, na casa do armador Ladiré, no pequeno porto de Saint-Valéry-en-Caux. Esse porto não era prático para o trânsito de mercadorias, porque não possuía cais apropriado. Mas nele existiam estaleiros que produziam um número significativo de navios. Ou seja, ali se reuniam vários grupos: os marinheiros que tinham viajado ao Brasil e contavam seus feitos, a elite dos carpinteiros navais e excelentes escultores especializados na decoração em madeira dos castelos dos navios. É provável que Guillaume Ladiré tivesse fortuna considerável e fosse sensível às idéias humanistas então em voga na vizinha cidade de Dieppe — a qual, além de grande porto, era também um importante centro intelectual.

Em 1540, para afirmar seu elevado *status* social e deixar clara sua identificação com os milionários (sem ser igual a eles, porém, pois nunca construiu em pedra), Ladiré decorou profusamente o andar térreo de sua casa, talvez com a ajuda de artistas italianos. Esses artistas lançaram mão de todo o repertório de motivos estéticos renascentistas para trabalhar as colunas, os frisos e os batentes das portas, e também para representar os personagens. Vemos ali, por exemplo, uma série de santos que seriam, diz-se, os padroeiros dos filhos do armador. Mas Ladiré também mandou esculpir sobre vigas verticais — por escultores locais? —, com muito realismo, uma série de motivos que evocam momentos importantes da vida cotidiana dos índios. Da dezena de representações existentes na época, apenas duas permanecem perfeitas; as outras praticamente já não são identificáveis.

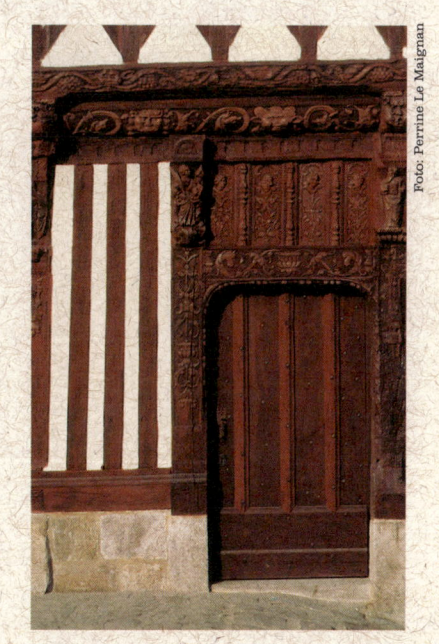

Detalhe renascentista envolvendo uma das portas do andar térreo.

Representação de lenhador abatendo o pau-brasil e, no mesmo andar, um índio adorando o sol.

180

Ainda hoje é surpreendente a audácia, a emoção e o "anticonformismo" que vemos na Normandia do século XVI, numa época em que as coisas, para terem prestígio, deviam ser obrigatoriamente inspiradas pelos "clássicos". Qual era o estado de espírito por trás da realização dessa "exposição de quadros"? Desejo de testemunhar, homenagem, provocação, nostalgia? Nunca saberemos.

Curiosamente, também a Sala do Tesouro da igreja de Saint-Jacques de Dieppe (financiada pelo riquíssimo armador Jean Ango) apresenta uma construção heterogênea. Ela mostra, como em Saint-Valéry, uma parte baixa em estilo Renascença, deliberadamente opulenta, e uma parte alta em oposição de estilo, dominada por um friso de esculturas que buscam o realismo dos personagens. Para além das oposições de estilo (artistas italianos *versus* artistas normandos), constatamos mais uma vez que os "selvagens" têm direito de cidadania e são apresentados como agentes do sucesso.

O Friso dos Selvagens, em Dieppe: a figura à esquerda é Jean Ango.

Observamos a obra desses escultores normandos (que geralmente trabalhavam com uma pedra ingrata, o arenito branco) em um bom número de igrejinhas litorâneas. Tratava-se de pequenas obras de embelezamento, geralmente financiadas pelos armadores. Ali, a estética italiana perdeu lugar.

Sobre os pilares das igrejas que foram ampliadas encontramos novamente o Novo Mundo, integrado a temas que fogem totalmente aos cânones clássicos. Parece não haver uma hierarquia específica, ou sequer coerência interna, na escultura de todas essas imagens. Lado a lado, alinham-se reminiscências de peregrinações ligadas a São Tiago, restos pagãos com máscaras de três faces, o imaginário ligado à vida no mar com as sereias, muitos outros símbolos cujo significado hoje se perdeu e, enfim, figuras do mundo indígena como a *sauvageresse* e o deus-sol, temas mais recentes na iconografia local. Nesse bricabraque, o índio está em pé de igualdade com o peregrino cristão.

Até 1555, data da tentativa de intervenção militar e religiosa do poder real francês no Brasil (ou seja, enquanto as trocas entre os países estiveram nas mãos de armadores e marinheiros), parece que reinou nos portos da Normandia um clima de tolerância, um certo "direito de ser diferente". Esse clima talvez tenha sido suscitado pelas idéias do Humanismo e por um espírito "livre-pensador" que depois se revelaria favorável aos ideais da Reforma.

Depois da intervenção de Villegagnon, o índio brasileiro cristalizou em sua pessoa muitos debates filosóficos entre a elite intelectual francesa. Tais idéias são amplamente conhecidas e a maior parte delas não perdeu a sua atualidade.

O sol, em Varengeville

Hoje, o pau-brasil desapareceu das florestas brasileiras e dos ateliês dos tintureiros de Rouen. Mas sabemos que os indígenas que o cortavam, e às vezes o acompanhavam a bordo dos navios destinados à França, não deixaram indiferentes os normandos do litoral. As iniciativas "estéticas" de alguns armadores contribuíram para manter esses índios eternamente presentes na história da França. Encerramos com um paradoxo: ao ver essas imagens nas paredes, o normando do século XXI que esqueceu toda essa parte da sua própria história está muito mais empobrecido do que o passante do século XVI que podia, sem espanto e com toda a tranqüilidade, cruzar com um índio em plena rua.

A Sauvageresse, *expressão popular normanda à época do pau-brasil para designar as belas índias descritas pelas tripulações que retornavam do Novo Mundo.*

Ana Roquero

Moda e tecnologia

Detalhe de El Cardenal, de Rafael. Museu do Prado, Madri

A introdução na Europa das tinturas indígenas vindas da América, a partir do século XVI, constituiu um acontecimento econômico de primeira grandeza para ambos os mundos, como veremos no capítulo A *madeira e as moedas*. Por trás da enorme demanda de matérias-primas originada pela indústria européia da tinturaria ocultavam-se, porém, motivações estéticas e semânticas de raízes ancestrais, particularmente significativas no caso da cor vermelha. São elas que ajudam a explicar por que o pó corante obtido a partir do pau-brasil se tornou um produto de considerável impacto não apenas na moda, mas no próprio jogo de trocas mercantis que impulsionou tanto Portugal e Espanha como França, Holanda e Inglaterra a se lançarem em busca de novos mares e novos mundos.

O poder simbólico do vermelho

Desde as mais remotas civilizações, o vermelho do sangue e do fogo adquiriu o duplo significado de vida e destruição. Ao vermelho foram atribuídos vários poderes: provocar a fecundidade, afastar os maus espíritos, assegurar a vitória no combate.

Os véus vermelhos com que as recém-casadas se cobriam na Antiga Roma eram interpretados como uma metáfora da perda da virgindade. Também são vermelhos os amuletos que ainda hoje vários povos do mundo prendem nas roupas dos recém-nascidos para protegê-los do mau-olhado.

A túnica rubra dos guerreiros de Esparta cumpria a dupla função de ocultar ao soldado ferido a visão do próprio sangue enquanto exaltava sua paixão bélica; esse efeito psicológico vem sendo desde então aplicado aos uniformes militares. O desfile de legionários romanos vitoriosos pelas ruas de sua capital imperial, fardados com o *sagum*[1] cor de fogo, era uma visão que estimulava o ardor patriótico do povo. Não foi à toa que Marte, o planeta vermelho, acabou batizado com o nome do deus da guerra.

Muitos guerreiros nativos do Novo Mundo também tingiam o corpo e o rosto com grãos de urucum: "(...) vermelhos, que se grudam como cera (...) para brigar e se mostrar ferozes na batalha."[2] Entre esses indígenas estavam os Tupiniquim do sul da Bahia, avistados pelos integrantes da frota de Pedro Álvares Cabral, dançando nus à beira-mar, com o tronco, as pernas e os braços tingidos de tons encarnados.

As virtudes do vermelho se sobrepunham, porém, a esse mero impulso bélico: eram mais místicas e profundas. Já nas remotas culturas da Mesopotâmia, os indivíduos que tinham o privilégio de exibir tonalidades rubras (em especial na sua mais nobre e rara manifestação, a púrpura) elevavam-se material e espiritualmente sobre os demais. A produção e o comércio de mercadorias ligadas à tinturaria, bem como dos próprios tecidos tingidos, transformaram-se em um dos estímulos essenciais para o estabelecimento das primeiras rotas mercantis da humanidade, tanto por mar como por terra.

Antecedentes do pau-brasil: as cores suntuosas da Antigüidade

Breves pinceladas sobre a história dos corantes e tinturas da Antigüidade são fundamentais para podermos entender e valorizar a grande aceitação que o "brasil asiático" (*Caesalpinia sappan*) e, mais tarde, o brasil do Novo Mundo (*Caesalpinia echinata*) viriam a ter na tinturaria européia.

Tudo começa com os fenícios. Inovador na arte da navegação e pioneiro no comércio internacional, esse grupo semita-canaanita (originário do território hoje correspondente ao Líbano) lançou-se aos mares e aos negócios antes e melhor do que quase todos os demais povos do Mediterrâneo. Um milênio antes de Cristo, os fenícios já haviam estabelecido um vasto sistema de circulação e intercâmbio: sua rede comercial se estendia da Síria ao mar Vermelho, de Chipre ao oceano Índico, de Cartago ao estreito de Gibraltar.

Afinal, o que os fenícios tinham para oferecer? Objetos de marfim e artefatos de metal, com certeza. Porém, o que lhes abria fronteiras e dava prestígio era seu produto mais precioso: os tecidos tingidos na cor púrpura. Aquelas peças em vermelho arroxeado eram tão estimadas e valiosas que delas deriva o próprio nome do povo: "fenício", do grego *phóinikos*, que significa "púrpura".

Entre os soberanos e altos dignitários dos impérios mesopotâmicos e das civilizações mediterrâneas,

Índios pintados com urucum, na festa de entrada triunfal de Henri II em Rouen. Detalhe de miniatura ilustrando manuscrito sobre pergaminho, século XVI.

Bibliothèque Municipale de Rouen

a púrpura desfrutava de inabalável *status* como produto suntuário (ou seja, indicativo de grande luxo). Seu uso simbolizava, ao mesmo tempo, poder terreno e transcendência espiritual.

Tal era o papel transformador atribuído à púrpura que todos os demais tons de vermelho, bem como os produtos usados para sua obtenção, passaram a usufruir de grande preço e prestígio. Quando Alexandre, o Grande, conquistou Susa, capital da Pérsia, em 331 a.C., ele encontrou na câmara do tesouro do palácio real uma espantosa quantidade de fardos de tecidos tingidos com a luminosa púrpura e o carmim escarlate.

Outra referência à função desempenhada pelas tonalidades rubras entre os povos do Oriente Médio é encontrada no Antigo Testamento. No trecho relativo ao culto a Jeová, surge a determinação explícita de que as vestes sacerdotais deveriam ser feitas de "ouro, de púrpura violácea, vermelha e carmesim e de linho fino torcido, artisticamente entretecidos".[3]

Uma emanação purpúrea

A sedução exercida pela púrpura e o carmim nos tempos bíblicos nascia, em grande parte, do altíssimo valor econômico das matérias-primas a partir das quais essas cores míticas eram produzidas, bem como dos complexos processos necessários para sua extração e aplicação.

A tintura púrpura, tal como inventada pelos fenícios, era obtida a partir de uma pequena quantidade do líquido viscoso contido na glândula existente sob as brânquias de alguns moluscos marinhos gastrópodes.[4] Para obter uma pequena quantidade de tintura era preciso sacrificar milhares desses animais. Certas fontes chegam a afirmar, talvez com exagero, que dez mil conchas produziam um único grama do corante.

Para a extração dessa glândula, as conchas de maior tamanho eram perfuradas, uma a uma, com facas especiais, enquanto as menores eram inteiramente amassadas. Segundo descrições de certos textos latinos, particularmente os de Plínio, o Velho,[5] a secreção obtida da glândula do molusco era misturada com natrão[6] e deixada macerar por três dias.

A mistura era então esquentada em recipientes de estanho (chamado de "chumbo branco" pelos antigos e provavelmente obtido em locais tão distantes quanto a Irlanda), adicionando-se a devida proporção de água. Como os caldeirões tinham de ser mantidos em uma temperatura regular e constante, tubos levavam até eles o calor produzido em fornos localizados a boa distância. Depois de uns dez dias de fervura faziam-se as primeiras provas de tingimento.[7]

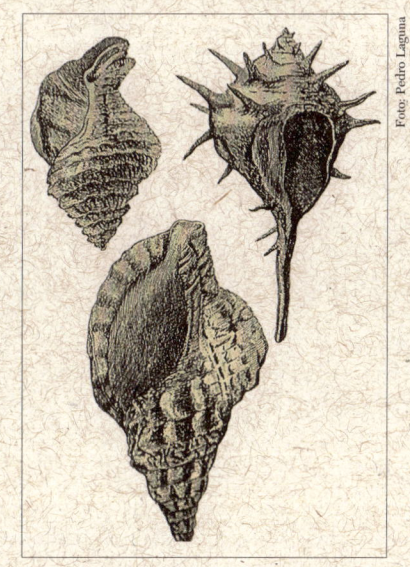

Moluscos mediterrâneos produtores da púrpura

Hoje, cada passo desse processo empírico tem uma explicação química. O precursor do pigmento púrpura se encontra em estado reduzido[8] na glândula hipobranquial do animal, é solúvel na água e tem cor amarelada. No instante em que é extraído do molusco, começa a se oxidar[9] pelo contato com o ar, passando, em cerca de 20 minutos, por tonalidades esverdeadas, depois rosadas e finalmente purpúreas.

Para utilizar aquela substância como tintura, era imprescindível mantê-la dissolvida na água, o que só se tornava possível no estado reduzido. Era justamente essa a função dos ingredientes empregados: ao ser atacado pelo natrão, o estanho do recipiente produzia uma emanação de hidrogênio puro que permitia manter a redução no banho da tintura.[10]

Claro que os segredos desse processo se mantiveram bem guardados, bem como a localização das colônias do molusco *Murex* sp, boa parte delas encravada nas escarpas rochosas da ilha de Creta. Por outro lado, a prática do ofício estava sujeita a uma legislação estrita: um dos muitos decretos obrigava, por exemplo, que, por razões de higiene e saúde pública, as fábricas de púrpura fossem instaladas longe das populações, já que os resíduos dos moluscos eram responsáveis por um ambiente nauseante e insalubre. O divórcio era permitido à mulher desse tintureiro, caso não conseguisse mais suportar o cheiro do marido.

Embora os reis dos grandes impérios do Oriente Médio tenham sido os primeiros a adotar a púrpura como símbolo de hierarquia, o costume seria copiado por quase todos os povos europeus influenciados pela cultura e pelo comércio mediterrâneos. É outra vez Plínio, o Velho, quem nos revela a dimensão lendária dessa tintura entre os romanos: "(...) o uso da púrpura em Roma data dos primeiros tempos, mas somente Rômulo a exibia na sua capa."[11]

Para manter aquela tradição numa escala restritiva, mesmo durante os gloriosos anos de Roma somente os senadores tinham permissão para usar uma cinta púrpura na toga — mas isso em tese, pois inúmeros indícios revelam que os mais ricos raramente se privavam daquele luxo. Nem mesmo uma série de decretos, assinados tanto por Júlio César como por Nero, condenando à morte e ao confisco de bens aqueles que ousassem exibir o corante (ainda que pós-tingido com outra tintura), conseguiu conter o desejo ardente e desenfreado de ostentação entre seus súditos.

Após a queda do Império Romano do Ocidente, a indústria da púrpura ficou relegada a Bizâncio e, em pequena escala, à Sicília, na Itália, e a Almeria, no sul da Espanha, lugares onde a influência árabe era predominante. Durante a Idade Média, só os imperadores bizantinos e os dignitários da Igreja Católica vestiram a emblemática púrpura.

O escarlate carmim

Mas a púrpura não era o único corante com significado especial no mundo antigo. Desde os tempos bíblicos, a tintura carmim também se tornara um produto suntuário. Ela era extraída fundamentalmente do corpo da fêmea do inseto *Kermes vermilio*, parasita do arbusto espinhoso chamado carrasqueiro mediterrâneo (*Quercus coccifera*), bem como de outros insetos do gênero *Porphyrophora*, entre os quais a famosa cochonilha da Armênia.

Durante séculos persistiu a idéia errônea de que o inseto quermes era apenas uma protuberância, ou um grão, da própria planta. Isso porque a fêmea (de formato esférico e pouco menor que uma ervilha), permanece aparentemente inanimada nos galhos do arbusto hospedeiro durante toda sua vida adulta fixa.

Escarlate quermes num galho de carrasqueiro

A variada nomenclatura hoje utilizada para diferenciar os distintos tons do vermelho procede de remotas raízes indo-européias, latinizadas em alguns casos, mas cuja etimologia invariavelmente remete aos insetos produtores de tinturas vermelhas:

Vermelho = da raiz indo-européia *kwrmi* (verme – inseto); em latim, *vermiculus* (com o mesmo significado de verme, ou inseto; no caso, "vermezinho")

Carmim = do sânscrito *krmidsch* (fêmea do inseto *Kerria lacca*); em persa, *kirmiz* (fêmea do inseto *Porphyrophora hameli*); em árabe, *al kirmiz* (fêmea do inseto *Kermes vermilio*); em português, "quermes"

Granada = do latim *granum* (grão ou protuberância)

O escarlate quermes tinha mesmo de ser um produto caro. Além da impossibilidade de "domesticar" o inseto, gastava-se uma quantidade enorme de matéria-prima para produzir poucos gramas do corante. Além disso, o trabalho de coleta era extremamente penoso: a tarefa, reservada a mulheres e crianças, costumava ser realizada ao amanhecer, quando o orvalho umedecia as folhas do arbusto, tornando-as menos perfurantes. Ainda assim, os insetos precisavam ser arrancados a unha, um a um.

Mas o tingimento de excelente solidez proporcionado pelo quermes impulsionava seu comércio. Quanto à versatilidade, era um corante pobre, que não possibilitava muitas variações de tom. Para obter tonalidades distintas, era preciso combiná-lo com outras tinturas: por exemplo, para um tom purpúreo, misturava-se ao quermes alguma tintura azul-anil.

No entardecer de 29 de maio de 1453, quando entrou em Constantinopla por uma avenida de sangue e morte, o sultão Maomé II não estava apenas decretando o fim do Império Romano do Oriente e estabelecendo (pelo menos de acordo com certos historiadores) o início da Era Moderna.

Estava também, ainda que involuntariamente, desferindo um golpe de misericórdia em todas as oficinas de púrpura daquela cidade. O Ocidente perdeu ali, e para sempre, o segredo da elaboração da tintura mais mística e misteriosa da história.

Isso significou a imediata adoção do quermes como corante suntuário. Tanto é que, em Roma, o papa Paulo II (um nobre veneziano de gosto sofisticado, apreciador dos cerimoniais e do carnaval romano, e que se gabava de tal forma da sua boa aparência que chegou a pensar em adotar o título de Formoso II) decretou oficialmente, em 1464, a substituição da púrpura pelo quermes para as vestes cardinalícias. Ele próprio, claro, continuou trajando tecidos purpúreos. Mas deve ter sido um dos últimos a usá-los: embora seu valor simbólico se mantivesse intacto no mundo cristão, dali em diante a púrpura seria substituída pelo vermelho-carmim.

Urzela: os problemas de uma imitação

Qualquer produto suntuário provocava, quase instantaneamente, o surgimento de sucedâneos. Não poderia ser diferente com a púrpura e o carmim. Desde a Antiguidade diversas plantas vinham sendo utilizadas na tentativa de imitar os tons originais. O produto ideal para perpetrar a fraude só surgiria muito mais tarde: era a tintura produzida a partir de determinados liquens genericamente conhecidos pelo nome de urzelas. Entre eles, despontavam como os mais cotados as espécies do gênero *Rocella*, que crescem nas rochas e falésias próximas ao mar.

A urzela proporcionava tinturas de extraordinária nitidez que, conforme preparadas em um banho ácido ou alcalino, variavam desde uma vívida cor escarlate até o violeta profundo. Mas a qualidade não se somava a essas preciosas características cromáticas: os corantes produzidos pelos liquens eram demasiadamente fugazes. Além disso, a urzela era um produto caro, tanto por causa da coleta trabalhosa, como por se tratar de uma planta silvestre de crescimento extremamente lento; isso equivale a dizer que as zonas degradadas deixavam de produzir durante muitos anos.

Detalhe de El Cardenal, *de Rafael. Museu do Prado, Madri*

Não só a extração da urzela era trabalhosa: como no caso dos antigos corantes do Oriente, sua preparação também representava um processo lento e complicado. Primeiro, era preciso moer grande quantidade de liquens e misturá-los com uma quantidade proporcional de alume.[12] Ambos eram colocados em um recipiente cheio de urina humana fermentada (responsável pela produção de amoníaco).

A seguir, a mistura era amassada com as mãos e deixada em repouso por quatro dias. Quando a pasta começava a fermentar, adquirindo uma cor característica, era preciso revolvê-la pelo menos quatro vezes ao dia; depois, duas vezes ao dia; e, a partir do vigésimo dia, apenas duas vezes por semana. Ao longo desse período, acrescentava-se periodicamente pequenas quantidades de vinho para manter o ponto de consistência ideal da pasta.

Cinqüenta dias após o início do processo, o produto estava pronto para tingir.[13] Devido a sua escassa solidez, a tintura de urzela não era empregada isoladamente, mas misturada com outros corantes vermelhos, ou usada como mera base tintorial sobre a qual se aplicava um leve banho de púrpura autêntica.

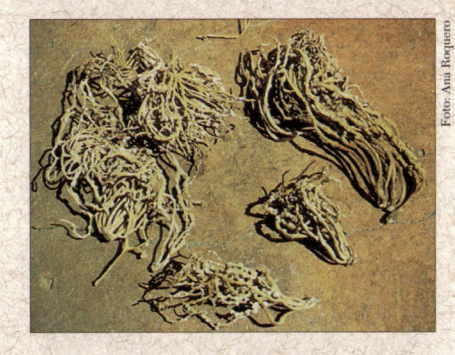

Urzela

Vermelho medieval

Depois que o segredo da púrpura se desfez na noite dos tempos, a cor escarlate do quermes manteve sua supremacia. Mas a manufatura têxtil da Europa medieval não podia se abastecer unicamente de um produto tão caro e exótico. Além disso, os mestres tintureiros sempre ambicionavam enriquecer sua paleta com diferentes matizes de vermelho: outros corantes eram bem-vindos.

Durante a Idade Média, quando as rotas comerciais que uniam a Europa ao Oriente foram bloqueadas, o mundo ocidental viu-se obrigado a adotar um sistema econômico fechado e auto-suficiente. Foi só então que algumas das mais conhecidas tinturas da época clássica desapareceram das oficinas. Consolidou-se assim o uso de plantas tintórias que podiam ser cultivadas em solo europeu.

Grandes extensões de terreno passaram a ser ocupadas pelo cultivo da rúbia (*Rubia tinctorum*), uma herbácea da família das rubiáceas, originária do Oriente Médio, mas aclimatada pelo homem na Europa desde a Idade do Bronze. De sua raiz obtinha-se uma excelente tintura vermelha, que satisfez a demanda de grande parte da manufatura têxtil. Mas a rúbia jamais iria adquirir a categoria de produto suntuário — talvez porque fosse fácil de obter, talvez porque sua tonalidade de vermelho possuísse um ponto alaranjado muito diferente dos místicos púrpura e carmim.

Rúbia

Brasil asiático (Caesalpinia sappan)
Tableau Encyclopédique... des trois Regnes de la Nature / *Lamarck*

Sappan: *uma nova tintura chega do Oriente*

A partir do século XII, Gênova, Marselha e Veneza abriram novamente as portas ao comércio oriental. Nos livros alfandegários de seus portos ficou registrada a constância com que passou a entrar na Europa um novo produto tintorial que permitia obter a preciosa cor vermelha. Tratava-se da madeira da *Caesalpinia sappan*, uma leguminosa originária do longínquo Oriente, mais especificamente da Índia e de Sumatra. Nos portos de origem, essa madeira era conhecida como *sappan* (nome talvez derivado do malaio *sapang*, originário do sânscrito *patang*, que significa "vermelho").

Na Itália, ela começou a ser conhecida como *verzi* (em veneziano) ou *verzino* (em toscano). Nos documentos genoveses, aparecia com o nome de *brazilio*, *brazil*, *brasiletto* e outros nomes derivados da mesma raiz, presumivelmente alusivos à cor vermelho-viva. Na verdade, a etimologia de *verzi* (ou *verzino*) não é menos misteriosa que a de *brazil*. Uma tese plausível, defendida por Humboldt, é que se trata de uma única e mesma palavra, apenas modificada pela troca do *v* pelo *b* e do *e* pelo *a*, tão freqüente em várias línguas e dialetos europeus. *Verzi* teria se tornado *berzi*, a seguir *barzi* e logo *brazil*.

O certo é que o *sappan*, ou "brasil asiático", passou a ser distribuído de Veneza e alguns outros portos mediterrâneos para todos os centros têxteis europeus. Os tintureiros devem ter percebido de imediato que se tratava de um corante de pouca solidez, mas a madeira foi aceita pelos grêmios e sua demanda aumentou consideravelmente.

As razões dessa tolerância foram basicamente de ordem econômica: a árvore, tal como Marco Polo observara na Índia, era cultivada; isso significa dizer que sua produção podia ser controlada. O preço do *sappan* revelava-se bem mais baixo do que o das matérias tintoriais silvestres, como o escarlate quermes e a própria urzela.

Por ser um produto de fácil aplicação e grande rendimento, o brasil asiático se tornaria uma mercadoria rendosa para o comércio. A esses aspectos favoráveis é preciso acrescentar razões de ordem estética e psicológica: a tintura de *sappan* permitia imitar, com alguma precisão, tanto o místico tom purpúreo como a suntuosa tonalidade carmim.

Mordentes de ferro e alumínio tingidos em pernambouc.

194

Moda e procedimentos da Europa renascentista

A moda européia do século XV estava sob o estrito domínio dos ditames do grão-ducado de Borgonha, encravado no leste da França. Naquela faustosa corte, tornara-se esmagadora a presença de esplêndidos damascos e veludos de cor escarlate, roxo e carmim ostentados por damas e cavalheiros. Tanto que, por antítese, o uso do preto para traje de cerimônias começaria a se tornar signo de especial distinção. A própria Espanha de Fernando e Isabel I, os Reis Católicos, cujo tom foi sempre mais comedido e sóbrio (embora houvesse ali um grande consumo de panos e sedas carmim), passou a importar, segundo consta nas despesas reais, os elegantes panos negros de Florença.

Em 1490, Giovanni Rebora compilou num manual[14] quase uma centena de receitas de tinturaria (todas de tradição medieval, mas ainda em uso no norte da Itália). Entre as dezenas de fórmulas ali reunidas, apenas uma era dedicada ao amarelo, outra ao verde e duas ao azul. As restantes se referiam a diferentes tons de vermelho e ao preto; uma indicação eminentemente técnica, mas que reflete bem os gostos e as cores em voga na Europa renascentista.

No manual de Rebora, o brasil (ou *verzi*) figurava como ingrediente principal em quase 90% das receitas dedicadas aos diferentes tons de vermelho e de púrpura. Vale a pena transcrever resumidamente alguns dos procedimentos sugeridos pelo manuscrito para a obtenção daquelas cores com o uso da *Caesalpinia sappan*, ou brasil asiático, mesmo porque as receitas pouco mudaram dali a menos de uma década, quando a madeira vinda do Oriente foi definitivamente substituída pelo pau-brasil trazido da América:

Para tingir seda com verzi

Pique a madeira e coloque-a num caldeirão de água quente. Para cada libra de brasil, acrescente uma onça de feno-grego[15] e meia onça de goma-arábica. Ferva durante três horas e deixe repousar por três dias. Retire do caldeirão, com cubos, a quantidade de tinta necessária para tingir a seda.

Peneire esse líquido em outro caldeirão, no qual acrescentará o alume. Coloque a seda (que foi deixada em um banho de dissolução de alume durante toda uma noite) no segundo caldeirão e passe-a por oito banhos quentes.

Encerrado o processo inicial de tingimento, se o tintureiro pretendesse realçar o tom arroxeado [carmesim] típico do brasil, era preciso introduzir a seda numa tina com água fresca, na qual se dissolvera um pouco de água-forte.[16] Esse banho ácido tinha a propriedade de transformar a cor *roxada* [carmesim], característica do brasil, no tom vermelho-fogo denominado *scarlatin* [escarlate].

Tintura de verzi *para* moreli

Para fazer tintura roxa, acrescente uma mistura de quatro libras de cinza para cada libra de alume ao caldeirão onde foram fervidas as farpas de brasil. Graças ao seu alto teor de potássio, as cinzas vegetais proporcionavam alcalinidade à tintura, transformando a cor carmim em *moreli* [roxo].

Como se pode ver nestas duas receitas, com a madeira de *verzi* era possível imitar as tinturas antigas simplesmente modificando o grau de acidez do banho.

Havia outros procedimentos um pouco mais complicados para criar matizes purpúreos, mas nenhum deles tão eficiente e trabalhoso como os da Antigüidade. Para obter a cor chamada *pavonazo* (cuja tonalidade, como o próprio nome indica, imitava a das penas do pavão), misturavam-se três tinturas: *verzino*, raiz de rúbia e de urzela, que potencializava a tonalidade púrpura. Como fixador ao mordente[17] colocava-se alume, de acordo com a prática habitual. Eram acrescentados ainda "água-forte" e um espessante, além de farelo de trigo e sangue de boi.[18]

Gama de matizes púrpura, escarlate e carmim, obtidos com brasil.

Novo brasil de um mundo novo

No dia 19 de outubro de 1492 (uma semana após ter "descoberto" a América e apenas dois anos depois da publicação do manual de Giovanni Rebora), Cristóvão Colombo anotou em seu diário: "(...) não se cansam meus olhos de ver plantas tão formosas e tão diferentes das nossas, e acredito que existam entre elas muitas ervas e muitas árvores de grande valor na Espanha para tinturaria e para medicinas de especiarias, mas não as conheço, o que muito lastimo."[19]

Foi apenas na terceira viagem que Colombo, referindo-se ao litoral da atual Venezuela, deu notícia da existência de "muitas maneiras de especiarias (...) e de uma grande quantidade de brasil".[20] Mesmo admitindo sua ignorância para analisar a flora do Novo Mundo, Colombo mostrou-se enfim capaz de identificar o famoso "pau-de-tinta". Mas em nenhum momento mencionou ter visto os indígenas utilizá-lo.

Admitindo-se que Colombo fosse realmente genovês e filho de um comerciante de tecidos, nem por isso ele estaria familiarizado com o aspecto da *Caesalpinia* asiática. Talvez a tivesse visto na forma de toras ou farpas, como vinha da Índia para a Europa, mas é improvável que conhecesse a planta viva. Afinal, embora digam que no século XIII Marco Polo levou para Veneza sementes coletadas no Ceilão, aquela suposta tentativa de aclimatar o *sappan* à Europa resultou em fracasso. Assim sendo, 300 anos depois de Marco Polo, raríssimos europeus teriam visto um exemplar do brasil asiático em sua forma natural.

Como Colombo foi capaz de reconhecer os vários paus-de-tinta existentes no Caribe é um pequeno mistério, entre os tantos que cercam sua biografia, sua personalidade e suas viagens. De todo modo, o certo é que logo os europeus começaram a especular sobre as potencialidades econômicas da madeira tintorial encontrada nas ilhas caribenhas.

Tanto que, em outubro de 1498, numa carta que enviou da ilha de Hispaniola [Santo Domingo] para os Reis Católicos, o próprio Colombo anunciou:

(...) daqui se pode, em nome da Santíssima Trindade, enviar todos os escravos que se puder vender e muitíssimo brasil (...) dos quais, se a informação que tenho é certa, me dizem que poderão se vender quatro mil que, a pouco valer, valerão 20 contos; e quatro mil quintais do brasil, que podem valer outro tanto.[21]

O texto já sugere o que viria a ser a futura exploração dos corantes indígenas. Ao final daquela terceira viagem, Colombo carregou suas naves com "laca, âmbar, algodão, pimenta, canela e brasil infinito"[22] e, em nova carta aos reis da Espanha, expressou seu temor dos possíveis concorrentes:

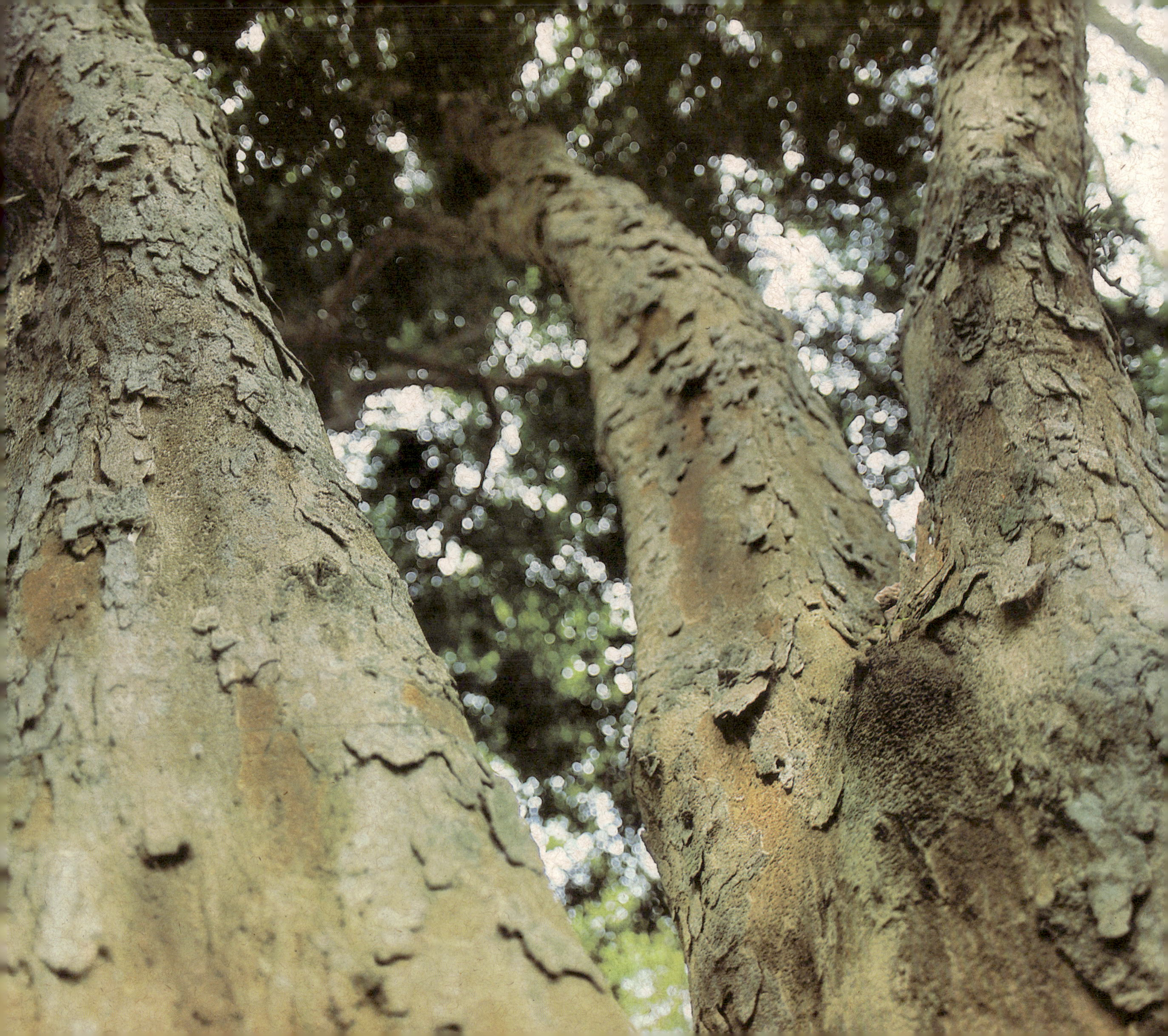

[Alonso de] Hojeda chegou faz cinco dias ao porto onde está o brasil. Dizem os marinheiros que, segundo a brevidade do tempo que partiu de Castela, não podem ter descoberto outra terra. Ele bem poderia ter carregado sua embarcação de brasil antes de ser impedido. E assim como ele, da mesma forma podem fazer outros estrangeiros.[23]

Um dos companheiros do inescrupuloso Alonso de Hojeda na tal viagem era o florentino Américo Vespúcio. Três anos mais tarde, o próprio Vespúcio, já a serviço do rei de Portugal, aportaria no Brasil em companhia de Gonçalo Coelho.

Caberia àquela frota de reconhecimento divulgar a existência de vastas concentrações de leguminosas do gênero *Caesalpinia* nas florestas costeiras da terra que Cabral batizara de Vera Cruz. Uma terra que, conforme as estipulações assinadas em Tordesilhas em 1494, pertencia a Portugal.

Decretou-se imediatamente que a exploração daquela madeira era monopólio da Coroa portuguesa, tanto que ela chegou a ser conhecida como *pau-da-rainha*. Prevaleceu, porém, o nome *brasil*, sinônimo tanto do produto mercantil como do novo território lusitano onde a árvore tintória era obtida em abundância.

A *difícil identificação dos paus-de-tinta*

Já desde o primeiro momento em que os europeus desembarcaram no Novo Mundo se produziu confusão na hora de determinar a qual espécie botânica eles se referiam cada vez que falavam em pau-brasil. O primeiro cronista das Índias, Gonzalo Fernández de Oviedo, tropeçou nesse problema. Em sua *Historia General y Natural de las Indias*, ele afirma que a árvore chamada pelos indígenas de *nance* ("com a qual dão cor ao algodão e àquilo que querem tingir") era parecida com o pau-brasil, mas "não é o verdadeiro brasil, como alguns pensam".[24]

O nance (*Byrsonima crassifolia*) é uma árvore pertencente à família das malpighiáceas e sua morfologia nada tem a ver com a das leguminosas reconhecidas como pau-brasil, embora contenha taninos que proporcionam uma excelente tintura de cor vermelho-telha. Mas, dali em diante, quase toda madeira tropical que produzisse algum tipo de corante vermelho acabaria sendo encaixada na denominação popular de "brasil". O nome se tornou cada vez mais genérico e impreciso.

A amplitude geográfica e ecológica na qual os cronistas espanhóis do século XVI "identificavam" a árvore já é, em si mesma, uma clara indicação de que eles não estavam se referindo a uma única planta, porque nenhuma espécie vegetal poderia ter uma distribuição tão ampla. Eis alguns exemplos:

México — *Nasce o pau-brasil em regiões frias de Mechoacán, em lugares campestres ou montanheses.*[25]

Antilhas — *O brasil é árvore muito conhecida, útil e proveitosa aos tintureiros (...) existe em algumas ilhas da costa da Terra Firme, e nessa nossa Ilha Espanhola, não longe, mas sim à beira do Lago de Xaragua e por aquelas serras.*[26]

Panamá e Colômbia — *O rio que os cristãos chamam S. Juan, em Terra Firme, entra no Golfo de Urabá, toda aquela costa é terra de muito brasil.*[27]

Peru — *Os índios do Cuzco e sua comarca chamam com o nome de Junca às terras que caem na parte oriental da cordilheira geral [os Andes]. Dão-se nelas infinitas árvores de madeiras escolhidas, paus de brasil, ou outras mil plantas.*[28]

Assim, sob a denominação genérica de "brasil", "brasilete" e "pau-brasil" incluíam-se não só plantas da família das leguminosas, como *Haematoxylon brasiletto* e diversas espécies do gênero *Caesalpinia* (*C. echinata, C. crista, C. violacea*), mas também outras como a *Sickingia salvadorensis*, da família das rubiáceas, a *Condalia obovata*, da família das ramnáceas, e a *Byrsonima crassifolia*, para citar apenas alguns exemplos. Em certas ocasiões, chegou-se mesmo a chamar de brasil o pau-campeche (*Haematoxylon campechianum*), parente próximo e de morfologia muito parecida à do *H. brasiletto*, embora proporcionasse tintura preta, violeta e roxa.

Para complicar, os topônimos que às vezes acompanhavam o nome — pau de Santa Marta, pau de Nicarágua, pau de Pernambuco, pau da Laguna (de Tenerife, nas Canárias) e outros — nem sempre se referiam ao lugar de origem da árvore. Eram meras designações comerciais que indicavam o porto de embarque ou o lugar de armazenagem ao longo das rotas mercantis. Claro que tal nomenclatura em nada contribuiu para esclarecer as confusões, bem pelo contrário.

Surge a brasilina

A classificação do princípio corante contido nessas madeiras é relativamente recente.

Os pigmentos orgânicos obtidos a partir de plantas e animais foram divididos em diferentes grupos, de acordo com suas características e comportamento. A brasilina, precursora do pigmento vermelho contido nas espécies de *Caesalpinia* e na *Haematoxylon brasiletto*, pertence (tal como a hematoxilina do pau-campeche) a um pequeno anexo, que se estabeleceu em 1956, com o nome de neoflavonóides.

Esse conjunto, por sua vez, se enquadra no grupo geral dos flavonóides (originários da substância flavona: $C_{15}H_{10}O_2$), constituído por pigmentos de cor amarela ou alaranjada. A brasilina, tal como encontrada na planta viva, é apenas um precursor incolor da tintura vermelha e por isso os paus-de-tinta recém-cortados não podem ser empregados diretamente nos processos tintórios. É preciso fazer a madeira passar por um processo de fermentação durante o qual os glucídios nela contidos se decompõem numa substância açucarada e corante que, uma vez submetida à oxidação, se transforma em brasileína, de cor vermelha, já útil para tingir.

O processo químico é relativamente simples: a fórmula da brasilina (isolada em 1808 pelo químico francês Michel-Eugène Chevreul, diretor do departamento de tinturaria da lendária Manufacture des Gobelins) é $C_{16}H_{14}O_5$. Após a fermentação e a oxidação, dois átomos de hidrogênio evaporam e a substância, então denominada brasileína, adquire propriedades corantes sob a fórmula $C_{16}H_{12}O_5$. O trabalho inovador de Chevreul foi apresentado no dia 30 de junho de 1808, com o título *Expériences chimiques sur les bois de brésil et de campeche* ("Experiências químicas sobre o pau-brasil e o pau-campeche").

Mas dependia da perícia dos trabalhadores descobrir e adequar o tempo de fermentação e oxidação, pois o grau de umidade e a temperatura precisavam ser devidamente controlados durante o processo, para não causar o apodrecimento da madeira.

Quanto às técnicas de tingimento, os grêmios de tintureiros também tinham estabelecido, desde muito tempo antes, uma classificação de procedimentos em função do comportamento das diferentes matérias-primas.

O pau-brasil se inclui no grupo de tinturas que precisam da ajuda de um mordente para fixar-se às fibras têxteis. O procedimento, muito simples, consiste em ferver as fibras num banho no qual se dissolveram os sais metálicos durante uma ou duas horas; ou então em manter as fibras submersas nessa solução durante um dia ou mais. O produto mais utilizado em todo o mundo para esse fim sempre foi o alume.

A característica que popularizou o pau-brasil foi a imensa versatilidade dos tons obtidos a partir de seu pó, bastando apenas modificar o grau de acidez do banho. Acrescentando produtos ácidos, como vinagre e fermentos orgânicos, obtêm-se vermelho-vivos. Já com ingredientes alcalinos, como a cinza, a tintura se torna violeta ou roxa.

É interessante observar que, de acordo com depoimentos de cronistas do século XVI, os tintureiros da América pré-colombiana empregavam procedimentos bastante semelhantes. Bernardino de Sahagún, por exemplo, assim descreveu a utilização da madeira de *huitzcuáhuitl*[29] pelos tintureiros indígenas do México:

Rachando-o, fazem farpas, e maçam-lo e põe-lo de molho na água, tingem a água e fazem-la vermelha e este colorado não é muito fino é como negrestino; mas mexendo-o com pedra-alume e com outros materiais colorados se faz muito colorado. Com esta cor tingem os couros colorados.[30]

Outra versão do procedimento, dessa vez registrada por Francisco Hernández, assegura que o *huitzcuáhuitl* permitia obter, além do vermelho-vivo, também a mística cor púrpura:

Os galhos de huitzcuáhuitl (...) partem-se em farpas e se maceram durante nove dias (...) seu cozimento é de repente avermelhado, vermelho depois e, se é cozido demais, condensa-se numa tintura purpúrea ou, caso se misture alume, o vermelho é mais formoso do que o cinabre[31] *mesmo.*[32]

Ibirapitanga vai à Europa

O pau-brasil foi a primeira matéria tintorial vinda da América a ser comercializada na Europa. Tal como ocorreria com outros corantes indígenas, sua entrada no Velho Mundo encontrou uma série de barreiras. Vários grupos sentiam seus interesses ameaçados: os cultivadores de rúbia, os comerciantes do escarlate quermes e os mercadores dos portos mediterrâneos que controlavam o comércio do brasil asiático. Todos eles viam naquele novo produto uma ameaça aos seus lucros e ao seu modo de vida.

Também os grêmios de tintureiros, tradicionalmente ciumentos e dispostos a manter um rígido controle de qualidade, desconfiavam de todas as substâncias novas (no caso do pau-brasil, criticavam as condições de despacho e tratamento).

Em pleno século XVIII, o tintureiro francês Jean Hellot lamentou-se ao descrever o que acontecia com diferentes tipos de pau-brasil:

É certo que tem uns que dão mais cor do que outros, ou que a dão mais bela; mas isto procede muitas vezes das partes deste pau que estiveram ao ar mais do que outras, ou de que algumas ter-se-iam evaporado ou apodrecido.[33]

A Espanha proibiu, já a partir de 1503, a entrada do "brasil estrangeiro" (aquele que procedia do Oriente, ou seja, o *sappan*) e articulou medidas para controlar o comércio do brasil do Novo Mundo, especialmente os paus vindos dos territórios sob domínio de Portugal (do próprio Brasil, claro). Também instituiu o monopólio estatal e regulamentou a venda a particulares, como Lisboa fizera no ano anterior, reservando à Coroa uma parte dos lucros. Mas a pouca aceitação das primeiras remessas, chegadas no início do século XVI, estimulou o contrabando e o comércio fraudulento do tradicional brasil asiático. Esse processo, muitos anos mais tarde, acabou forçando o imperador Felipe II a liberar a entrada de *sappan*, desde que as elevadas tarifas de importação fossem pagas à Coroa.

Mas, inevitavelmente, as matérias tintórias do Novo Mundo estavam sendo chamadas a substituir grande parte daquelas utilizadas desde a Antigüidade e, embora o consumo de algumas delas, como o escarlate quermes, tenha se mantido em pequena escala, o brasil asiático acabou perdendo seu lugar.

Tudo preto: a moda no século XVI

Se fosse preciso identificar a moda ocidental dos séculos XVI e XVII com base em uma só cor, esta necessariamente seria o preto. O poderoso grão-duque de Borgonha, Philippe le Bon, costumava se apresentar nas festas vestido de preto: foi a forma que esse homem — patrono das artes, amante de jóias e tecidos finos e o mais poderoso mandatário da França de seu tempo (1342-1404) — encontrou para se distinguir dos demais convidados. Mas aquilo que, no século XV, fora apenas uma excentricidade que a nobreza se dispusera a imitar, nos dois séculos seguintes iria se tornar norma obrigatória para os trajes de cerimônia, não só na Europa, como também nos vice-reinos do Novo Mundo.

Subindo ao trono em 1556, o imperador Felipe II impôs ao mundo católico a moda do preto, também adotada pelos protestantes. A imagem que retemos da iconografia desse período é a dos personagens vestidos de cores negras.

Trata-se, no entanto, de mera aparência. Tanto que em 1540, quando se imprimiu em Veneza o primeiro livro sobre tinturaria (o clássico de Gioanventura Rosetti, *Plictho de L'Arte de Tentori* [34]), essa fabulosa recompilação de receitas, procedentes de várias fontes, acabou revelando dados bastante esclarecedores. Reunidas na obra, há 33 receitas para o vermelho, 21 para o preto, seis para o azul e cinco para o amarelo. Das 33 receitas para o vermelho, 26 levam pau-brasil em sua composição. Por essa perspectiva, uma revisão mais atenta da galeria de retratos daquele período pode demonstrar que a ditadura do preto não foi absoluta.

As primeiras edições do *Plictho*[35] não incluíram nenhuma das matérias tintórias do Novo Mundo. Isso porque se tratava de uma compilação de receitas tradicionais, embora, àquela altura, as novas tinturas certamente já circulassem no mercado europeu. Podemos presumir que o pau-brasil já tivesse substituído o *sappan* sem que fosse necessário alterar os procedimentos vigentes.

No fim do século XVII, a França dominou o mercado dos tecidos de luxo. Visando zelar pela qualidade da produção, o ministro Colbert emitiu leis, independentes das normas instituídas pelos grêmios de tintureiros, para regulamentar o uso das tinturas. De acordo com as novas regras, os corantes do Novo Mundo foram oficialmente reconhecidos e classificados nas categorias correspondentes.

Infanta Catalina Micaela, *filha de Felipe II, rei da Espanha.* (*Sánchez Coello, Museu do Prado, Madri*)

La Infanta Margarita
(Velázquez, Museu do Prado, Madri)

Frontispício do Plictho, *primeira compilação conhecida de receitas dos tintureiros de Veneza, Gênova e Florença. (Veneza, 1540)*

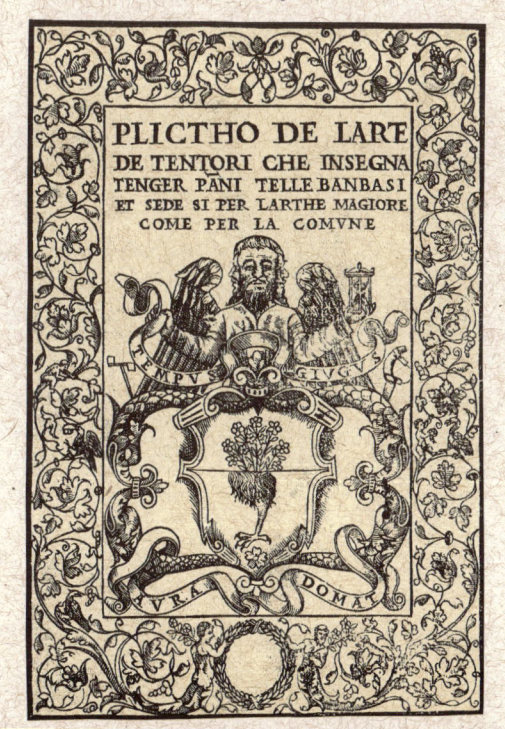

Instrução Geral para a tintura de lãs de todas as cores, e para o cultivo das drogas ou ingredientes que se empregam.
Jean-Baptiste Colbert, Controlador-Geral de Finanças de Luís XIV. França, 1671.

Corantes da "tintura maior" ou boa

    Galha do carvalho – excrescência patológica causada nas árvores do gênero *Quercus* pelo inseto *Cynips tinctoria* (cinza e preto)
    Anil – *Indigofera tinctoria* (azul)
    Escarlate cochonilha (pulgão) – *Dactylopius coccus* (carmim, escarlate e púrpura)
    Escarlate quermes – *Kermes ilicis, Kermes vermilio* (carmim e escarlate)
    Garancina ou rúbia – *Rubia tinctorum* (vermelho-vivo)
    Gauda – *Reseda luteola* (amarelo)
    Erva pastel – *Isatis tinctoria* (azul)
    Nogueira – *Juglans regia* (marrom)
    Sumagre – *Rhus coriaria* (cinza e preto)

Corantes de "tintura menor" ou falsa

    Urucum – *Bixa orellana* (alaranjado)
    Açafroa – *Carthamus tinctorius* (vermelho)
    Alperce – *Malum persicum* (amarelo)
    Amendoeira – *Prunus amygdalum* (amarelo)
    Brasil – *Caesalpinia* spp e *Haematoxylon brasiliensis* (carmim, escarlate e púrpura)
    Freixo – *Fraxinus excelsior* (amarelo)
    Tatajuba – *Cotinus coggygria* (amarelo e cáqui)
    Giesta/retama – *Genista tinctoria* (amarelo)
    Pulgão de Avignon – *Rhamnus tinctoria* (amarelo)
    Romãzeira – *Punica granatum* (cinza e preto)
    Urzela – *Roccella tinctoria* (carmim, escarlate e púrpura)
    Pau-campeche – *Haematoxylon campechianum* (roxo e preto)
    Pereira – *Pyrus communis* (amarelo)
    Labaça – *Rumex* spp (cinza e preto)
    Sândalo vermelho – *Pterocarpus santalinus* (vermelho)
    Açafrão-da-índia ou curcuma – *Curcuma longa* (amarelo)
    Trovisco – *Daphne gnidium* (amarelo)

Nota: As tinturas americanas aparecem destacadas em negrito.

As matérias-primas da "tintura maior" podiam ser utilizadas sozinhas, combinadas com outras da mesma categoria ou também sobre uma base, chamada pé de tintura, com ingredientes da tintura falsa. As classificadas como "tintura menor" só eram admitidas como pé de tintura, seja para obter outras tonalidades ou para baratear custos. Às vezes eram empregadas sozinhas ou misturadas entre si, mas consideradas de péssima qualidade.

Admirável química nova: o século XVIII e a era dos matizes

Desde as suas origens, a tinturaria foi uma prática empírica que, na Idade Média, tentava-se explicar através da alquimia. Mas quando se assentaram as bases da nova química no século XVIII, os maiores esforços se concentraram em aplicar os avanços da ciência ao terreno da tinturaria: uma conseqüência óbvia do poder econômico da indústria têxtil. A França, que desde o século anterior liderava a moda européia, tomou a iniciativa também nesse campo de pesquisa. Além de atuarem, na prática e em inúmeros casos, como tintureiros ou "coloristas", os grandes químicos e acadêmicos franceses ainda contribuíram, no plano teórico, com importantes tratados sobre a arte de tingir, logo traduzidos para aplicação nos demais países europeus.

Mostruário de matizes no Laboratório Chevreul, Manufatura de Gobelins, Paris.

Casaca e calça curta em tom ratina falso, tingidos com brasil. Carlos IV, rei da Espanha. Goya, Museu do Prado, Madri

Durante o Iluminismo, o rigor no exercício das profissões e dos ofícios era entendido como sinônimo de progresso. É contraditório, portanto, que, na prática, a Arte da Tintura favoreça precisamente a combinação das cores falsas. Acontece que os ingredientes da "tintura menor", entre os quais se encontravam os chamativos corantes do Novo Mundo, representavam um enorme atrativo para os tintureiros. Servindo-se deles em separado ou combinando-os entre si, os artesãos obtinham uma diversidade ilimitada de tonalidades, bem ao gosto da época.

De textos como o que se segue percebemos que o artesão coloria a olho, sem medir com precisão as quantidades:

Na cor violeta falso põe-se um pouco de brasil com o campeche, mas para uma cor vinho acinzentada que puxe um pouco para o encarnado, se acrescenta muito mais.[36]

Por outro lado, os químicos coloristas ainda não tinham encontrado um procedimento adequado para fixar as tinturas mais instáveis.

No livro *Arte de la tintura de las lanas y de sus tejidos*, o francês Jean Hellot disse ter notícia de uma técnica a esse respeito: "Os tintureiros de Amboise têm um método para assegurar a cor do brasil. Depois de cozinhá-lo por duas vezes com alume e tártaro,[37] jogam no suco do brasil uma quantidade suficiente de arsênico, e de cinzas graveladas,[38] e acreditam que deste modo resiste bem às provas." No final, um tanto desolado, ele próprio confessa: "Fiz assim e não saiu bem."[39]

Tampouco se costumava seguir as normativas ao pé da letra. Como vimos, era usual combinar o pau-brasil com o pau-campeche mesmo que este também entrasse na categoria de "tintura menor". Hellot tem uma opinião definida sobre isso:

Seria muito conveniente que não fossem servidos dele na boa tintura, como acontece ordinariamente, porque a cor que dá perde todo seu lustro em pouco tempo, e ainda se desvanece em parte se colocado no ar. O fato de ser barato é uma das razões que fazem com que se sirvam dele a cada passo: mas a mais forte é que, por meio das diferentes preparações e sais, se obtém deste pau muitas cores e matizes, que só com grande trabalho podem ser feitas com os ingredientes da boa tintura.[40]

Esta fugacidade típica das tinturas do século XVIII dava lugar a situações divertidas. Os tratados de tinturaria advertem sobre os diferentes fatores capazes de alterar a tonalidade dos tingimentos:

O próprio ar pode fazer as cores perderem sua luminosidade original (...) e esta perda não se dá sempre da mesma forma em todos os locais, mas é relativa às matérias heterogêneas de que está composto o ar. No campo, por exemplo, e principalmente num lugar alto, um pano escarlate conserva por muito mais tempo seu brilho vivo do que nas cidades grandes, nas quais os vapores de urina, de teor alcali-

Alteração da cor da tintura brasil em um traje feminino do século XVIII. (Museu Nacional de Antropologia, Madri)

no, são abundantes. Do mesmo modo, o lodo do campo, que à margem dos caminhos reais não é ordinariamente mais do que terra diluída com a água da chuva, não mancha o escarlate, como faz, por exemplo, o lodo das cidades, cheio de matérias da urina e talvez de muito ferro dissolvido,[41] como os lodos de Paris.[42]

Convém lembrar que não havia esgotos nas cidades européias e a urina era despejada diretamente nas ruas. Uma vez fermentada, a urina produzia vapores amoniacais, de caráter alcalino, que transformavam num pálido violeta a cor vermelha dos tecidos, especialmente a daqueles que tinham sido tingidos com pau-brasil. Bem, uma dama podia sair para passear trajando um elegante escarlate e voltar para casa com uma mancha arroxeada na barra da saia — tudo por culpa da falta de saneamento básico. Também é importante ressaltar que o próprio suor produzia o mesmo efeito na cava dos trajes e casacas tingidos com o corante brasileiro. Isso tudo definitivamente fazia do pau-brasil uma "tintura menor".

Os químicos e coloristas franceses do século XVIII chegaram até onde lhes permitiram os conhecimentos científicos da época. A explicação química do fenômeno que ocorre nos diferentes procedi-

Maria Luisa, rainha da Espanha. Goya, Museu do Prado, Madri. Vestido cor de musgo.

Bernardo Iriarte. Goya, Museu do Prado, Madri. Casaca cor de vinho acinzentada.

mentos de tinturaria não foi esclarecida até a metade do século XX. Mas aquela ânsia pesquisadora teve como conseqüência uma liberdade cromática inteiramente nova.

Ao mesmo tempo, com a progressiva influência dos Bourbon sobre as demais cortes européias, os costumes franceses se estabeleceram em todo o continente. Depois de 150 anos de sólido predomínio do preto, o espírito do Século das Luzes pareceu se materializar plenamente na explosão de cores que começou a caracterizar os trajes dos chiques e famosos.

Nas colônias espanholas do Novo Mundo, especialmente México e Peru, também surgiu uma sociedade predisposta ao luxo, muito bem informada sobre a moda européia e que acabou por gerar uma enorme demanda por tecidos de qualidade. Desde a segunda metade do século XVI, as manufaturas coloniais da América já fabricavam damascos, tecidos finos e rajas [espécie de pano grosseiro]; mas a nobreza *criolla* [nascida nas colônias] ambicionava vestir a última moda francesa.

Por isso, boa parte dos mais valiosos tecidos fabricados nos centros europeus era destinada à América. Os preços na Europa, tanto no mercado legal como no contrabando, eram regulados de acordo com sua cotação nas colônias. Ainda se conservam nos arquivos de Montpellier (um dos principais centros de tinturaria na França) as amostras de cores das encomendas feitas por Peru e México no século XVIII. E assim, por essa via transversa (e talvez perversa), as tinturas indígenas, já então plenamente incorporadas e aplicadas pela tinturaria européia, retornavam ao seu lugar de origem.

Cinza merda de ganso: as cores e sua nomenclatura

O progressivo aumento de matizes e meios-tons na paleta dos tintureiros iria gerar um enriquecimento equivalente na já sugestiva nomenclatura das cores. Alguns nomes eram ambíguos, como "azul moribundo" e "cor de asa de pomba-trocaz"; outros eram cruamente descritivos: "cinza *merde d'oye*"[43] e "cinza fumaça de Londres."

A classificação das cores tornou-se assunto sério e rigoroso. No final do século XVIII, o químico francês Chevreul registrou, por ordem alfabética, o nome de 209 cores, ordenando-as em uma chave que contém a proporção das diferentes tinturas empregadas na composição de cada tonalidade. Esse registro era acompanhado de um círculo cromático que reproduzia cada cor com rigorosa exatidão.

O quadro ao lado mostra os nomes de algumas cores, extraídos de vários tratados da época, em cuja composição se empregava o pau-brasil:

Alaranjado – urucum + brasil

Atabacado – urucum + brasil + gauda + pau-campeche ou tintura preta [O urucum era opcional; o pau-campeche era usado para obter um tingimento mais escuro; a tintura preta era obtida com galhas de carvalho + ferro]

Azul-turquesa – brasil + urzela + anil + pastel

Canelado – urucum + brasil + gauda + pau-campeche ou tintura preta

Carmim falso – brasil

Cinza cor de vinho – brasil + tintura preta

Cinza de flor de alecrim – pau-campeche + ferro + brasil

Cor de amora – brasil + lixívia de cinza

Cor de aurora – brasil + anil pouco concentrado

Cor de aurora que imita a de brasil – urzela

[Curiosamente, dentro da categoria das tinturas falsas, o brasil era imitado por outra tintura falsa!]

Cor de borra de vinho – pau-campeche + brasil + tatajuba

Cor de castanha – pau-campeche + brasil + tatajuba

Cor de fogo falso – brasil (em banho ácido)

Cor de lírio – brasil + pau-campeche + urina

Cor de Pompadour – brasil + gauda

Cor de tabaco – brasil + gauda + pau-campeche ou tinta de preto

Cor de madeira – gauda + brasil

Cor de musgo – brasil + pau-campeche + gauda [+ verdete é o acetato de cobre, para escurecer]

Nácar falso – brasil + limão ou vinagre

Passa – rúbia + tatajuba + brasil + pau-campeche + urina

Tom púrpura falso – brasil + urzela

Tom púrpura falso II – brasil + pau-campeche + lixívia de cinza

Tom púrpura falso III – brasil + cinzas

Tom ratina (vermelho pálido, um pouquinho alaranjado) **falso** – urucum + brasil

Tom rosa de brasil – brasil

Tom roxo de brasil – brasil + urzela + anil

Tom roxo de pau-campeche – pau-campeche + brasil + cinza

Tom roxo falso – brasil + pau-campeche + urina

Tom roxo falso II – brasil + anil

Tom violeta falso – pau-campeche + pau-brasil

Nota: quando os ingredientes são os mesmos, obtêm-se as diferentes cores variando suas proporções.

O sucesso das tinturas falsas

Nos tratados de tinturaria, os ingredientes da tintura menor aparecem analisados um por um. Mesmo que reconhecidos como "escassamente recomendáveis", destacam-se neles os valores estéticos, de preço, de praticidade ou outras características que, de algum modo, justificam seu uso. Por exemplo, a respeito do urucum se reconhecia que produz cores "bem pouco sólidas, porque, mudando-se ao cabo de um certo tempo, aparecem salpicados, e são muito atenuadas: mas com dificuldade poderão se tirar matizes como os que ele dá, com ingredientes de melhor tintura, porque a rúbia que se emprega com a gauda para fazer as cores da aurora, e alaranjados em lã, de nenhuma maneira pegam na seda".[44]

A respeito da tatajuba americana (*Bagassa guianensis*), se advertia que "a mudança que o ar causa na cor ratina feita com (esta tintura) é muito visível", admitindo-se, porém, que aquela descoloração "não é tão desagradável como as que acontecem a muitas outras cores, cujo matiz esvazia e decai de uma vez, de sorte que, nesse caso, trata-se mais de uma diminuição do que propriamente de uma mudança de cor".[45]

Bastante elucidativa é a vantagem apontada como justificativa para o uso da "terra mérita" (droga da tintura falsa, proibida pelos Regulamentos da Boa Tintura): afirmou-se que ela "concede ao escarlate um matiz que (...) é da moda".[46]

Aqueles trajes cortesãos (que não eram lavados e surgiam exclusivamente em salões iluminados com velas, as quais não causariam uma descoloração extrema) não se destinavam a durar. Dava-se prioridade à estética e à liberdade criativa dos tintureiros, para quem as tinturas falsas "são tão formosas que só esta razão basta para usá-las, porque quando se trata da tintura de sedas a formosura suplanta sempre a durabilidade".[47]

Foi nesse contexto que o pau-brasil conseguiu se impor. Tornou-se um protagonista indiscutível na grande e colorida revolução estética, comportamental e industrial que a moda e o gosto pela ostentação e o luxo estimularam quando a Europa se viu capaz de subjugar os outros mundos do mundo — especialmente aqueles em que vislumbrava não apenas ouro, escravos e especiarias, mas também novas tinturas e corantes.

Um negro fim: o pau-brasil no vermelho

O químico alemão Unverdoben descobriu em 1826 a substância que mais tarde seria batizada de anilina (do árabe *an-nil*, "azul"). Era um produto venenoso, derivado do benzeno e estava destinado a dar origem à indústria dos corantes artificiais.

Em 1832, informado daquela novidade científica, o então ministro da Fazenda do Brasil, Bernardo Pereira de Vasconcelos, apresentou um relatório à Assembléia Legislativa no qual declarou, com otimismo: "Qualquer que seja o resultado dos esforços da química para descobrir substâncias que supram a preciosa tinta que se extrai desse produto brasileiro, que mereceu dar o nome à mais rica e fértil porção do globo, ela nunca conseguirá, já não digo inutilizá-lo, mas mesmo diminuir sua demanda."

Sua Excelência estava redondamente enganado.

Afinal, em 1856, o jovem químico inglês sir William Henry Perkin descobriu a malveína. Esse derivado do carvão mineral iria se tornar o primeiro corante sintético da história e, a partir dele, seria possível obter justamente um dos tons característicos do pau-brasil. No ano seguinte, o próprio Perkin instalou nos arredores de Londres uma fábrica para a produção comercial de malveína.

Foi o alvorecer de um braço literalmente explosivo da indústria química: o braço que estimularia a produção em massa de corantes sintéticos, quase todos eles substâncias densas e tóxicas, derivadas do petróleo ou do carvão e obtidas a partir de um processo altamente poluente, bastante similar ao que dá origem à nitroglicerina e ao TNT.

Seis anos depois da invenção de Perkin, foi inaugurada a grande Exposição Universal de Londres. Apesar da admiração diante das grandes novidades da era industrial que então se iniciava, no pavilhão de Brasil "chamaram justamente a atenção (...) as numerosas variedades de pau-brasil produto de várias espécies de *Caesalpinia*".[48]

Mas as toras ali expostas eram "espécies relictuais": meras relíquias, condenadas à extinção, de uma época marcada por um experimentalismo ousado e alquímico.

A partir de 1875, praticamente nenhum pé de pau-brasil voltou a ser negociado no mercado internacional, centralizado em Londres. E, embora em 1911 o pensador austríaco Rudolf Steiner, criador da antroposofia, tenha declarado que equiparar um corante natural a um corante industrial equivalia "a comparar uma orquestra sinfônica a um gramofone", sua opinião com certeza não teria força para impedir a vitória das "cores sem luz".

Nivaldo Manzano

A madeira e as moedas

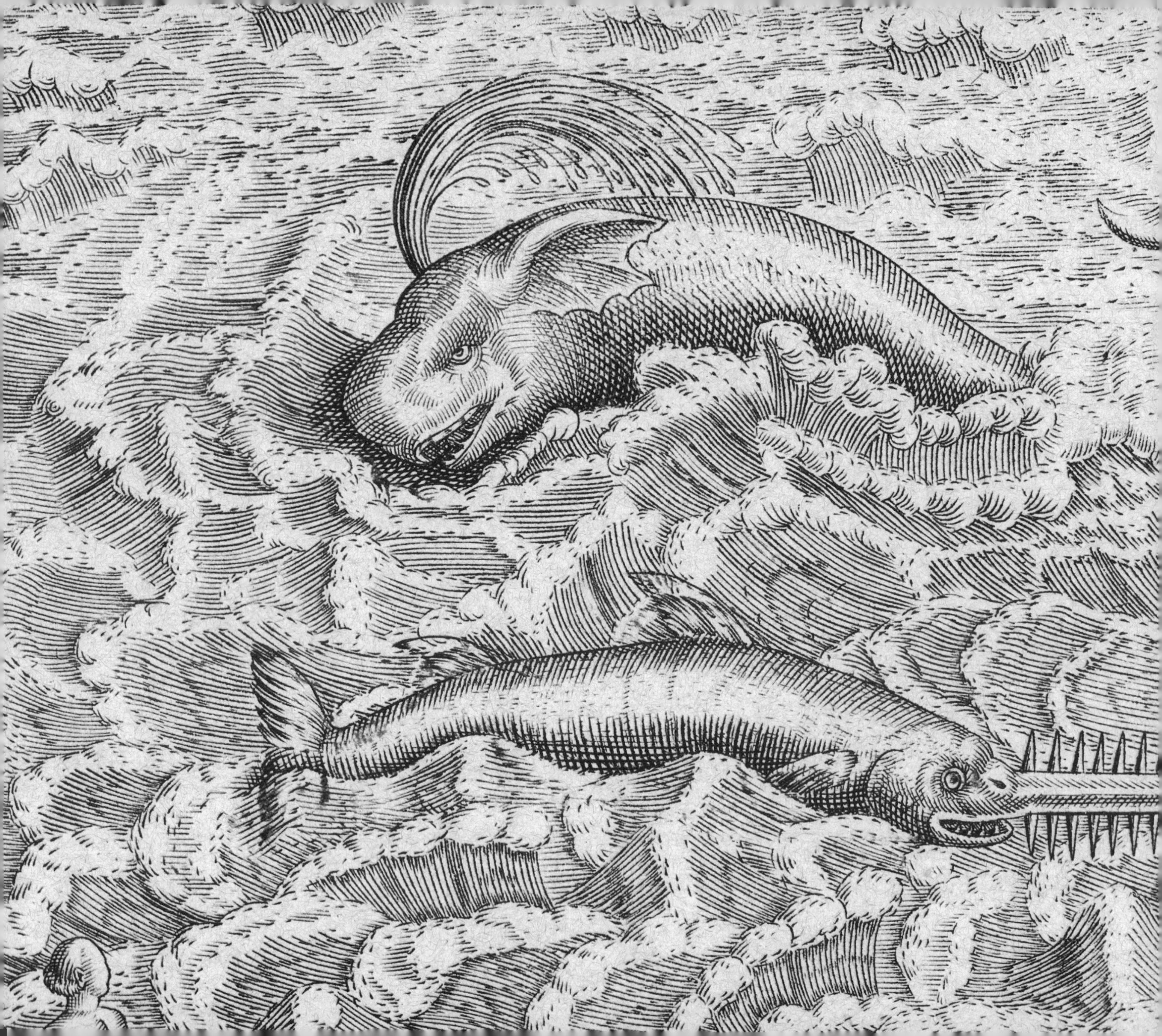

Linschoten, 1638

A fome move o mundo, ou, quando menos, faz girar a roda da história. Mas a humanidade, afinal, tem fome de quê?

Por mais que privilegiemos a reprodução das condições materiais da existência como motor explicativo da história (e o único, de acordo com tantas teorias), o fato é que ninguém sai de casa em busca de comida antes de se dar as razões do que pretende fazer tão logo esteja de barriga cheia. O objetivo dos seres humanos suplanta a mera sobrevivência. Na verdade, parece se concentrar no que ela propicia.

Se assim realmente for, o que põe o mundo em movimento não é a necessidade orgânica, mas os sonhos que o homem alimenta (e que, por via de mão dupla, o alimentam também). Afinal, ao contrário da satisfação das necessidades básicas, os sonhos não têm limites. Isso talvez explique por que os humanos se deixam seduzir e arriscam a pele lançando-se à conquista do infinito e do ilimitado.

Dentro desse raciocínio, é possível vislumbrar a expansão ultramarina dos povos europeus — os portugueses à frente — como fruto de uma aventura árdua e arriscada, mas que, além de prazerosa, estava no fundo devotada ao excesso, ao supérfluo, ao gasto perdulário, ao prazer da mesa e da cama, ao luxo, à dilapidação suntuária, à afirmação, à ostentação e à exaltação do poder, da vaidade e da glória: valores inteiramente mundanos, embora, à época, fossem (mesmo que escamoteadamente) indissociáveis da propagação da fé cristã.

Montanus, 1671

E embora os que se lançaram por *mares nunca dantes navegados* (os marujos e grumetes, soldados e mercenários) não tenham sido os mesmos que acabariam por desfrutar de tais luxos, excessos e prazeres, nem por isso teriam deixado de sonhar menos com eles.

A *utilidade* e o devaneio

Evocar tais suposições e os valores a elas associados na abertura de um ensaio sobre o ciclo econômico do pau-brasil parece tanto mais necessário quanto mais a *utilidade* vem sendo exaltada como um fato natural e a única alavanca da existência, em desfavor dos demais valores, considerados ilusórios, porque inúteis, tais como, digamos, a poesia e o galanteio.

Ora, que *utilidade* efetiva poderia ter o vermelho, a cor do luxo e da luxúria? Que *utilidade* poderiam ter as peças de tecido púrpura comercializadas pelos navegadores fenícios nas costas do Mediterrâneo, por cuja conquista se expunham a riscos, privações e combates sangrentos?

O caráter excludente do valor hoje atribuído à *utilidade* cumpre uma dupla função ideológica: suprime o lugar de direito ocupado na história pelo devaneio e escamoteia a sua compreensão, fazendo supor que todo o espaço da existência está adequadamente preenchido pela figura caricata do Prometeu capitalista — o *Homo faber*.

Invenção antropológica recente, contemporânea da Revolução Industrial, o *Homo faber* é o sujeito que se caracteriza por agir supostamente de modo racional, subordinando o tempo presente a um futuro que nunca chega, em nome do qual sacrifica o gozo imediato.

Terá sido sempre assim? Ou, ao contrário, esses fatores condicionantes teriam entrado em cena mais ou menos na mesma época em que, enriquecida pelo butim obtido na conquista do Novo Mundo (o pau-brasil aí incluído), a Europa trataria de inaugurar uma nova fase, supostamente mais eficiente e mais produtiva e, por consequência, de menos deleite, na história da humanidade?

O vermelho, cor do luxo. Livro de Horas, século XV.

O supérfluo e o essencial

É somente no contexto da unidade indissociável dos móveis da ação humana que podemos enxergar e compreender o sentido complexo da exploração do pau-brasil: o chamado primeiro "ciclo econômico" da história do Brasil. Entender a sanha e a intensidade predatórias a que se entregaram os exploradores das maiores potências comerciais de então (portugueses, franceses, holandeses e ingleses, entre outros) pressupõe, como sugere o historiador Werner Sombart a propósito do advento do capitalismo, uma reconstituição metodológica do seu ambiente cultural.

É preciso explicar no butim a presença seletiva dos panos, das sedas, das especiarias, das tinturas, dos perfumes, da roupa branca, das vasilhas de prata, do vinho, dos destilados, do tabaco, dos obje-

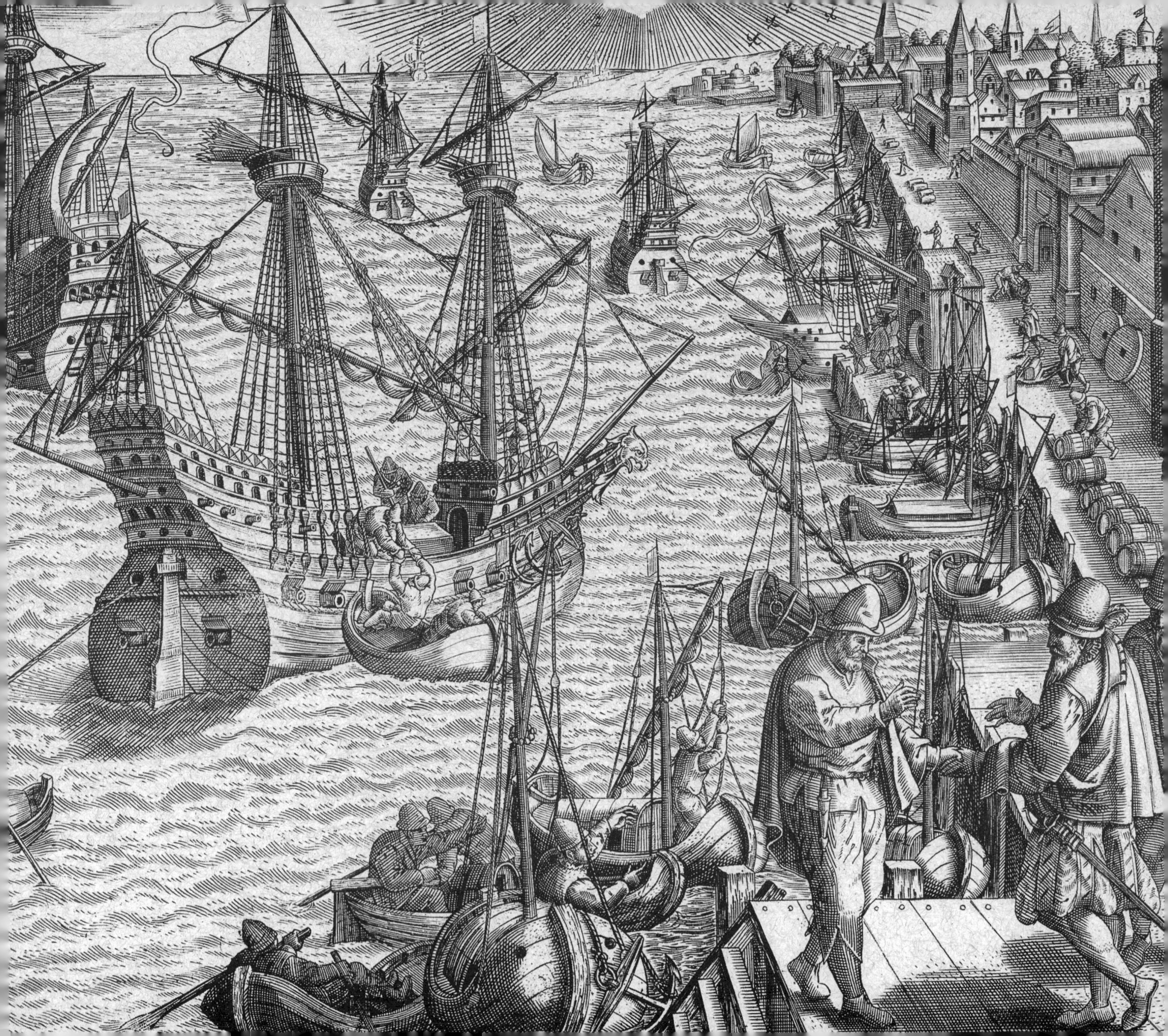

tos do mobiliário, dos candelabros — quase nada do que é indispensável ou necessário à subsistência física. Se, vez por outra, armas e mulheres também podiam ser encontradas no cesto do comércio, da pilhagem e da conquista, é só porque elas infundiam segurança ou prazer na aventura de perseguir e justificar o consumo do supérfluo e a conquista do infinito.

Tais objetos, considerados em si mesmos e fora de qualquer contexto, são meros suportes materiais sem sentido, despidos de qualquer valor cultural; incapazes, portanto, de inspirar um desejo ou estimular uma ação. É somente depois de inscritos na fantasia e no imaginário que podemos divisar neles os coeficientes de importância cultural, graças aos quais se hierarquizam, de acordo com a variação do tempo e do lugar.

É preciso começar investigando quais elementos constituíam o imaginário daqueles "descobridores" e exploradores europeus que, com suas caravelas e naus, vieram dar com os costados no Novo Mundo, desembarcando, entre outras terras, na "terra do brasil". Embora tal raciocínio seja repelido pela história econômica funcionalista, trata-se de um procedimento recomendado por todos aqueles que não confundem a história com o movimento de um pistão num motor de combustão. Afinal, nada na história é resultado de uma necessidade inelutável. E tudo poderia ter sido diferente do que foi.

Na diversidade dos produtos que são objeto do saque colonial, podemos observar que o pau-brasil (como matéria-prima para a indústria do mobiliário e, principalmente, como tintura na indústria têxtil) insere-se na ampla gama das cadeias de comércio orientadas para o consumo suntuário: origem e razão de ser, aliás, das rotas comerciais que ligavam os portos da Europa aos portos da Ásia Menor, da África e do Extremo Oriente. Rotas essas cujo bloqueio, por terra, haveria de provocar o movimento do qual iria resultar a própria expansão ultramarina dos portugueses.

A cadeia do pau-brasil é, pois, uma entre tantas, todas entrelaçadas num contexto unitário que lhes dá direção e significado. É preciso investigar que significado afinal é esse.

Théodore De Bry, 1592

A sociedade cortesã entra em cena

Em 1501, quando dom Manuel, no fulgor de seus 30 anos, declarou o pau-brasil monopólio da Coroa portuguesa, o pequeno Francisco I, de apenas sete, preparava-se para, dali a 14 anos, assumir o reino da França e consagrar definitivamente um novo estilo de vida que se irradiaria por toda a Europa: a *sociedade cortesã*, fenômeno cultural e socioeconômico "inventado" pelo papado em Avignon exatos 200 anos antes e que, logo a seguir, ainda no início do século XIV, seria copiado pelo grão-duque de Borgonha.

Situada ao lado do porto de Marselha, a cidade de Avignon foi berço da primeira corte moderna. Pela primeira vez na Europa, congregou de modo estável nobres sem outra missão que não a de servir aos interesses da corte e a beldades cobiçadas por amores ilícitos, que se encarregaram de imprimir sua marca peculiar à vida e ao trato social: eis aqui a *courtoisie*. Reuniram-se em Avignon os mais altos senhores da ordem eclesiástica, dispostos a celebrar e enaltecer um modelo inaugural de livre trato, de magnificência, de fausto e de brilho cortesão. E talvez não seja despropositado relembrar que, dentre os dignitários ali reunidos, praticamente todos se vestiam de *vermelho*.

Mas também é preciso ressaltar que o longo "exílio" do papado em Avignon (um período de mais de meio século: de 1309 a 1377) foi de tal forma considerado um desastre para a Igreja que se tornaria conhecido como "o Cativeiro da Babilônia". Clemente V, o primeiro papa a se instalar em Avignon, era de um nepotismo deslavado: durante os nove anos em que ficou no poder, de 1305 a 1314, fez cardeais cinco membros de sua família. Para justificar o esbanjamento quase insolente e a inabalável fama de *bon vivant*, dizia desavergonhadamente que não era culpa dele que seus "predecessores não sabiam ser papas", pois "um papa devia fazer felizes seus súditos".

Embora contestado, aquele portentoso estilo de vida seria amplificado anos mais tarde pelos grandes Luíses da França, na esteira do que havia ocorrido anteriormente nas cortes de Milão, Ferrara e Nápoles.

Explica-se por que os principados italianos se apressaram em imitar Avignon quase dois séculos antes da coroação de Francisco I: foi na Itália que, pela primeira vez, se agruparam as circunstâncias que tornariam possível um novo modo de vida. Que circunstâncias são essas? A decadência da cavalaria; a "urbanização" da nobreza, que abandonou o campo e as limitações feudais para viver na cidade; o estabelecimento do Estado absolutista; o renascimento das artes e das ciências; a glorificação dos talentos; e, é claro, aquilo que para este capítulo é o mais importante e cujo significado estamos buscando: a ostentação da riqueza.

Linschoten, [1599]

Dom Manuel e o poderio da Coroa portuguesa.

DE REBVS,
EMMANVELIS REGIS LV-
SITANIÆ INVICTISSIMI VIRTVTE
ET AVSPICIO GESTIS LIBRI
DVODECIM.

Auctore Hieronymo Osorio
EPISCOPO SYLVENSI.

OLYSIPPONE.
Apud Antonium Gondisaluũ Typographum.
Anno Domini. M.D.Lxxj.
CVM PRIVILEGIO REGIO.

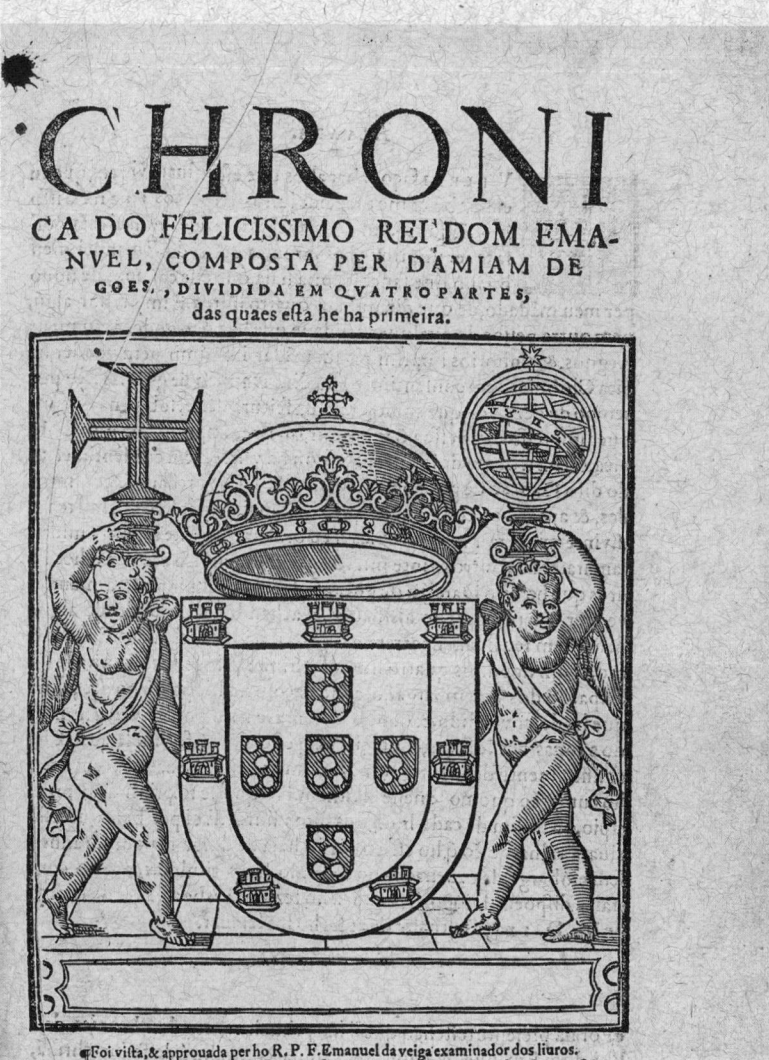

CHRONI
CA DO FELICISSIMO REI DOM EMA-
NVEL, COMPOSTA PER DAMIAM DE
GOES, DIVIDIDA EM QVATRO PARTES,
das quaes esta he ha primeira.

¶ Foi vista, & approuada per ho R.P.F. Emanuel da veiga examinador dos liuros.
¶ Em Lisboa em casa de Francisco correa, impressor do serenissimo Cardeal Infante, a hos xvij dias do mes de Iulho de 1566.
¶ Esta taxada esta primeira parte no regno em papel a duzentos, & cinquoenta reaes, & fora delle
segundo ha distancia dos lugares onde se vender, & has outras tres partes pelo mesmo
modo naquillo em que forem taxadas.
Com priuilegio Real.

Para as cortes acorreram não somente os nobres de sangue, suas esposas e os filhos, mas também todo tipo de gente endinheirada, no afã de se embeber de pompa mundana e conquistar um título aristocrático e os privilégios que o acompanhavam.

Portanto, no momento em que o pau-brasil recebeu o primeiro golpe de machado em meio ao emaranhado sombrio da Mata Atlântica, os guerreiros medievais já haviam deposto as suas lanças e armaduras, para que as apanhasse Dom Quixote, cedendo lugar aos cortesãos. E estes, diferentemente dos cavaleiros, em vez de se deixarem destroçar nas Cruzadas, circunscreveram a temeridade de suas bravatas aos limites de um duelo, cujo caráter civilizado surgia claramente visível em seus punhos de renda.

Importante observar aqui a transmutação do código de honra: se parecia já não haver alguém disposto a se bater prontamente *ad majorem gloriam Dei* (exceto, claro, os jesuítas, esses novos cavaleiros de Cristo), sobravam os que não hesitavam em se bater por uma mulher...

Thevet, 1575

No quarto, o poder é feminino

Detalhes de vestido de seda bordada com fios tingidos com brasil (1740).

Para essa nova visão de vida e a conseqüente mudança dos costumes, parece ter contribuído de modo especial a ênfase na dimensão feminina da existência, dentro de um contexto renovador em que o amor se secularizava e a mulher era convocada a desempenhar outras tarefas, somente agora possíveis, como veremos.

O sentido do desfrute da vida, até então limitado à salvação da alma mediante a purgação do pecado, ampliou-se a partir da legitimação cultural da experiência hedonística e estética do feminino e do amor à mulher. No mundo católico peca-se com prazer, antes da culpa, já que existe o perdão. Com isso não queremos dizer que a mulher interveio intempestivamente na história como um *deus ex machina*, convocada pelo historiador para adocicar a cultura do macho, que até então prevalecia.

Eis o que de fato ocorreu: a mulher das altas classes conseguiu enfim deixar de ser mera presa do homem, deixando de estar a tiracolo do guerreiro e a serviço dos planos da Providência, na condição de genitora. Contudo, isso só ocorreu porque a vida familiar tornou-se mais estável e adquiriu *interioridade*.

Findas as tropelias medievais pela delimitação dos territórios, o advento do Estado absolutista (que acabou com o amadorismo na guerra) fez o que era público se tornar privado, recolhendo-se para dentro do lar. O luxo, que se exteriorizava em torneios e espetáculos faustosos ou em cortejos solenes, converteu-se então em luxo doméstico. E deste se apropriou a mulher, como titular natural do espaço caseiro.

Com o luxo, associado ao crescente consumo de coisas, vieram o aumento da criadagem e uma exigência de refinamento e de valorização da sensibilidade. Além do marido, era preciso educar as filhas e prepará-las para a vida da corte, em cujos salões e festas deveriam exibir sua graça, delicadeza de maneiras, habilidades artísticas e beleza das formas, realçada por vestidos no modelo e nas *cores* da moda, de modo a atrair um bom partido.

Nesse ambiente, importava antes de tudo a aparência. A começar, é claro, pelas próprias vestes, já que a exuberância do figurino é auto-explicativa. As novas regras do vestuário e do bom gosto deviam refletir a disposição para o gasto suntuário e para a ociosidade, que se convertiam em índice manifesto de sucesso financeiro: simultaneamente uma evidência do coeficiente de valor social (em associação direta com o manequim) e uma justificativa para galgar postos ainda mais próximos da intimidade do poder.

À valorização distintiva do vestuário seguia-se a da cozinha, cujo índice de prestígio e *status* era

Wied-Neuwied, 1815

medido pela suntuosidade dos banquetes, a riqueza da baixela, a diversidade dos pratos e o exotismo dos ingredientes, tanto mais apreciados quanto mais caros e difíceis de obter.

Ao contrário da Índia, da China e das nações árabes, a Europa se revelava resolutamente carnívora. Como a carne não podia ser conservada (e apodrecia), tornou-se hábito comê-la assim mesmo: *faisandée*. Era preciso, porém, disfarçar o gosto intolerável. E foi então que as especiarias entraram em cena, tendo à frente, imperiosa, a pimenta.

A pimenta viria a adquirir tamanha importância que, muito mais do que mera *commodity*, se tornou uma espécie de moeda franca e objeto inequívoco de ações especulativas. "Caro como pimenta" era expressão usual, repetida ao longo dos séculos XVI e XVII por toda a Europa, onde aquele "grão do paraíso" passou a valer seu peso em ouro.

E foi com a pimenta inflamando as imaginações que os portugueses se lançaram, em suas cascas de noz (as diminutas caravelas, uma manifestação plena do engenho lusitano), rumo às incertezas do

Mar Tenebroso, sonhando com a longínqua Índia e suas especiarias (do latim *spec*, "objeto de contemplação"). Além da pimenta e seus congêneres (cravo, canela, noz-moscada), eles importavam ainda as sedas, os brocados, as musselinas, ao lado dos corantes e demais substâncias tintórias. Produtos, não custa relembrar, que não saciavam a fome, apenas estimulavam os desejos.

A indústria têxtil e a globalização antevista

Antes da França, foi nas cidades do norte da Itália que a cultura hedonista da *courtoisie* se materializou em primeiro lugar, estimulando a intensificação do comércio do luxo e das especiarias com o Oriente, e promovendo também a consolidação pioneira da manufatura têxtil, que viria a se tornar o motor de uma futura, mas já adivinhada, revolução industrial.

Quando o papa se instalou em Avignon, Florença já contava com sete corporações manufatureiras (uma das quais, a Lana, dispunha de mais de 200 teares), nas quais trabalhavam cerca de 30 mil pessoas, segundo informou o historiador florentino Giovanni Villani (1271-1348).

Se esses números soam exagerados, é certo que Florença abrigava um grande número de trabalhadores organizados. A vocação industrial da cidade, aliás, empolgou seus habitantes a ponto de comprometer seu próprio abastecimento: ninguém mais queria permanecer no campo, mais ninguém plantava.

Ao observar os fluxos de comércio dessas cidades manufatureiras, temos a impressão de estar diante de uma "globalização" *avant la lettre*. Florença, por exemplo, exportava seus tecidos de lã para toda parte, enquanto importava lã da Inglaterra, corantes do Oriente e linho da África, estabelecendo laços comerciais com mercados distantes. O mesmo se registrou em Luca, cidade que tinha uma grande manufatura de seda, e em Milão, famosa por sua indústria de armas.

Segundo registrou o botânico e médico português Garcia da Orta, cristão-novo, em seu magistral *Colóquios dos Simples e Drogas e Coisas Medicinais da Índia* (publicado em 1563), carregamentos de uma "droga" asiática empregada para tingir tecidos de encarnado — conhecida como *verzi*, ou *verzino*, ou *bracire*, *brasilly*, *brazilis*, ou ainda *brazil* — começaram a chegar à alfândega de Ferrara já no ano de 1193 e à de Módena em 1316.

Orta se referia, é claro, à *Caesalpinia sappan*, leguminosa nativa de Sumatra que também seria importada pela Espanha entre 1221 e 1243 e cuja função primordial, agora diretamente vinculada aos meandros da moda e às obsessões européias, era a de suprir a sociedade cortesã com um novo

Florença, na Crônica de Nuremberg, 1493

OCEANVS

corante, a partir do qual ela poderia obter tecidos naquela cor luxuosa e luxuriante que parecia nunca sair de moda: o vermelho.

Em nenhum outro lugar como em Florença essa nova sociedade floresceu com tamanha inquietação e ardor. A tal ponto que as jovens florentinas se tornaram objeto de desejo não só de seus conterrâneos, mas de todos os bons partidos da Europa. Eram jovens que avançavam "com suas saias de cetim vermelho, recobertas de uma rede de ouro semeada de botões de prata, o vestido em tecido de brocado de ouro, lenço de rendas na mão, penteado com rebuscados caracóis, cachos de pérolas suspensos ao pescoço". Da moça de Florença se dizia, com razão, mas não sem malícia: "É feita de tão bom linho que logo encontrará roca e fuso para a fiar."

Tais mulheres (que investiam fortunas no vestuário: cem florins por um vestido de luxo, 75 por um de pano, enquanto o tecelão que os fazia percebia 56 florins anuais) tinham ao seu dispor, já no alvorecer do século XV, um guia de comportamento e estilo, compilado por um Alessandro Piccolomini. Eis algumas instruções do manual:

Quero uma mulher que mude freqüentemente de vestuário e nunca deixe de aproveitar uma boa moda; mas se ela própria inventar uma, que não hesite então em a lançar. A variedade é a verdadeira marca da elegância, contanto que não se usem cores que briguem umas com as outras. Cuidai também para que a moda por vós escolhida faça valer o lado positivo de vossa pessoa, disfarçando eventuais imperfeições (...) na mesma medida em que decotes e frestas devem mais sugerir e insinuar do que revelar ou exibir.

Embora na mesma época e na mesma cidade os pregadores lançassem suas condenações ("Ó, mulheres, provocais Deus com vossas extravagâncias, com a cauda desmesurada dos vestidos, com as pinturas com que cobris o rosto, com vossa compostura indecente em lugares santos"), o fato é que "a razão e o bom senso [dos homens] foram vencidos por aqueles desordenados apetites femininos" e eles aderiram aos ditames da moda e às prescrições do estilo, com o objetivo explícito de "singularizar-se" para agradar às jovens senhoras. E de tal maneira que a nova tendência ganhou nome próprio: *ingetilire per donne*.

Foi para dentro dessa cultura, e para o interior desses fluxos de comércio e dessas cadeias produtivas florescentes, que, dois séculos mais tarde, o pau-brasil acabou conduzido. E foi então que a árvore que vegetava em meio à imponente floresta do Novo Mundo se transformou (como tantos outros produtos minerais, vegetais e animais) em mais uma mercadoria colonial a serviço do dispêndio suntuário das classes abastadas da Europa: a "fome" que movia o mundo, mas não podia ser saciada.

O monopólio entra em cena

Compreendemos, assim, a pressa de dom Manuel em agenciar a exploração do pau-brasil tão logo foi informado de sua existência: tratava-se de tirar proveito comercial da inclinação cortesã para a gastança ostentatória, que continuaria a acometer a aristocracia européia por séculos à frente e, no que diz respeito ao pau-brasil, pelo menos até o surgimento das anilinas sintéticas, em 1856.

Uma vez incorporada a nova tintura às velhas técnicas tintoriais (com todas as possíveis ressalvas, já assinaladas em *Moda e tecnologia*), parecia não haver velocidade de exploração capaz de atender à demanda da árvore. Tanto mais que, percebendo quão lucrativo poderia ser o comércio do pau-de-tinta do Novo Mundo, o rei de Portugal tratou de fechar o mercado à madeira corante asiática.

O problema é que Portugal controlava o comércio das madeiras tintoriais, mas não contava com uma atividade manufatureira minimamente comparável à de França, Inglaterra ou Holanda. Assim, ao reprimir o acesso dos mercados europeus à árvore vinda da Ásia, dom Manuel acabou involuntariamente estimulando os mercadores de todos os quadrantes a voltar sua atenção para a "terra do brasil". Antes mesmo que essa terra se tornasse "Brasil" com maiúscula.

A partir daí, nenhum regulamento conseguiria deter a cobiça de outros Estados europeus com relação ao território onde vicejava o pau-de-tinta. Sem dispor de recursos próprios para financiar aquele empreendimento, o francês Francisco I (aquele que não reconhecia a validade jurídica do Tratado de Tordesilhas) tratou de se associar rapidamente a corsários, concedendo-lhes as famosas "cartas de corso": uma chancela real que autorizava a pilhagem e a pirataria em nome e sob a proteção do Estado. Nisso, seria logo seguido pela Inglaterra.

Já os holandeses, mais capitalizados, escolheriam, um século mais tarde, o caminho da ocupação direta do território. Instalaram-se em Pernambuco, onde queriam basicamente o açúcar, mas de modo algum depreciaram o pau-brasil. E como o negócio parecia bom para todos, a eles se juntariam mais tarde os próprios portugueses sem acesso às licenças de exploração, mediante o contrabando em associação com estrangeiros, e a fraude e a corrupção praticadas no seio da administração altamente burocratizada da colônia.

Por mais empenhada que a Coroa estivesse em controlar esse negócio, o comércio ilegal, o contrabando e a pirataria marcaram (estigmatizaram, na verdade) os 358 anos de exploração do pau-brasil sob o regime de monopólio estatal. (Aliás, é o que geralmente acontece quando se impõe um monopólio.) Além disso, a situação precária do erário português contribuía, pela sua inanição ou pelas iniciativas de curto fôlego, para agravar o quadro geral de descontrole.

Dom Manuel, em Retratos dos grandes homens da nação portugueza...*, 1825*

Esse quadro nos ajudará a entender por que as reiteradas disposições régias em defesa da exploração sustentável daquele recurso natural representado pelo pau-brasil seriam invariavelmente infrutíferas. E é tendo como referência a intensidade da pilhagem, tanto a autorizada como a não autorizada, que poderemos compreender também as freqüentes mudanças administrativas na forma de implementação do monopólio.

É hora, portanto, de discutir a intervenção do Estado na economia, o papel da iniciativa privada, a lógica e os malefícios do monopólio, o desenvolvimento sustentável, os desatinos ecológicos cometidos em nome do imediatismo econômico, à socialização dos prejuízos e a privatização do lucro. Em suma, todos os temas primordialmente ligados ao primeiro "ciclo econômico" do Brasil: a exploração do pau-de-tinta.

E resulta tão esclarecedor quanto estarrecedor perceber que, 500 anos depois do descobrimento do Brasil, os mesmos temas se revolvem ainda ao redor dos outros "ciclos econômicos" da nação. Parece que, mais que os rumos, na verdade desvendam-lhe os descaminhos.

A primeira privatização do Brasil

Quando foi informado (talvez pelo próprio Américo Vespúcio) de que a única riqueza aparentemente disponível na terra recém-descoberta por Cabral era o pau-de-tinta, dom Manuel, com o olhar e os recursos do Tesouro real voltados para as riquezas da Índia, tratou de declarar a árvore monopólio da Coroa, optando em seguida por arrendar sua exploração para a iniciativa privada.

No segundo semestre de 1502 (como nos conta o capítulo A *feitoria da ilha do Gato*), o rei assinou um "contrato de arrendamento" do Brasil com um consórcio de cristãos-novos, liderado por Fernando de Noronha. Foi uma solução engenhosa, mas de modo algum inovadora: em 1469, o rei Afonso V (um dos antecessores de dom Manuel) já havia tomado decisão semelhante. Mais interessado no norte da África (a África árabe, por assim dizer) do que na África negra, Afonso V firmara contrato com um Fernão Gomes, abastado mercador lusitano, passando-lhe a responsabilidade de organizar viagens ao longo das chamadas Costa do Ouro, Costa do Marfim, Costa da Malagueta e Costa dos Escravos. Em troca do monopólio do comércio dos produtos claramente identificados por aqueles topônimos, Fernão Gomes se via obrigado a mandar explorar cem léguas de costa africana todo ano, durante cinco anos, além de pagar ao rei cinco mil cruzados anuais (na época, um cruzado equivalia a 3,5 gramas de ouro).

O contrato que dom Manuel firmou com Fernando de Noronha era em tudo similar àquele assinado entre Afonso V e Fernão Gomes. Conforme o trato (válido por três anos, de 1502 a 1505), o grupo liderado por Noronha se comprometia a enviar seis navios por ano ao Brasil, responsabilizando-se por explorar anualmente 300 léguas de litoral, além de instalar e manter uma feitoria fortificada em algum ponto da costa.

No primeiro ano, o grupo nada pagava à Coroa; no segundo, pagaria um sexto dos lucros; no terceiro, um quarto. (As conseqüências desse contrato, o papel de Vespúcio na trama, a construção da feitoria, sua real localização, são temas discutidos em outros trechos deste livro.)

Aqui é preciso ressaltar que, apesar da enorme repercussão que teve no primeiro quarto de século da história do Brasil, o contrato entre dom Manuel e Fernando de Noronha jamais foi encontrado nos arquivos portugueses, nem qualquer referência a ele.

Os termos da negociação só se tornaram conhecidos graças a uma carta escrita no dia 3 de outubro de 1502 por um comerciante florentino residente em Sevilha, Piero Rondinelli. E é significativo que Rondinelli fosse membro de uma família, radicada em Florença, diretamente ligada à fiação, à tecelagem e ao tingimento de tecidos. Uma justificativa mais do que suficiente para que ele procurasse mantê-la informada sobre o surgimento de um novo produto tintorial.

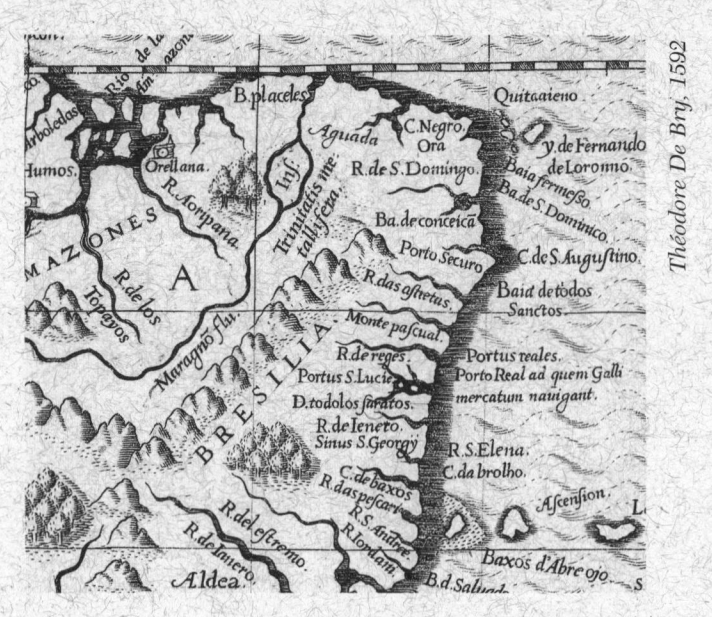

Théodore De Bry, 1592

Monopólio estatal, lucro privado

É graças ao relato de Rondinelli que podemos conhecer os preços e cotações do pau-brasil de ambos os lados do oceano. Segundo o florentino, a obtenção de um quintal do pau-de-tinta no Brasil implicava gastos de meio ducado (ou seja, 3,5 gramas de ouro para obter 60 quilos). O produto poderia ser revendido por 2,5 ducados em Sevilha e por três ducados em Florença. Não era mau negócio, portanto.

Talvez por isso, quando o primeiro contrato expirou, em 1505, a Coroa não o renovou, optando por negociar em novos termos. O rei ofereceu então uma concessão de dez anos para o comércio do pau-brasil a outro grupo, também encabeçado por Noronha, mas do qual fazia parte o mercador e banqueiro Bartolomeu Marchionni (um entre os vários florentinos residentes em Lisboa, cuja fortuna pessoal era, segundo se dizia, superior ao total do erário português na época).

Ao novo e sólido consórcio foi concedido o direito de retirar 20 mil quintais de pau-brasil por ano, em troca do pagamento anual de quatro mil cruzados à Coroa. Ao mesmo tempo, dom Manuel se comprometia a bloquear as importações do brasil asiático, a *Caesalpinia sappan*, pelo menos enquanto perdurasse o contrato.

Com base nos números revelados por Rondinelli podemos calcular o montante da negociação: partindo do princípio de que todos os 20 mil quintais permitidos foram colhidos e vendidos a 2,5 ducados cada, o valor bruto anual da transação ficava em 50 mil ducados (ou cruzados, já que as duas moedas se equivaliam).

Sendo as despesas de pelo menos dez mil ducados (às quais é preciso acrescentar os quatro mil ducados que deviam ser pagos ao rei), obtinha-se um lucro anual de 36 mil ducados: o equivalente a 126 quilos de ouro, numa época em que o salário mensal médio em Portugal não ultrapassava dois gramas do metal.

Apesar da alta margem de lucro (responsável talvez pela intensidade da disputa logo travada entre portugueses e franceses), o pau-brasil jamais chegou a rivalizar em valor com um carregamento de especiarias da Índia, que, não incluindo pedras e produtos finos de manufatura, valia pelo menos sete vezes mais. Mas isso não nos autoriza a concluir que o interesse pelo comércio do pau-de-tinta fosse menor: embora se tratasse de um negócio complementar no butim colonial, ele ia assumindo novas feições à medida que se intensificava a exploração dos amplos contingentes de árvores existentes no território descoberto por Cabral.

Com efeito, em 1525, quando expirou o segundo contrato, o índice de lucratividade já se revelara de tal forma compensador que a Coroa decidiu explorar diretamente a madeira: colocou o comércio do

Cruzado de dom Manuel, em ouro: emissões desde 1495.

pau-brasil em *régie*, ou seja, sob sua administração, já que optou por usufruir plenamente o monopólio ao qual se outorgara o direito.

A nova determinação se manteria inalterada por mais de 350 anos — mesmo que, ao longo daqueles três séculos e meio, o Brasil tenha passado de colônia a Reino Unido e de Reino Unido a nação independente, com um Primeiro Reinado, uma Regência Trina, uma Regência Una e um Segundo Reinado.

O olho do dono

Poucos recursos naturais estiveram tão perto do olho das autoridades como o pau-brasil. Preocupava o rei e seus conselheiros; atraía a cobiça de estrangeiros; provocava escaramuças e lutas internas; era objeto constante de correspondência entre a metrópole e a colônia, envolvendo cartas régias, alvarás e provisões; aparecia em convenções internacionais. Em defesa dos interesses de seu monopólio, o Estado ameaçava com pena de morte, degredo e confisco de bens.

E por que, afinal, o monopólio? É sabido que um rei de verdade se mantinha de verdade rei enquanto não fosse forçado a separar a esfera política da esfera econômica. Herdeiro de um senhor ou príncipe medieval, ele era o homem mais rico, detentor de todos os meios de produção e senhor absoluto do poder militar e da jurisdição. Guardava na mesma arca a fortuna pessoal e o dinheiro do Estado, do qual se servia como lhe conviesse.

Quando o Estado absolutista cedeu lugar à monarquia constitucional, o direito ao monopólio passou às mãos do Estado, cujo chefe podia ser ele próprio, rei ou imperador. Assim, a história da pilhagem do pau-brasil começou e terminou sob o monopólio do Estado. E terminou simplesmente porque já não havia pau-brasil.

Para ganhar dinheiro, o rei ou imperador recorria a vários regimes de exploração. No caso específico do pau-brasil, predominou sempre o monopólio, estatal ou privado, especialmente sob a forma de contrato, acompanhado de licenças, uma forma usual na economia do reino de Portugal. Os impostos e os monopólios eram dados em arrendamento aos contratadores do privilégio.

Por conta dos arrendatários corriam os gastos da extração, do corte, do embarque e do transporte marítimo, até o seu desembarque no porto de Lisboa (aliás, o único autorizado a receber o pau-brasil). Contavam-se às dezenas, em cada época, os nomes desses contratadores, tornados monopolistas com a bênção do Estado.

Parece inexistir um critério objetivo para a concessão do privilégio: a ele tinham acesso os amigos e os amigos dos amigos do rei. Em termos contratuais, porém, o compromisso obedecia às frias leis do comércio, que previam obrigações, prazos, metas, caução, distrato, embargo, confisco e julgamento de pendência em tribunal.

Não é possível saber em que medida o arcabouço jurídico correspondia à prática da exploração, tantas eram as exceções não capituladas na lei. Além disso, a sua aplicação variava no tempo, como os contratos firmados com exploradores sazonais durante a estação morta do açúcar, por exemplo; e variava também no espaço.

Vejamos o caso da Companhia de Jesus: sob o pretexto de evitar a exploração clandestina, proteger os indígenas contra os maus-tratos e facilitar a conservação do pau-brasil, os jesuítas obtiveram o monopólio do corte da madeira na capitania do Espírito Santo. Um monopólio que bem podia ter sido estendido a todo o território brasileiro, embora isso não seja uma certeza.

Mais tarde, os padres que se encontravam à frente do negócio foram advertidos por um visitador da Ordem de que sua missão não era vender pau-brasil, exceto, eventualmente, aos contratadores do rei: uma maneira diplomática de dizer que não deveriam manter associação com os contrabandistas. O monopólio jesuítico chocava-se contra os interesses da Companhia Geral do Comércio, criada em 1649, uma concorrente que também recebeu o monopólio do corte do pau-brasil em todo o território.

Manifesta-se o maldito pau

Outra circunstância, em tudo similar às demais, que permite compreender a sanha na erradicação do pau-brasil da paisagem brasileira é que todas as pessoas com poder de influência estavam contra ele. Nenhuma a favor. Monopólio da Coroa e depois do Império, o pau-brasil serviu exclusiva e totalmente aos interesses do Estado voltados para o exterior. Nenhum brasileiro em qualquer tempo foi autorizado a fazer uso dele em território nacional, exceto, talvez, aqueles que fizeram da árvore um mero objeto de contemplação estética.

É por isso que, diferentemente do que ocorre com outras espécies florestais, o pau-brasil de certa forma nunca pôde ser plenamente incorporado à cultura brasileira, nem à indústria florestal, de construção civil ou moveleira. Trata-se do único recurso natural — embora, contraditoriamente (ou não), seja também o recurso que se tornou símbolo da nacionalidade — a que nenhum brasileiro jamais teve acesso. A não ser como metáfora, como bem iriam demonstrar o *Manifesto da poesia pau-brasil* (de 1924) e o livro de poemas *Pau Brasil* (de 1925), ambos de Oswald de Andrade.

Capa do livro de Oswald de Andrade

Cada espécime de pau-brasil, marcado com o ferrete do poder imperial, era visto como um corpo estranho pelo dono da terra, o qual sujeitava ao seu livre-arbítrio tudo que estava dentro dos limites de sua propriedade, menos o "maldito" pau. A proibição real e imperial de seu corte representava para o proprietário uma mutilação dos direitos de domínio pleno da terra. A esse cerceamento vinha se juntar um regime de exploração do monopólio pelo qual o Estado autorizava os concessionários do privilégio do corte a entrar e sair livremente da propriedade para remover a madeira, sem dar satisfação ao dono.

Tal situação alimentava, é claro, o ódio contra o monopólio. E esse ódio se transferia integralmente para o seu objeto: o pau tintureiro. Favorecer o contrabando, dele tirando proveito se possível, parece ter sido uma forma de extravasar esse ressentimento. Nesse sentido, foi muito eloqüente a mensagem que o ministro da Fazenda, Manuel Alves Branco, dirigiu à Assembléia em 1840 (ver o capítulo *Nova viagem à Terra do Brasil*, p.35).

O jeitinho português

À parte o ressentimento e o contrabando, que é por natureza rapace, é plausível atribuir a ineficácia das medidas de proteção do pau-brasil ao desrespeito por parte das autoridades ao caráter universal da lei. Diz-se que a lei é para todos, mas ela não se aplica igualmente a todos, porque uns são mais iguais que outros.

É importante observar, a propósito, a grande diferença entre o constitucionalismo inglês e o latino (basicamente francês). Enquanto historicamente era a sociedade inglesa que impunha limites ao poder real, no mundo latino era o rei-Estado (ou, eufemisticamente, o "povo no poder", como entendia Rousseau) que impunha limites à sociedade, dando-se assim o rei-Estado ou o Estado-rei o direito de desrespeitar as regras que ele próprio estabelecia, por se julgar acima delas.

Ao longo dos séculos de exploração do pau-brasil, foram inúmeras as ocasiões em que o rei, fazendo letra morta do regimento, autorizou partidas de madeira sem contrato para atender aos amigos e parentes. Ou seja, na realidade o pau-brasil não estava sob o monopólio do Estado, mas sob a vontade e os caprichos do rei.

Nessas circunstâncias, como era possível legitimar e imprimir eficácia às medidas de preservação junto aos súditos e à própria burocracia? A que pena estaria sujeito o rei ou o imperador ao desrespeitar o regimento? Houve pelo menos uma ocasião em que o rei autorizou o desembarque no porto de Lisboa de madeira contrabandeada, estimulando com sua cobiça a atividade do contrabandista, para não perder a oportunidade de fazer dinheiro na sua venda.

Em 1644, foi a rainha que obteve autorização para receber 500 quintais de pau-brasil, com isenção dos tributos a que estavam sujeitos todos os que operavam mediante contrato ou licença. Tendo em conta os grandes serviços prestados pelo marquês de Cascais, o Conselho Ultramarino concedeu-lhe também uma licença de dois mil quintais, em segunda resposta a um pedido feito anteriormente por ele e pelo qual obtivera licença para mandar vir do Brasil 20 mil quintais de jacarandá. Assim que essa primeira benesse lhe foi concedida, mudou de idéia e buscou convencer a autoridade a convertê-la em pau-brasil: porque "o pau-brasil vende-se melhor".

Como, evidentemente, o marquês não foi o único privilegiado, também o infante dom Pedro obteve, em 1662, o direito de mandar vir, com todas as isenções presumíveis, mil quintais. Esse privilégio se renovou pelo menos até 1665, quando ele solicitou a sua extensão para quatro mil quintais. Por que não fazê-lo, se a rainha fora contemplada no ano anterior? E por que a rainha, por sua vez, sentiu-se no direito de ignorar o regimento? Possivelmente porque dois anos antes o rei havia tomado medidas especiais para cortar a madeira destinada a pagar uma parte do dote da rainha da Inglaterra.

Os exemplos abundam: em 1594 o governo firmou um contrato por seis anos com três comerciantes; no final, percebeu-se que os contratos ultrapassaram a quantidade autorizada de 19 mil quintais. No entanto, o contrato foi renovado para o período de nove anos. Diante dos muitos privilégios e exceções, os próprios servidores do rei, encarregados de fiscalizar os contratos, chamaram também a si igual "generosidade".

Assim, quando o secretário da alfândega de Pernambuco, ao promover um inquérito sobre um negócio de "descaminho de pau", deu ciência a Portugal para que se punissem os contraventores, o governador interveio para advertir a corte de que temia seriamente que o enviado do rei viesse a receber um tiro pelas costas.

Conclusão: podemos dizer sem medo de errar que, além da rapacidade mercenária, o "jeitinho" português veio a se constituir um expediente adicional para estimular a burla contra os propósitos da sustentabilidade do pau-brasil, defendidos por tantos decretos e projetos oficiais (sumarizados em *Raízes do futuro*). Veio a falecer, por exaustão do ovário, a galinha dos ovos de ouro.

Ralando o pó: o páu e os presos

Na cadeia econômica do produto que deu origem ao nome do país encontram-se muitos outros elos que se caracterizam pela extrema iniqüidade social. Deixando de lado, por ora, o problema da exploração da mão-de-obra indígena e escrava no ciclo do pau-brasil, vamos encontrar o emprego de detentos na raspagem do cerne da árvore nos presídios de Amsterdã.

A matéria corante do pau-brasil, como se sabe, só podia ser extraída do cerne do tronco. Este tinha de ser triturado ou raspado em lascas ou em pó, e depois misturado com água e alume, para só então se dar a ele a cor desejada: desde vermelho-tijolo até diversos tons de castanho, e até mesmo a suntuosa púrpura.

Árvore de extrema dureza, o pau-brasil chegava à Europa reduzido a toras de aproximadamente 25 quilos e 1,5 metro de comprimento cada. Derrubar as árvores e cortá-las em pedaços "de cinco a dez palmos" requeria uma mão-de-obra considerável. Para isso, os contratantes portugueses se utilizaram primeiramente dos indígenas e, a seguir, de escravos africanos.

Durante quase todo o primeiro século de exploração do pau-brasil, eram os nativos que cortavam as árvores, dividiam-nas em toras e as transportavam, nos ombros, até as feitorias ou diretamente para os navios fundeados. Esse trabalhoso processo foi minuciosamente descrito pelo pastor Jean de Léry em seu livro *Viagem à Terra do Brasil* (ver o capítulo *Nova viagem à Terra do Brasil*, p.32).

Detalhe do mapa de Jean Roze, 1542
The British Library / London

Pátio da prisão de Amsterdã, com estoque de madeira (1663).

Prisioneiros raspando o pau-brasil.

Levados para Lisboa, as toras eram então reembarcadas para Amsterdã, onde seriam reduzidas a pó. É significativo observar que, anos mais tarde, mas também concomitantemente com o próprio ciclo do pau-de-tinta, o mesmo processo se repetiria com o açúcar: chegando a Lisboa na sua forma "mascavada", o açúcar era refinado em Amsterdã.

O grosso do dinheiro, tanto na exploração e comércio do pau-brasil como na do açúcar, estava destinado a ficar, portanto, em mãos de mercadores holandeses — a maioria dos quais judeus que se haviam transferido para os Países Baixos após terem sido expulsos de Portugal e da Espanha.

A tarefa de cortar e raspar a madeira até transformá-la em pó era, como dissemos, repassada para prisioneiros, os chamados *rasphuis*. Tal indústria tornou-se monopólio do governo holandês, embora se limitasse aos pátios das prisões. Dois detentos, trabalhando 12 horas por dia, conseguiam produzir uns 27 quilos de pó. A administração da prisão vendia o corante para os fabricantes de tintas, a maioria dos quais italianos. Meio quilo de pó tingia um quilo de tecido.

1. *Pedaços de* C. echinata
2. *Lascas de* C. echinata
3. *Serragem de* C. echinatá
4. *Pó de* pernambouc (C. crista)

1. *Água de chuva com serragem de* C. echinata
2. *Água de chuva com pó de* pernambouc
3. *Água de fonte com pó de* pernambouc
4. *Água de fonte com serragem de* C. echinata

Os tintureiros: "popolo minuto"

Os trabalhadores das tinturarias, que preparavam a cor do luxo cortesão, não eram detentos; mas seu prestígio e suas condições de subsistência estavam associados aos da ralé, próxima da mendicância. Em Florença, cidade que contava com corporações de artesãos têxteis bem organizadas e com direito à representação política e econômica, os tintureiros, associados aos grêmios menores, ou *popolo minuto*, como eram chamados genericamente, dela estavam excluídos.

O estado de opressão a que se encontravam submetidos atuou como fermento na violenta rebelião popular de 1378, conhecida como dos *ciompi*, que aos gritos de "viva o povo, viva a liberdade" culminou com saques nas residências dos ricos, libertação dos presos, destruição de conventos e controle pelos "excluídos" da cidade européia mais moderna de então (apenas por algumas semanas, é claro).

Menos sangrenta que a *jacquerie*, que eclodira em Paris em 1358, a revolta dos *ciompi* foi, ainda assim, considerada pelos historiadores a mais densa concentração de mudanças políticas com conteúdo social do século XIV. Dela emergiu, aliás, o esboço definitivo da consciência da crise geral da sociedade medieval.

Le teinturier en rouge de Nuremberg.
Manuscrito dos anos 1500.

Tintura dos tecidos e dos fios.
Plictho, 1540.

O brasão português em Linschoten, [1599]

Duzentos anos depois da revolta dos *ciompi*, o pó corante obtido através do trabalho dos indígenas do Brasil e dos presidiários da Holanda era utilizado nas insalubres oficinas de tinturaria de Florença, manipulado por trabalhadores mal pagos, que o transformavam em vestes suntuosas usadas por aqueles que, justamente por estarem no topo da pirâmide social, precisavam desfilar trajados com toda a pompa e glória. Completava-se assim a "cadeia alimentar" estruturada em torno de outro tipo de "fome": a fome de dinheiro e poder. Fome que tem feito girar a roda da história.

Uma burocracia burra?

É hora, porém, de nos transportarmos outra vez no tempo e no espaço. E cá estamos em algum porto brasileiro, num momento histórico "qualquer", pois se esparrama do século XVI ao XIX. Pronta para sua viagem através do oceano, deitada na pedra do porto, a tora de pau-brasil está marcada com ferro em brasa nas duas extremidades. Ela exibe as insígnias reais: é agora propriedade da Coroa, à qual caberá o lucro da venda, enquanto o contratador receberá o que foi combinado pelo serviço de retirá-la da floresta e depositá-la na alfândega de Lisboa.

Para o seu traslado de uma parte a outra é necessário, como ainda hoje, em outros casos, um instrumento mercantil essencial: o chamado *conhecimento*. Trata-se de uma declaração escrita da qual consta que alguém tem em seu poder a mercadoria. Eis um exemplo:

Hoje, 12 de janeiro 1612, nesta cidade de Salvador, na casa onde se tratam os negócios da Fazenda de S.M., em presença de Bernardo Roberto, desempenhando funções de provedor-mor, registram-se, como receita na conta do Tesoureiro-Geral Tristão Roiz de Reguo, 186 quintais, 3 arrobas e 6 arretéis de pau-brasil, vindos da Capitania de Ilhéus e comprados em Salvador a Luís Nunes de Gouveia, representante de Antônio de Araújo, proprietário da dita madeira. A qual madeira foi carregada por conta da Fazenda de S.M. na urca capitânia e na urca Sol, que vieram buscar as mercadorias da nau Nossa Senhora de Jesus, nesta cidade de que se tornou capitão o general Feliciano Coelho de Carvalho, por conta das 14 partes deixadas vagas, pela morte de Mateus da Veiga e Francisco Lopes, do contrato de pau-brasil, como é evidente pela provisão transcrita neste livro na folha 3. A qual madeira custou 800 réis por quintal embarcado. Os 186 quintais, 3 arrobas e 6 arretéis foram embarcados nas ditas urcas, como se verifica pela certidão passada por Francisco de Barbuda, secretário dos actos da mercadoria junta, e dos outros papéis que, segundo diz, estão em seu poder. E sobre a forma pela qual recebeu esta madeira, o dito tesoureiro-geral Tristão Roiz de Reguo assinou, comigo,

Pero Viegas Giraldes, no mesmo dia. Declaro que o dito pau-brasil custa 2 cruzados, embarcado e isento de todos os outros custos. O montante deste negócio eleva-se a 149.560 réis. Tristão Roiz de Reguo — Pero Viegas Giraldes.

O conhecimento, entregue ao mestre do navio na hora do embarque, para que confira a mercadoria e a transporte, indica a origem da madeira e o nome da pessoa por conta de quem é transportada. Na chegada a Lisboa, é apresentado na Casa da Índia antes da descarga. O conhecimento, portanto, é um certificado de identidade do produto, que atesta a sua transferência no ato de entrega, de transporte e de recebimento. Não deve ser confundido com as certidões e os certificados de carga. O seu objetivo é provar à administração que a madeira que se encontra no navio aportado é a mesma que foi embarcada, em termos de volume, qualidade e valor.

Por que transcrever um documento tão árido e de leitura tão tediosa? Pelo simples motivo de que ele é muito mais do que parece ser, na medida em que revela exemplarmente como os procedimentos burocráticos (em tese corretos, já que "guardiães" dos interesses do rei e do Estado) acabavam por cumprir uma dupla função, e ambas definitivamente contrárias à suposta missão original.

Em primeiro lugar, tais documentos se prestavam admiravelmente à fraude, uma vez que pareciam concentrar em si próprios, e em sua linguagem "técnica", o poder de legitimá-la (bastando para tanto falsificar um conhecimento). Segundo, e mais importante, ajudavam não apenas a justificar a existência, mas também a sustentar um vasto aparelho burocrático, um funcionalismo público ineficiente e corrupto que vegetava à sombra do Estado e, embora não cessasse de dilapidá-lo, acabava por se tornar seu cerne e a própria razão de ser.

As décadas foram se escoando e a exploração do pau-brasil não perdeu seu caráter paradigmático. Tantos e tamanhos foram os exemplos que, em dado momento, a repetição, mais do que reveladora, tende a se tornar redundante. Até que as derradeiras condições responsáveis pela virtual extinção da árvore começaram a se desenhar sob o monopólio do Império do Brasil: como se condenado a ser uma metáfora vegetal da nação, o produto responsável pelo primeiro e mais longo "ciclo" de nossa história econômica foi melancolicamente condenado a terminar seus dias "rentáveis" como penhor e pagamento da dívida externa brasileira junto ao Banco da Inglaterra. E seguiria desempenhando essa função até o momento em que o último pau já não pôde ser retirado da floresta em condições minimamente lucrativas, não só devido à própria raridade como à súbita obsolescência, provocada pelo advento de uma nova era industrial e o surgimento, em plena Inglaterra, dos corantes artificiais.

Então, quando já não havia como entregar o produto ao credor, o monopólio estatal foi enfim levantado (pela Lei nº 939, de 26 de setembro de 1859), mais de três séculos e meio depois de ter sido instituído. Alguns observadores atentos, com um olho na balança de pagamentos e outro nas lastimáveis condições da floresta, já haviam suspeitado e advertido de que não haveria pau-brasil suficiente para cobrir o montante da dívida. Seu alerta, é claro, fora ignorado.

Assim sendo, somente dois anos antes da suspensão do monopólio o orçamento nacional enfim decidiu consignar "para corte, condução e *plantação* do pau-brasil" uma verba de 120 mil réis.

Mas a história não estava destinada a ser clemente com o pau-de-tinta: como tantas outras medidas tomadas acerca do pau-brasil, também aquela estava circunscrita ao circuito político-burocrático. Assim, embora um papel tenha sido assinado e a verba liberada, nenhuma ação efetiva jamais se concretizou.

Talvez tenha havido, portanto, alguém que ainda conseguiu lucrar com o pau-brasil — mesmo quando virtualmente já não havia pau-brasil algum.

Epílogo: Raízes do futuro

Eduardo Bueno e Haroldo Cavalcante de Lima

Pau-brasil: reserva do lago Tapacurá, em Pernambuco, 2001

Rugendas, 1835

Em março de 1605, o rei Felipe III, então com 27 anos, comandava um império planetário que se estendia desde as Molucas, na Indonésia, até os confins do Chile, e estava envolvido em graves questões, como a expulsão dos mouriscos (descendentes dos mouros) da Espanha e as guerras contra a Holanda e a Inglaterra. Ainda assim, no dia 5 daquele mês encontrou tempo para enviar uma carta ao bispo do Brasil, dom Pedro de Castilho, ordenando que "por todas as formas" se evitasse a "devassidão" com que o "lenho tintorial" estava sendo explorado.

Felipe III, rei da Espanha, era também Felipe II, rei de Portugal: os dois reinos estavam sob uma mesma coroa, "reunidos" sob o eufemismo que passou à história com a denominação de União Ibérica. Em 1578, dom Sebastião fora morto na batalha de Alcácer-Quibir, no Marrocos, deixando vago o trono português. Após um longo e complexo processo sucessório, o rei da Espanha, Felipe II, assumira o comando em Portugal, dando início ao período de 60 anos em que as duas coroas rivais seriam apenas uma. Felipe II (que se tornara Felipe I em Portugal) morreu no dia 13 de setembro de 1598. Seu filho, Felipe III (II de Portugal) assumiu o trono menos de 24 horas depois.

É revelador que a primeira decisão de preservar o pau-brasil tenha sido tomada por um rei espanhol.

Afinal, no dia 21 de junho de 1605 (menos de três meses depois daquela carta), Felipe voltou a escrever para o bispo Castilho. Estava alarmado com as novas informações que recebera, de acordo com as quais se continuava fazendo "grande dano às árvores [de pau-brasil], que em breve virão a se acabar e perder de todo".

Antes que o ano acabasse, no dia 12 de dezembro de 1605, Felipe III decidiu assinar o primeiro "Regimento do Pau-Brasil": uma série de medidas rigorosas e restritivas, criadas para regular e racionalizar o corte e o comércio do pau-brasil.

O Regimento determinava que ninguém poderia cortar pau-brasil sem licença expressa do provedor da Fazenda, sob pena de morte e confisco dos bens; que o titular da licença seria obrigado a entregar a quantidade combinada ao contratador e este, por sua vez, forneceria um certificado conforme a licença; e que a quantidade de madeira cortada além da licença seria confiscada.

Em caso de infração, o faltoso pagaria pesada multa à Coroa: cem cruzados se o excesso de madeira não ultrapassasse os 50 quintais; caso a quantidade de pau-brasil abatido fosse superior a 50 quintais, o infrator, sendo cristão-velho, seria condenado a dez anos de exílio em Angola; carregamentos superiores a cem quintais implicavam pena de morte e perda dos bens.

O Regimento também recomendava que o corte fosse feito corretamente, para assegurar a rebrota, estabelecia critérios para a distribuição de cotas aos colonos nas capitanias e proibia o desperdício, como o de não recolher os paus retorcidos, que costumavam ser rejeitados em favor dos roliços e maciços (*ruliços e musissos*, no original). Para assegurar o respeito a essas prescrições, seria feito um levantamento sobre os cortes todos os anos.

Depois de baixado o Regimento, a corte foi alertada de que tais riquezas nas capitanias da Bahia, de Porto Seguro e de Ilhéus corriam o risco de ser danificadas e aprovou uma nova lei que regulamentava a exploração agrícola e mandava conservar os bosques e matas, proibindo que fossem cortados ou queimados para abertura de áreas de cultivo em todos os lugares onde fosse possível evitá-lo.

Em 1640, porém, Portugal retomou sua independência, deu um fim à União Ibérica e voltou a controlar os destinos do Brasil. O pau-brasil voltou a ser explorado com a mesma irracionalidade de antes.

Também é elucidativo que os primeiros estudos científicos sobre a árvore que ajudou a batizar o Brasil tenham sido feitos não por portugueses ou brasileiros, mas pelos holandeses. Em sua guerra de independência, travada contra a Espanha, os holandeses haviam invadido o Brasil a partir de 1630. Conforme comentado no capítulo *Pau-brasil: uma biografia*, Willem Piso e George Marcgrave vieram para o Recife com o príncipe Maurício de Nassau e foram os primeiros botânicos a analisar o pau-brasil *in loco*.

Mas sabemos que nem Espanha nem Holanda comandaram os destinos do Brasil por muito tempo e, desde sua retirada, as ações para preservar e estudar o pau-de-tinta não tomaram um rumo muito auspicioso. Tanto é que, 500 anos depois de abatida a primeira árvore, o quadro preservacionista se mantém bastante sombrio.

À sombra do desconhecimento

Os dados sobre a distribuição geográfica do pau-brasil, por exemplo, continuam espantosamente incompletos. Além disso, os equívocos na literatura científica têm dificultado uma delimitação mais precisa da área de ocorrência da espécie. Afinal, se o pau-brasil pode ser facilmente identificado na mata, na selva das palavras continua reinando uma confusão similar à da época de Colombo. Tamanha é a confusão que certos autores continuam assinalando, ainda hoje, a existência de pau-brasil em locais tão improváveis quanto o cerrado e a floresta amazônica.

De todo modo, como apontado no capítulo *Pau-Brasil: uma biografia*, acreditamos que a *Caesalpinia echinata* teve realmente uma distribuição muito mais ampla ao longo da costa oriental do Brasil; sempre, porém, dentro do domínio da Mata Atlântica e das florestas estacionais a ela associadas.

Quanto ao panorama atual, parece inacreditável, mas é verdade: em pleno século XXI, simplesmente não existem informações precisas sobre a distribuição da espécie nem estimativas do tamanho das populações ou da área total de florestas com pau-brasil.

As áreas remanescentes onde a espécie ocorre se localizam, de modo geral, na zona costeira, em locais tipicamente florestados. Mas é importante ressaltar que esses trechos muitas vezes apresentam um aspecto de mata baixa e seca, formando um mosaico com as várias fisionomias típicas de restinga, principalmente nas extensas planícies e elevações baixas do litoral, em solo arenoso ou argilo-arenoso.

Mata Atlântica no século XVI

Áreas remanescentes de pau-brasil

01. Cabo de Touros (RN)
02. Camaratuba (PA)
03. Mamanguape (PA)
04. Timbaúba (PE)
05. Goiana (PE)
06. Pau d'Alho (PE)
07. São Lourenço da Mata (PE)
08. Vitória de Santo Antão (PE)
09. Junqueira (AL)
10. Ubaitaba (BA)
11. Camacã (BA)
12. Eunápolis (BA)
13. Porto Seguro (BA)
14. Caraíva (BA)
15. Itamaraju (BA)
16. Aracruz (ES)
17. São Pedro da Aldeia (RJ)
18. Cabo Frio (RJ)
19. Araruama (RJ)
20. Saquarema (RJ)
21. Itacuruça (SP)
22. Ilhabela (SP)

A distribuição do pau-brasil ao longo da costa atlântica brasileira reflete essa preferência. Como já foi sugerido, a *Caesalpinia echinata* pode ser uma espécie sobrevivente da era terciária, ou do início do quaternário, que se estabeleceu durante períodos frios e secos, e cuja distribuição se retraía nos períodos quentes e úmidos (como o atual). A conseqüência disso é que, hoje em dia, as maiores concentrações de pau-brasil estão restritas às poucas localidades ao longo da costa onde as condições ainda se mantêm semelhantes àquelas dos períodos anteriores, mais secos.

Nesse tipo de ambiente, o hábitat preferencial do pau-brasil, é bastante comum a presença de elementos caducifólios. Isso dá a essas áreas, principalmente nos meses de chuvas escassas, um aspecto característico de floresta seca. Porém, as chamadas florestas estacionais litorâneas são um tipo de formação vegetal pouco comentado nos livros básicos sobre fitogeografia brasileira, apesar de toda a sua importância.

Embora pouco conhecida, a vegetação dessa floresta possui elevada diversidade e é muito variada nos diferentes remanescentes ainda encontrados ao longo da costa. Nos vários trechos já estudados destacam-se as famílias das leguminosas, mirtáceas, euforbiáceas, sapotáceas e rutáceas. Essas famílias são consideradas as mais representativas na região tropical, mas podemos afirmar que a maioria de seus representantes, quando observados em áreas de mata atlântica, revelam a mesma preferência por ambientes mais secos demonstrada pelo próprio pau-brasil.

De todo modo, os registros botânicos confiáveis da ocorrência natural de pau-brasil não representam um quadro *real* da atual distribuição da espécie. Novos estudos precisariam ser desenvolvidos para confirmar, com base em pesquisas de campo, os locais onde se encontram os remanescentes mais representativos da espécie. Também seria fundamental inventariar as populações naturais ainda existentes. Mas ainda não há verbas nem programas oficiais que prevejam essas ações, fundamentais para a preservação da árvore-símbolo do Brasil.

As áreas onde foram confirmadas as ocorrências de populações remanescentes de pau-brasil ao longo destes últimos 20 anos estão relacionadas na tabela da página seguinte. É importante destacar que, por falta de pesquisas e de verbas, ainda não foi possível confirmar a ocorrência da árvore em vários locais a respeito dos quais existe um sem-número de referências históricas relativas ao período em que se deu a exploração de pau-brasil, especialmente durante a época colonial.

As brutais alterações na cobertura florestal original têm representado a principal dificuldade tanto na hora de detectar a ocorrência atual de pau-brasil nessas áreas como no momento de diagnosticar sua possível ocorrência no passado.

Áreas de ocorrência natural de pau-brasil (*Caesalpinia echinata*)

Estado	Distribuição
RN	Do extremo sul ao Cabo de Touros
PB	Mamanguape e Camaratuba
PE	São Lourenço da Mata até Vitória de Santo Antão, Nazaré da Mata, Tracunhaém, Pau-d'Alho, Timbaúba e Goiana
AL	Junqueira
BA	Porto Seguro, Eunápolis, Itamaraju, Barrolândia, Jussari, Ipiaú, Caraíva, Camacã, Pau-Brasil, Ubaitaba, Tapera e Guaratinga
ES	Aracruz
RJ	Cabo Frio, Búzios, São Pedro da Aldeia, Araruama, Saquarema, Rio de Janeiro e Guaratiba
SP	Ilhabela e Ubatuba [dados sem confirmação; ver comentários no capítulo A *feitoria da ilha do Gato*]

Embora tenha sido oficialmente designado como "espécie em perigo de extinção" (conforme a Portaria 006/92, do Ibama-MMA, Instituto Brasileiro do Meio Ambiente, órgão do Ministério do Meio Ambiente), o pau-brasil continua sendo alvo de comércio ilegal e também avança incessantemente o desmatamento de seu hábitat natural.

Claro que esses fatos constituem uma grave ameaça para a conservação da espécie. O impacto sobre as populações nativas em decorrência da exploração da madeira é crítico e pode determinar um futuro sombrio para o pau-brasil, na medida em que as populações cultivadas provavelmente não possuem uma variabilidade genética tão grande quanto aquela demonstrada pelas populações que crescem em ambientes naturais.

A árvore que faz música — e também cura

O pau-brasil só pode ser derrubado em casos especiais, com a devida licença das autoridades (conforme estabelece a Portaria 113/95 do Ibama). Entretanto, a extração ilegal por fazendeiros, madeireiros e lenhadores continua ocorrendo com freqüência alarmante. O mais trágico e irônico desse novo surto de exploração é que ele está relacionado com outra das admiráveis qualidades do pau-brasil: sua madeira simplesmente produz os melhores arcos de violino do mundo.

A ressonância, a densidade, a durabilidade e a beleza, além da extensão, da curvatura, do peso, da espessura e de preciosas qualidades tonais, tornam insubstituível o arco de violino feito de pau-brasil. O fato, incontestável, é conhecido há quase dois séculos e meio: foi em 1775 que o *archetier* francês François Tourte (1747-1835) descobriu que a madeira *Fernambouc* (corruptela da palavra "Pernambuco", presumivelmente o lugar de procedência do pau-brasil então utilizado na França) produzia um arco de violino muito superior aos demais.

O violino fora inventado cerca de 50 anos antes, na Itália, onde surgiram os primeiros "archetários", ou "fazedores de arcos". Mas Tourte foi o primeiro "archetário" (*archetier, em francês*) a vergar a madeira em sentido contrário (ou seja, em sentido convexo), bem como o pioneiro a estabelecer o tamanho ideal do arco (entre 73,3 e 75 cm).

Como o arco só podia (e, até hoje, só pode) ser feito com a parte mais dura da madeira, de preferência sem nó algum e com o tronco sendo cortado no sentido do maior comprimento das fibras, a produção de arcos exigia (e ainda exige) toras inteiras com no mínimo 1,20 metro de comprimento — embora apenas 15% dela sejam utilizados no processo. À medida que a madeira foi rareando, várias opções começaram a ser testadas, especialmente na França, na Inglaterra e na Itália, com o intuito de substituir o pau-brasil. Embora tubos ocos de aço e fibra de vidro já tenham sido experimentados, nenhum produto sintético — bem como nenhuma outra espécie de madeira — foi aprovado.

Assim sendo, as pressões para a derrubada ilegal do pau-brasil acabaram aumentando nos últimos 50 anos, apesar da existência de uma série de entidades internacionais que tentam barrar a entrada na Europa de arcos de violino, corpos de violão, flautas e teclados de piano feitos de pau-brasil, jacarandá, ébano e pau-rosa. Uma dessas entidades, a mais atuante, é a Flora & Fauna International (FFI), que desde dezembro de 1993 (ano do 90º aniversário de suá fundação) vem desenvolvendo o projeto *The SoundWood Programme* com o objetivo de proteger espécies vegetais utilizadas na fabricação de instrumentos musicais, com ênfase especial no pau-brasil.

Nos últimos anos, esse esforço para regular o mercado ilegal de madeiras de uso em instrumentos musicais tem também recebido o apoio da Comurnat (confederação de profissionais e usuários de materiais derivados da natureza), que criou uma iniciativa internacional para a conservação do pau-brasil. A definição de estratégias para garantir a sobrevivência dessa espécie e a futura demanda de matéria-prima é o foco central de atuação dessa associação.

Apesar das investigações levadas a cabo pelo *The SoundWood Programme* e pela iniciativa internacional da Comurnat, além da importância do mercado que abastece a indústria de arcos de violino, as informações disponíveis sobre o comércio internacional do pau-brasil ainda são incompletas e escassas. Não há dados confiáveis sobre o volume de madeira exportada nem sobre a quantidade utilizada no Brasil. Estima-se que a demanda mundial de madeira para a fabricação de arcos de violino seja de cerca de 900 metros cúbicos por ano. Mas as quantidades devem ser bem maiores, pois muita madeira é desperdiçada durante o beneficiamento.

É provável que durante os últimos 50 anos uma quantidade considerável tenha sido exportada ilegalmente pelos portos de Salvador, Ilhéus, Vitória, Rio de Janeiro e Santos. Esse comércio ilegal é ainda mais danoso quando se sabe que a *C. echinata* ainda não faz parte da lista de espécies vegetais protegidas pelo Cites (a convenção sobre o comércio internacional de espécies ameaçadas de extinção). Esse tratado, do qual o Brasil é signatário, tem se revelado um mecanismo relativamente eficiente para impedir a exploração excessiva de espécies ameaçadas ou impactadas pelo comércio internacional.

O uso do pau-brasil inclui ainda a fabricação de móveis finos e objetos de artesanato, além de seu eventual emprego nas indústrias da construção civil e naval. O lenho muito pesado e duro, quase incorruptível, de fato revela qualidades especiais para esses fins. Ao longo dos séculos XVII e XVIII, de acordo com o botânico francês Jean-Baptiste Lamarck, o pau-brasil também era amplamente utilizado na Europa no tingimento de ovos de Páscoa, na produção de laca líquida usada em miniaturas, na composição de giz colorido e até na fabricação de uma pasta de dentes.

O uso medicinal do pau-brasil também vem crescendo nos últimos anos, já que a espécie tem propriedades adstringentes, fortificantes e secantes. A casca cozida é utilizada para combater diarréias e disenterias; reduzida a pó, serve para limpar e fortalecer as gengivas. Embora as pesquisas ainda estejam na fase dos testes, o extrato de pau-brasil poderá se revelar um agente eficaz no combate ao câncer: de acordo com o trabalho realizado pelos professores José Camarotti e Ivone de Souza, da Universidade Federal de Pernambuco, a ação antineoplásica do extrato de pau-brasil tem obtido índice de 87,1% de inibição ao crescimento de tumores.

Mas nada disso parece ter tido um impacto suficientemente forte para deflagrar uma sólida campanha nacional em prol da preservação do pau-brasil. E a árvore-símbolo do Brasil segue seriamente ameaçada de extinção.

As reservas restantes: a última chance

A redução da área original das florestas costeiras é o fator que mais coloca em risco a sobrevivência do pau-brasil. Segundo o *Atlas de Remanescentes da Mata Atlântica*, produzido pelo Ministério do Meio Ambiente e pela organização não governamental SOS Mata Atlântica, restam menos de 10% da Mata Atlântica original. Alguns especialistas, porém, calculam que 5% seja uma porcentagem mais próxima do real. Áreas onde ocorria *C. echinata* no passado foram implacavelmente devastadas ao longo dos últimos 500 anos.

Algumas regiões, principalmente aquelas perto do mar, como nas zonas de Cabo Frio (RJ) e Porto Seguro (BA), continuam sofrendo um duro impacto com a especulação imobiliária e empreendimentos turísticos. Essas áreas costeiras são refúgios muito importantes das populações remanescentes de pau-brasil. Infelizmente, para acentuar tal situação crítica, não existem dados precisos sobre a taxa de desmatamento nessas áreas.

Áreas naturais legalmente protegidas nas quais se encontram contingentes da *C. echinata* são pouco representativas, porque existem apenas três unidades de conservação — a Estação Ecológica do Pau-Brasil (BA), a Reserva Biológica de Guaribas (PB) e a Reserva Ecológica de Tapacurá (PE) — implantadas, em parte, para proteger as populações dessa espécie.

A Estação Ecológica do Pau-Brasil fica no município de Porto Seguro, próxima ao rio Buranhém, presumivelmente o *Rio d brasil* assinalado já em 1502 pelo mapa de Cantino. Trata-se, portanto, de um dos primeiros locais onde os portugueses teriam avistado exemplares de pau-brasil. Essa reserva de 1.145 hectares, adquirida em 1972 pela Ceplac (Comissão Executiva do Plano de Lavoura Cacaueira), é uma área da maior importância. Junto dela encontra-se uma grande reserva particular, a Estação Veracruz, que pertence à Veracel Celulose e possui 6.069 hectares de área florestada.

Embora essas duas reservas abranjam, em conjunto, 7.214 hectares, até agora apenas 277 árvores de pau-brasil foram mapeadas e assinaladas na área. Isso revela como ainda é escassa a distribuição da espécie em zonas fortemente desmatadas no passado. Ainda assim, alguns exemplares lá encontrados, com até 50 metros de altura, podem ter cerca de 500 anos de idade. São, portanto, "testemunhas" do desembarque de Cabral na região.

A Estação Ecológica do Pau-Brasil adquire importância ainda maior porque é lá que a Embrapa (Empresa Brasileira de Pesquisa Agropecuária) estabeleceu a primeira reserva genética de pau-brasil. Sob a responsabilidade do pesquisador Sérgio da Cruz Coutinho está sendo criado um "banco genético" para a conservação da variabilidade genética do pau-brasil existente na reserva baiana. Os

Reserva Ecológica de Tapacurá

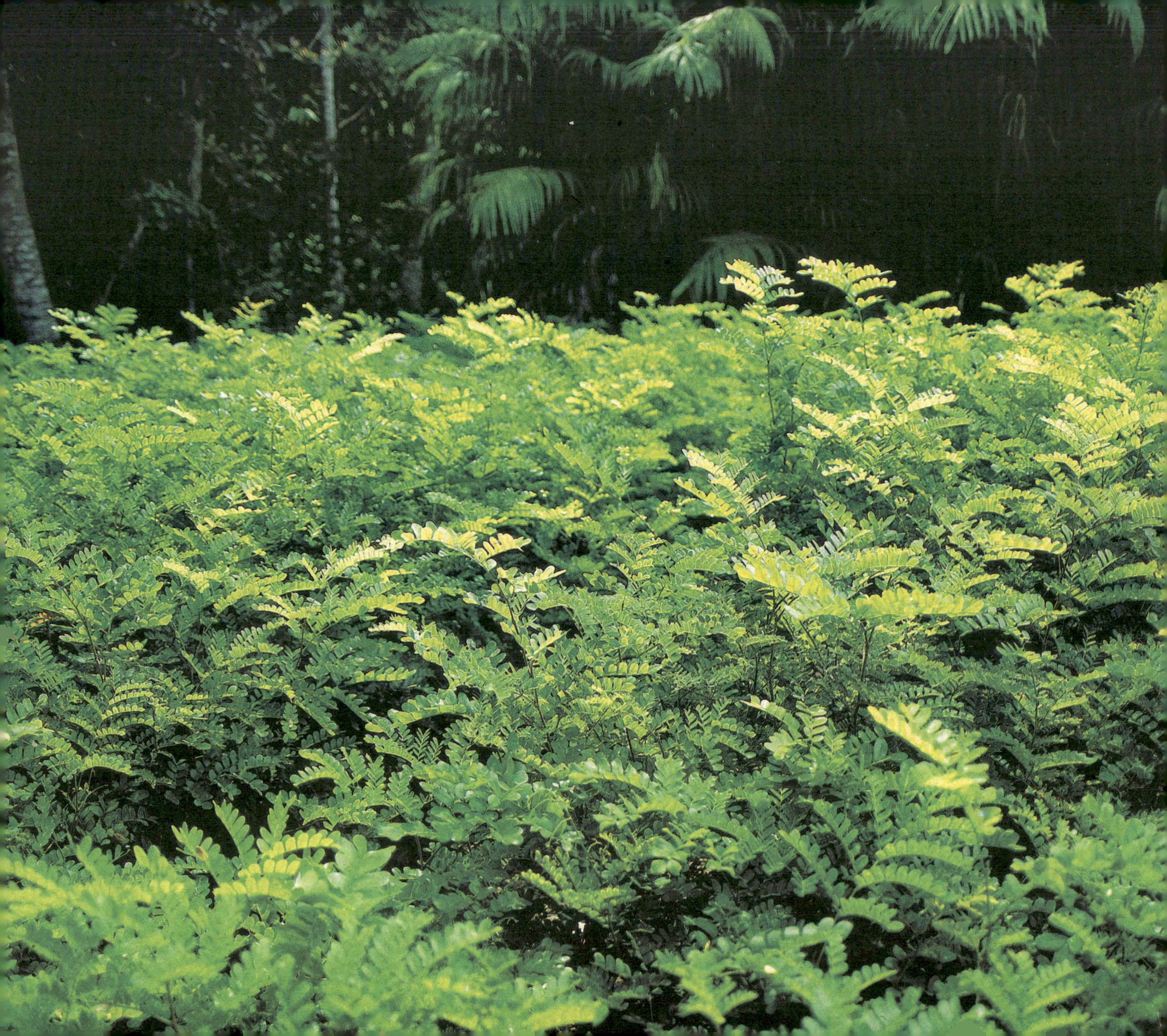

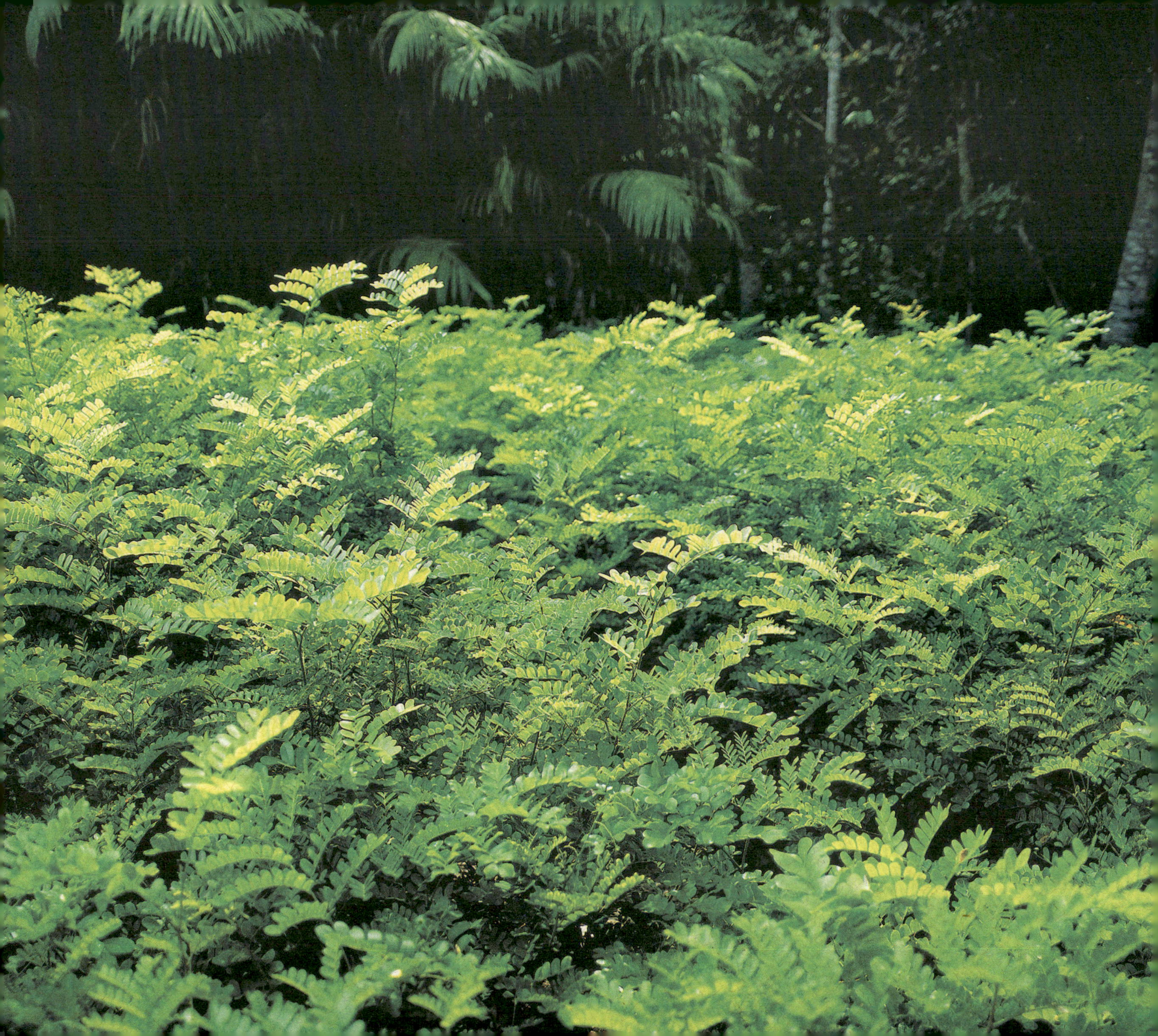

resultados dos estudos nessa linha de pesquisa, que também estão sendo realizados pelo Jardim Botânico do Rio de Janeiro em outras áreas naturais de pau-brasil, serão fundamentais para a definição de modelos de conservação e técnicas de propagação da espécie.

Outra reserva de grande importância é a Estação Ecológica do Tapacurá, localizada em São Lourenço da Mata, Pernambuco, a cerca de 62 quilômetros do Recife. Com 776 hectares, a reserva começou a nascer em 1928, quando o estudante de agronomia João Vasconcelos Sobrinho e o botânico Bento Pickel encontraram, ao redor das matas pertencentes ao antigo engenho de São Bento, uma ampla concentração de exemplares de pau-brasil, numa época em que a árvore era dada como virtualmente extinta. Foi na reserva do Tapacurá que Roldão Siqueira Fontes, conhecido como "o homem do pau-brasil", iniciou o replante de milhares de mudas da árvore na década de 1970.

Por fim, a Reserva Biológica de Guaribas, criada em janeiro de 1990, possui 4.321 hectares e fica na Paraíba, entre Mamanguape e Rio Tinto, cerca de 50 quilômetros ao norte de João Pessoa. Além de sua importância ecológica, a área é de grande relevância histórica, já que se localiza em uma zona onde os traficantes franceses, durante cerca de dois séculos, recolheram grandes cargas de pau-brasil.

Algumas áreas de preservação onde ocorre o pau-brasil estão com situação fundiária indefinida. São elas: a Reserva Ecológica de Jacarepiá, em Saquarema (RJ); a Reserva da Boca da Barra e a Reserva Pau-Brasil, respectivamente em Cabo Frio e em Búzios (RJ); a Reserva de Camaratuba, na Paraíba (próxima à Reserva de Guaribas); e a Reserva do Morro Branco, no Rio Grande do Norte. Ações urgentes são necessárias não apenas para assegurar o pleno *status* preservacionista dessas reservas (muitas delas existentes apenas no papel e expostas a todos os riscos ambientais), como também para ampliar o sistema de áreas de proteção nas quais ainda existam populações naturais de pau-brasil.

As propostas para a preservação

Como resultado de um workshop realizado em Búzios em junho de 1997, foi elaborado um plano de ação que tem orientado os esforços voltados à conservação da espécie ao longo de dez anos e que deverá servir de base para futuras proposições de financiamento de projetos preservacionistas. Entre as recomendações para a conservação do pau-brasil apontadas nesse workshop, estão relacionadas a seguir as que precisam de atenção urgente:

— Aperfeiçoar as leis existentes no sentido de melhorar a proteção e avaliar a legislação existente em relação ao uso sustentável.

— Identificar os sítios remanescentes onde a espécie ocorre e obter proteção legal.

— Direcionar programas de fiscalização para os locais mais importantes de ocorrência da espécie.

— Conscientizar o público no Brasil e no exterior quanto à situação atual e à proteção legal.

— Estabelecer bancos de germoplasma contendo amostras de todas as populações remanescentes e pesquisar técnicas de silvicultura sustentável que possam melhorar o cultivo e o manejo de plantações de pau-brasil, bem como investigar o potencial de outras espécies para substituir a *C. echinata* na confecção de arcos de violino.

— Avaliar a inclusão da *C. echinata* na Cites e implantar um programa efetivo de monitoramento do comércio nacional e internacional, incentivando negociantes e fabricantes de arcos a participar ativamente na conservação da espécie.

Alguns resultados positivos começam a ser alcançados a partir dessas recomendações. Entre eles merece destaque o esforço conjunto do Cepec (Centro de Pesquisas do Cacau) e da Comurnat (Confederação Mundial de Usuários de Recursos de Archeteria) para desenvolver ações de pesquisa, fomento e educação ambiental visando ao uso sustentável e à conservação produtiva do pau-brasil na região cacaueira da Bahia. Para acelerar as ações, um seminário realizado em março de 2001 na cidade de Domingos Martins, Espírito Santo, reuniu pela primeira vez cientistas brasileiros e representantes da Comurnat para discutir prioridades e propostas de apoio financeiro.

O objetivo do projeto é integrar o pau-brasil ao sistema de plantio do cacau, procurando ligar os dois elos importantes dessa cadeia produtiva (indústria de arcos e produtor rural). Trata-se de uma proposta singular para promover uma mudança radical no modelo de exploração de recursos naturais no Brasil, tendo o pau-brasil como ação focal do empreendimento.

Outra estratégia que pode viabilizar a curto prazo a criação de novas unidades de conservação parece ser a transformação de áreas privadas de remanescentes florestais costeiros em Reservas Particulares do Patrimônio Natural (RPPN). É provável que grande parte das populações naturais de pau-brasil, pelo menos aquelas que ocorrem em pequenos remanescentes, possa ser preservada pelos proprietários em troca de vantagens tributárias.

O futuro: frondoso ou estéril?

É interessante ressaltar que o workshop de 1997 foi realizado em Búzios. Afinal, de certo modo, pode-se dizer que o futuro do pau-brasil será decidido justamente na região que se prolonga desde aquela antiga aldeia de pescadores (hoje transformada em ponto turístico de fama internacional) até a vizinha cidade de Cabo Frio.

E por quê? Simplesmente porque as duas reservas existentes naquela área, a da Boca da Barra e a Pau-Brasil, reúnem em torno de si todas as características e circunstâncias que desvendam, simultaneamente, duas atitudes opostas: o impulso preservacionista que move determinados indivíduos em defesa da árvore-símbolo do Brasil e o ímpeto devastador que estimula grupos ou interesses econômicos a perpetrarem aqueles que poderão vir a ser os últimos atos de uma longa história de devastação.

A Reserva da Boca da Barra, por exemplo, tem apenas 38 hectares, mas é tremendamente emblemática: em primeiro lugar, localiza-se quase no centro da cidade de Cabo Frio, na barra da lagoa de Araruama, ao lado do forte São Matheus. Foi nesse lugar que, segundo vários historiadores, Américo Vespúcio ergueu a primeira feitoria portuguesa no Brasil. Como já foi dito, esse local — de uma beleza cênica espetacular — estava praticamente abandonado e seria transformado em condomínio fechado não fosse a atuação quase solitária do pesquisador Márcio Werneck da Cunha.

Márcio Werneck da Cunha, pesquisador e defensor incansável do pau-brasil.

Graças ao esforço e às pesquisas do pequeno grupo liderado por Werneck, aquele extraordinário sítio arqueológico e histórico (onde portugueses, franceses, holandeses e ingleses comercializaram pau-brasil, com o apoio ou em choque com os Tamoio, habitantes nativos do local) foi tombado em 1986. Em matas e capoeiras próximas ao morro do Arpoador, que se ergue na "boca da barra", foram encontrados cerca de cem exemplares de pau-brasil. Trata-se de uma concentração excepcionalmente alta, se comparada às 277 árvores registradas até agora nos mais de sete mil hectares de matas preservadas das duas reservas no sul da Bahia.

A menos de 20 quilômetros a nordeste de Cabo Frio, no sopé da serra das Emerências, já no município de Búzios, fica a outra área de preservação cujo destino pode ser visto como um termômetro e um símbolo do futuro reservado ao pau-brasil. Muito propriamente, a área se chama "Reserva Pau-Brasil". Mas o local, com cerca de 200 hectares, está protegido apenas no papel: no mundo real, todas as ameaças pesam sobre ele.

Trata-se de um dos últimos pontos intocados do litoral na Região dos Lagos, no Rio de Janeiro. As rugosidades da serra (um vasto bloco cristalino que, naquela porção da costa, despenca em paredões escarpados sobre o mar) mantiveram a diminuta praia de José Gonçalves e a zona adjacente protegidas por séculos. Mas então, muito recentemente, o local foi "descoberto". A zona acabou sendo ilegalmente loteada e nela surgiu não apenas um condomínio fechado de alto luxo, como também um acampamento de militantes do MST (Movimento dos Sem-Terra).

No entanto, em todas as porções ainda não devastadas daquela área de impressionante riqueza visual, espalham-se tufos de floresta estacional, virtualmente virgens, repletos de cactos e de espécies caducifólias que parecem remeter o observador diretamente aos períodos secos da era quaternária, quando grandes contingentes de pau-brasil ocupavam a região. E muitos indivíduos aparentados aos que ali se instalaram há alguns milhares de anos lá permanecem ainda hoje: são belos exemplares erguendo-se, altivos e silenciosos, em meio à mata intocada. Por quanto tempo ainda se manterão lá?

Como o caso das reservas de Cabo Frio e Búzios exemplarmente revela, a exploração predatória, a especulação imobiliária e a ocupação ilegal das áreas naturais continuam sendo os principais inimigos na luta pela conservação do pau-brasil. Portanto, são urgentes as medidas para reduzir a destruição cotidiana de grandes trechos de Mata Atlântica, transformada em áreas improdutivas, em condomínios fechados ou em novos centros urbanos de baixa qualidade de vida.

Em *Nova viagem à Terra do Brasil*, o pau-brasil é apresentado como "uma espécie de metáfora vegetal da economia brasileira". A afirmação faz sentido. Mas talvez não esteja completa: afinal, o pau-brasil pode ser visto não só como uma metáfora econômica, mas também como um símbolo da própria identidade política, cultural e social do Brasil.

Praticamente em nenhum instante da história do país (colônia, império e república) os brasileiros puderam ter acesso ao pau-brasil para uso prático, estudos botânicos ou desfrute estético. É uma espécie que, de certo modo, foi "seqüestrada" do convívio com o povo. É a imagem de uma riqueza que sempre foi nossa e nunca pôde ser nossa.

Eis aqui a atualidade da metáfora: já quase desde o primeiro dia da aventura colonial até a derrubada do último pé "protegido" pelo monopólio, foi-nos negada a experiência cultural do pau-brasil. Negada como espécie botânica incorporada ao nosso mobiliário e às nossas construções; como tintura ligada às nossas cores, às nossas roupas e à nossa indústria têxtil; como espécie relacionada à agronomia, à silvicultura ou à própria paisagem. O pau-brasil é, assim, a metáfora mais bem acabada, mais perfeita e mais pertinente dos recursos naturais do Brasil: o símbolo botânico da usurpação de nossa cidadania e de nossa própria omissão ao longo do processo.

O pau-brasil é a metáfora vegetal do Brasil que poderia ter sido, que deveria ter sido, e que ainda não é. Até quando não o será?

Notas

Capítulo 1 — Nova viagem à Terra do Brasil

1. O diálogo entre Jean de Léry e o Tupinambá é encontrado no livro *Viagem à Terra do Brasil*, de Léry, editado originariamente em La Rochelle, em 1578. A citação foi extraída da edição brasileira feita pela Biblioteca do Exército Editora, Rio de Janeiro, 1961, traduzida por Sérgio Milliet. (A tradução de Milliet, com diálogos na segunda pessoa do plural, foi aqui modernizada.)
2. A tese de que os indígenas brasileiros se transformaram em "agentes revolucionários" foi idealizada e deliciosamente defendida por Afonso Arinos de Mello Franco em seu clássico *O Índio Brasileiro e a Revolução Francesa* (Livraria José Olympio Editora, Rio de Janeiro, 1941; reeditado pela Topbooks, Rio, 2000).
3. Segundo Francisco Adolfo de Varnhagen, *História Geral do Brasil* (Edições Melhoramentos, São Paulo, 1978, edição comemorativa do centenário de morte do autor, Vol. I, p. 88).
4. *O Brasil na Lenda e na Cartografia Antiga*, de Gustavo Barroso (Companhia Editora Nacional, São Paulo, 1941, Vol. 199 da coleção Brasiliana).
5. Essa e as demais informações sobre os aspectos político-econômicos do pau-brasil foram coletadas e relacionadas por Bernardino José de Sousa no clássico *O Pau-Brasil na História Nacional* (Companhia Editora Nacional, São Paulo, 1938, Vol. 162 da coleção Brasiliana).

Capítulo 2 — Pau-brasil: uma biografia

ESCALA GEOLÓGICA DO TEMPO

Eras	Períodos	Épocas	Tempo decorrido (em milhões de anos)
cenozóica	quaternário	holoceno	0,01
		pleistoceno	1,5
	terciário	plioceno	12
		mioceno	23
		oligoceno	35
		eoceno	55
		paleoceno	70
mesozóica	cretáceo		135
	jurássico		190
	triássico		230
paleozóica	permiano		280
	carbonífero		350
	devoniano		400
	siluriano		440
	ordoviciano		500
	cambriano		570
pré-cambriano superior (proterozóica)	algonquiano		
pré-cambriano médio			mais de dois bilhões
pré-cambriano inferior (arqueozóica)	arqueano (início da Terra)		

1. Do grego *gymnós*, "nu".
2. Do grego *angeion*, "cápsula" ou "invólucro".
3. Donde provém a nomenclatura botânica *leguminosae*, "de gomos unidos".
4. Do latim *glacies*, "gelo".
5. Florestas secas, repletas de árvores caducifólias, cujas folhas "caducam", ou seja, secam e caem.
6. Flores com uma coroa de pétalas de margens superpostas, em que há uma pétala totalmente externa e uma totalmente interna, sendo a pétala interna geralmente distinta das demais tanto na forma como na cor.
7. Folhas duplas em forma de pena.
8. Que ocupa as porções tropicais da América, África e Ásia.
9. Que se abrem ao atingir a maturação.
10. Do latim *aculeus*, "agulha", e, por definição, segundo Houaiss, "emergências epidérmicas duras e pontiagudas, que podem ser destacadas com facilidade, sem produzir lesão no vegetal, o que as distingue do espinho".
11. Quando ventos secos carregados de poeira calcária sopravam desoladamente desde os Andes e gélidas correntes marítimas elevavam-se pela linha da costa, forçando a floresta tropical pluvial a se recolher às zonas de "refúgio".
12. A sibipiruna (*Caesalpinia pluviosa*), o pau-sangue (*Pterocarpus rohrii*), a aroeira (*Astronium graveolens*) e o angico-vermelho (*Parapiptadenia pterosperma*).
13. Do latim *relictus*, "abandonado"; particípio passado de *relinquere*, "deixar para trás".
14. O grupo *Poincianella-Erythrostemon*.
15. Gineceu e androceu são, respectivamente, os órgãos feminino e masculino da flor, do grego *gyné*, "fêmea", e *andrós*, "macho".
16. Estame ou androceu é o órgão masculino da flor, formado pelo filete que sustenta a antera, na qual, por sua vez, se formam os grãos de pólen.
17. Que tem uma só cavidade.
18. Início da fase fértil.
19. Devido aos ventos vivos que sopravam das calotas glaciais dos Andes, trazendo o frio e a seca que conferiam às planícies do sul do Brasil aspecto similar ao das estepes siberianas e que talvez tenham até provocado glaciações de montanha nos cimos da Serra da Mantiqueira.
20. Que possuem a base e o ápice oblíquos.
21. Ocorrência de espécies em um único local.

Capítulo 3 — O enigma do pau-brasil

1. Cf. Antônio Alberto Banha de Andrade, em *Mundos Novos do Mundo*, Junta de Investigações do Ultramar, Lisboa, 1977, Vol. I, p. 458.
2. Idem, p. 458.
3. Idem, p. 459.
4. Bernardino José de Sousa, *O Pau-Brasil na História Nacional*, Companhia Editora Nacional, São Paulo, 1938; A. L. Pereira Ferraz, *Terra da Ibirapitanga*, Imprensa Nacional, Rio de Janeiro, 1939; Adelino J. da Silva d'Azevedo, *Este Nome: Brazil*, Agência-Geral do Ultramar, Lisboa, 1967.
5. Gaspar Correia, *Lendas da Índia*, tomo I, Academia Real das Ciências, Lisboa, 1858.
6. Ver J. F. Almeida Prado, *A Carta de Pero Vaz de Caminha*, Livraria Agir Editora, Rio de Janeiro, 1977, p. 45.
7. A versão aqui adotada da *Carta* é a de Jaime Cortesão, *A Carta de Pêro Vaz de Caminha*, tanto na edição de 1943 (São Paulo) como na que está publicada em *O Descobrimento do Brasil*, de Max Justo Guedes (Vega, Lisboa). Consultou-se também a reedição da Imprensa Nacional, Casa da Moeda, 1994.
8. Ver A. L. Pereira Ferraz, op. cit., p. 147.
9. Cidade localizada na antiga Birmânia (ou Burma), hoje Mianmá, quase na fronteira com a Tailândia, e que era um grande

centro de comércio na época.

10. É preciso salientar que havia gente indiana do Malabar, ou vinda do Malabar, como o surpreendente Gaspar da Gama, um judeu errante nativo de Alexandria, filho de pais foragidos da Polônia ou da Bósnia, que vivia na Índia, fora capturado por Vasco da Gama, levado para Lisboa e então retornava para o Oriente na frota cabralina.
11. Assim se chamavam então as ilhas do Caribe e certas porções da América do Sul, descobertas por Colombo em 1492.
12. Conde de Ficalho, Garcia de Orta e seu tempo, V. 2, pp. 228-290.
13. Cf. Juan Gil, *Mitos y Utopias del Descubrimiento; 1. Colón y Su Tiempo*, Alianza Editorial, Madri, 1989, p. 46.
14. Cf. Juan Gil e C. Varela, *Cartas de Particulares a Colón y Relaciones Coetáneas*, Alianza Editorial, Madri, 1984, pp. 198 e 283.
15. Idem, p. 81. Cf. Pietro Martire d'Anghiera (Pedro Mártir de Angleria), *Décadas*, IV–5.
16. O planisfério de Cantino, manuscrito anônimo português, integra o acervo da Biblioteca Estense, em Módena, Itália.
17. Duarte Leite, "O Mais Antigo Mapa do Brasil", em *História da Colonização Portuguesa do Brasil (HCPB)*, Malheiro Dias *et al.*, Litografia Nacional, Porto, 1921-1924.
18. Duarte Leite, op. cit.
19. No segundo semestre de 2001, em uma de suas raríssimas saídas da Biblioteca Estense de Módena, o mapa foi levado para Lisboa e exposto no Museu Nacional de Arte Antiga, durante a realização de um interessante e movimentado seminário que reuniu três dos co-autores deste livro: Haroldo Cavalcante de Lima, Max Justo Guedes e Fernando Lourenço Fernandes.
20. Idem, V. 2, p. 273.
21. Jaime Cortesão, *Os Descobrimentos Portugueses*, Vol. IV, Livros Horizonte, Lisboa, 1976.
22. Idem.
23. Em janeiro de 1488, Bartolomeu Dias venceu o cabo das Tormentas, a seguir rebatizado pelo rei dom João II com o nome de cabo da Boa Esperança.
24. Cf. Luis Adão da Fonseca, *Os Descobrimentos e a Formação do Oceano Atlântico, Século XIV*, Comissão Nacional para as Comemorações dos Descobrimentos Portugueses, Lisboa, 1999, p. 102.
25. Cf. José Manuel Malhão Pereira, "A Navegação a Vela e o Condicionalismo Físico dos Oceanos Atlântico e Índico", em *A Viagem à Índia, 1497-1499*, Academia de Marinha, Lisboa, 1999, p. 29.
26. Cf. António Cardoso, *Bartolomeu Dias e o Descobrimento do Brasil*, citado em *A Construção do Brasil*, de Jorge Couto, Edições Cosmos, Lisboa, 1995, p. 378.

Capítulo 4 — A feitoria da ilha do Gato

1. Cf. Rolando Laguarda Trías, em *História Naval Brasileira*. Serviço de Documentação Geral da Marinha, Rio de Janeiro, 1975, Vol.1, pp. 254/257.
2. Max Justo Guedes, em "O Reconhecimento da Costa Brasileira – 1501-1519: Um Impressionante Feito Náutico e Cartográfico", separata da revista *De Cabral a Pedro I*. Universidade Portucalense Infante D. Henrique, Lisboa, 2001.
3. Capistrano de Abreu, *O Descobrimento do Brasil*. Civilização Brasileira/MEC, Rio de Janeiro, 1975.
4. Outras fontes indicam o dia 8 e o dia 10.
5. Max Justo Guedes, em "O Reconhecimento da Costa Brasileira – 1501-1519: Um Impressionante Feito Náutico e Cartográfico", separata da revista *De Cabral a Pedro I*. Universidade Portucalense Infante D. Henrique, Lisboa, 2001.
6. Max Justo Guedes, "As Expedições Portuguesas e o Reconhecimento do Litoral Brasileiro", em *História Naval Brasileira*, Vol. 1, p. 234.
7. A canafístula, uma das espécies desse gênero de árvores, da família das leguminosas.
8. A ilha de Fernando de Noronha.
9. Cronista da expedição de Sebastião Caboto, que passou pelo Brasil em 1526.
10. Consuelo Varela Bueno, *Amerigo Vespucci, un Nombre para el Nuevo Mundo*. Ediciones Anaya, Madri, 1988, pp. 20/22.
11. A barra de Lisboa, ou barra do Tejo, localiza-se em 9°20' W. Portanto, o acréscimo de 37° fornece a posição de 46°20' W. Vale lembrar que o centro geográfico do Brasil encontra-se nos 53°10' W, entre os rios Xingu e Teles Pires.
12. Foi adotada a leitura de Jaime Cortesão, conforme aparece na *HBVM*, confrontada com o texto estampado em *História da*

Colonização Portuguesa do Brasil (HCPB), Apêndice B, pp. 343/347.
13. Cf. Dario Paes Leme de Castro, "Desastres Marítimos no Brasil", em *Subsídios para a História Marítima do Brasil*. Imprensa Naval, Rio de Janeiro, 1938, pp. 372/374.
14. Haroldo Cavalcante de Lima, na p. 35 da publicação *Viagem à Terra do Pau-Brasil* (Agência Brasileira de Cultura, Rio de Janeiro, 1992), trabalho escrito com a participação de Márcio Werneck da Cunha, relaciona entre as áreas onde teriam sido constatadas ocorrências de populações remanescentes de *Caesalpinia echinata* um local indeterminado em Ilhabela (ilha de São Sebastião, litoral norte de São Paulo). Entretanto, o botânico ressalva que esse *registro ainda não foi confirmado por meio do exame de coleções botânicas*.
15. Ver Cybelle de Ipanema, *História da Ilha do Governador* (Livraria e Editora Marcello de Ipanema, Rio de Janeiro, 1991, p. 37). Ver também Francisco Agenor de Noronha Santos, *Freguesias do Rio Antigo*, com introdução e notas de Paulo Berger (Edições O Cruzeiro, Rio de Janeiro, 1965, p. 70).
16. Essa trilha foi aproveitada no futuro "Caminho Novo", variante aberta pelo sertanista Garcia Rodrigues Pais em 1683, durante a grande "corrida do ouro" brasileira do século XVII.
17. Cybelle de Ipanema, *História da Ilha do Governador*, p. 55.
18. Idem, p. 137.

Capítulo 5 — *La Terre du Brésil*: contrabando e conquista

1. A expedição de Vasco da Gama, em 1498/99, a de Cabral, em 1500/01, e a de João da Nova, em 1501/02.
2. Um navio de 120 tonéis tinha porte médio. Na época, o tamanho dos navios era medido pelo número de tonéis que eles carregavam (origem da palavra "tonelagem"). Uma caravela transportava, em média, entre 60 e 80 tonéis; uma nau, entre 120 e 150 tonéis; um galeão (construídos muitos anos depois das caravelas e naus), até 500 tonéis.
3. Substituto do piloto.
4. Biblioteca do Arsenal, MSS H. F. 24 ter, publicado por D'Avezac. *Annales des voyages*, Paris, 1869, Volumes II e III.
5. O Orne é um curso de água, de dimensões medianas, que nasce nas colinas da Normandia e desemboca na baía do Sena, próximo a Honfleur.
6. "Bugiaria", no dizer dos portugueses.
7. Mar do Caribe.
8. Leyla Perrone-Moisés, *Vinte Luas – Viagem de Paulmier de Gonneville ao Brasil*, Companhia das Letras, São Paulo, 1992.
9. As rações eram geralmente calculadas para oito meses de "viagem redonda" (ida e volta), sendo 2,5 quilos diários por homem (biscoito, carne ou peixe, vinho, vinagre, azeite de oliva, queijo e manteiga formavam a parte substanciosa).
10. Conforme o teor da *Relação* apresentada por Gonneville à Justiça, essas viagens se iniciaram no começo do século XVI.
11. Esses estaleiros geralmente localizavam-se às margens do Sena, devido à abundância de madeiras, ou então nos principais portos do litoral.
12. Especialmente o terceiro volume da obra *Delle Navigationi et Viaggi nel quale si conterigono le Navigational Mondo Nuovo*, publicado em Veneza por T. Giunti em 1556.
13. Luís da Câmara Cascudo, *História da Cidade do Natal*, Civilização Brasileira, Rio de Janeiro, 1980.
14. Expressão latina que significa "mar fechado": um mar sob a jurisdição de uma única nação e fechado a todas as outras.
15. O documento está preservado nos Archives Départementales de la Seine-Maritime.
16. Pronuncia-se Angô.
17. Eugène Guénin, *Ango et ses pilotes*, Imprensa Nacional, Paris, 1901, pp. 43/44.
18. Ilhas no leste da atual Indonésia.
19. Yvon de Crétugar, François Guerret, Mathurin Tournemouche, Jean Bureau e Jean Jamet.
20. Catherine du Brésil foi batizada em 31 de julho de 1528, sendo sua madrinha Catherine Des Granches, mulher de Jacques Cartier, futuro colonizador do Canadá.
21. Giambattista Ramusio, "Terzo volume delle Navigationi et Viaggi", em *Discorso sopre la Terra Firma*, pp. 417/419.
22. Também chamadas de "cartas de marca".
23. Fundada em 1516 por Cristóvão Jaques, para substituir a feitoria do "Cabo Frio", como já comentado no capítulo *A feitoria da ilha*

do Gato.
24. Eugène Guénin, op. cit., pp. 43/44.
25. Rotz deu um exemplar desse livro a Henrique VIII em 1542, quando passou a servir ao monarca inglês, a quem permaneceu ligado até 1547, ano da morte do inquieto soberano.
26. Charles de Roncière, *Histoire de la Marine Française*, V. III, Paris, 1906, p. 303.
27. Rouen, 1551, publicado por Ferdinand Denis com o título *Une fête brésilienne celebrée a Rouen en 1550*, Paris, 1850.

Capítulo 7 — Moda e tecnologia

1. *Sagum* era o capote militar utilizado pelas milícias romanas.
2. Gonzalo Fernández de Oviedo, *Historia General y Natural de las Indias*, Real Academia de la Historia, Madri, 1959, p. 38.
3. Êxodo, 28:5-6.
4. Especialmente *Murex* sp, *Bolinus brandaris*, *Hexaplex trunculus*, *Purpura lapillus* e *Thais haemastoma*.
5. Enciclopedista brilhante e autor de uma *História Natural* publicada no ano 77 da era cristã.
6. Ou natro, carbonato hidratado de sódio natural.
7. Plínio, IX, 62, 133/134.
8. Redução: ganho de hidrogênio de um composto oxigenado.
9. Oxidação: perda de hidrogênio ou ganho de oxigênio.
10. Joseph E. Doumet, "A propósito del tinte con púrpura de los antiguos...", em *Tintes Preciosos del Mediterráneo*, Centro de Documentación y Museo Textil, 2000, pp. 47/57.
11. Plínio, IX, 62, 136.
12. Também chamado de alumen e pedra-ume, é um sulfato alumínico de potássio, encontrado em minas e depósitos naturais.
13. Gioanventura Rosetti, *Plictho*, p. 120.
14. *Un Manuale di Tintoria del Quattrocento*, manuscrito sob a guarda da Biblioteca de Como (Itália).
15. A leguminosa *Trigonella foenum graecum* L.
16. Decocção de farelo de trigo, um fungo conhecido como agárico (*Fomes officinalis*), amido e levedura.
17. Mordentes são substâncias, em geral sais metálicos, capazes de "morder" as fibras. Ou seja, modificar sua estrutura molecular, para que as moléculas de tintura formem com elas ligações químicas irreversíveis, que fazem o corante se fixar permanentemente.
18. Os especialistas ainda não chegaram a uma conclusão efetiva a respeito da função do sangue em algumas receitas de tinturaria.
19. Cristóvão Colombo, *Textos y Documentos Completos*. Alianza Editorial, Madri, p. 40.
20. Cristóvão Colombo, op. cit., p. 206.
21. Cristóvão Colombo, op. cit., p. 224.
22. Cristóvão Colombo, op. cit., p. 223.
23. Cristóvão Colombo, op. cit., p. 243.
24. Gonzalo Fernández de Oviedo, op. cit., p. 295.
25. Francisco Hernández, *Historia Natural de la Nueva España (1571/76)*, UNAM, Cidade do México, 1979, V. II, p. 337.
26. Gonzalo Fernández de Oviedo, op. cit., p. 348.
27. Gonzalo Fernández de Oviedo, op. cit., pp. 72/73.
28. Bernabé Cobo, *Historia del Nuevo Mundo*, Editora Atlas, Madri, 1964, V. I, pp. 67 e 69.
29. *Huitzcuáhuitl* é o nome para "brasil" na língua náuatle, dos astecas.
30. Bernardino de Sahagún, *Historia General de las Cosas de Nueva España (1547)*, Ed. Porrúa, Cidade do México, 1985, p. 698.
31. Sulfureto de mercúrio.
32. Francisco Hernández, op. cit., p. 105.
33. Jean Hellot, *Arte de la tintura de las lanas y de sus tejidos*, Imprenta de los Herederos de Francisco del Hierro, Madri, 1752, pp. 436/437.
34. Traduzido para o português, o título da obra é *Seleção de técnicas da arte dos tintureiros que ensinam a tingir algodão e seda segundo a arte maior e a arte comum*.

35. As edições do *Plictho de L'Arte de Tentori* são datadas de 1540, 1548, 1565, 1611, 1672 e 1716.
36. Jean Hellot, op. cit., p. 437.
37. Depósito salino rico em tartarato (os sais do ácido tartárico). Era obtido raspando-se os restos de vinho que ficavam depositados no fundo das cubetas.
38. Tártaro calcinado.
39. Jean Hellot, op. cit., pp. 442/443.
40. Jean Hellot, op. cit., p. 426.
41. O ferro também é um modificador que transforma o carmim em roxo.
42. Jean Hellot, op. cit., pp. 247/248.
43. Literalmente, "cinza merda de ganso".
44. Pierre Joseph Macquer, *Arte de la Tintura de Sedas*, Madri, 1771, pp. 106/107.
45. Jean Hellot, op. cit., p. 446.
46. Jean Hellot, op. cit., pp. 223/224.
47. Pierre Joseph Macquer, op. cit., pp. 106/107.
48. Ramón Manjares y Bofarrull, *Memoria sobre Tintes y Estampados*, Madri, 1864, p. 47.

Glossário

batel – embarcação miúda, usada nas naus e galeões.
bergantim – antiga embarcação a vela e remo, com um ou dois mastros e oito a dez bancos para os remadores.
bombarda – antigo canhão, de cano curto e grosso calibre, que arremessava grandes bolas de pedra ou de ferro.
calafate – indivíduo responsável pela calafetação do barco.
carenagem – tombar o barco de lado na areia para limpar e reparar o fundo.
Carreira da Índia – a rota marítima que unia Lisboa à Índia, com eventuais escalas no Brasil durante o percurso de ida.
condicionalismos náuticos – a influência das correntes, dos ventos, das ancoragens, das marés e de outros fatores condicionantes da navegação costeira.
conto de réis – um milhar de mil-réis.
cristão-novo – judeu convertido ao cristianismo.
cristão-velho – cristão que não descende de judeus.
cruzado – antiga moeda portuguesa, de ouro ou prata, equivalente a cinco gramas de ouro.
ducado – designação comum a diversas moedas de ouro, de vários países. Equivalente ao cruzado português da época colonial.
entrelopo – contrabandista, aventureiro. Comerciante marítimo que, no período colonial, infringia os monopólios de Portugal e Espanha. Assim era chamado o traficante normando e bretão de pau-brasil.
esquife – embarcação miúda, como o escaler, usada nos serviços das naus e galeões.
estiva – serviço de movimentação de carga a bordo dos navios nos portos.
falquejamento – desbastamento de um tronco ou tora de madeira.
fauna utilitária – animais rentáveis do ponto de vista econômico.
feitoria – entreposto, geralmente fortificado, mantido pelos portugueses em suas possessões de além-mar; posto de recolhimento e armazenamento do pau-brasil que seria transportado para Portugal.
flora utilitária – plantas rentáveis do ponto de vista econômico.
légua – antiga unidade de medida, equivalente a 6.600 metros.
libra – medida de massa, igual a 0,45 quilos.
matalote – navio menor, que navega próximo de outro.
mil-réis – antiga moeda portuguesa e brasileira. Constituiu a unidade monetária do Brasil até 1942, quando foi substituída pelo cruzeiro.
morrão – pedaço de corda que servia de pavio às peças de artilharia.
naveta – nau pequena.
onça – antiga unidade de medida de peso, equivalente a 28,7 gramas.
pedreiro – antiga peça de artilharia que arremessava projéteis de pedra.
piques – lança antiga.
quintal – antiga unidade de medida de peso, equivalente a 58,8 quilos.
toneleiro – indivíduo que faz e/ou conserta barris, tinas, cubas, etc. Sinônimo de tanoeiro.

Bibliografia

ABREU, Capistrano de, *O Descobrimento do Brasil*. Rio de Janeiro, Civilização Brasileira/MEC, 1975.
ALMEIDA PRADO, J. F., *A Carta de Pero Vaz de Caminha*. Rio de Janeiro, Livraria Agir Editora, 1977.
ANDRADE, Antônio Alberto Banha de, *Mundos Novos do Mundo*. Lisboa, Junta de Investigações do Ultramar, 1977.
AZEVEDO, Adelino J. da Silva d', *Este Nome: Brazil*. Lisboa, Agência-Geral do Ultramar, 1967.
BARROSO, Gustavo, *O Brasil na Lenda e na Cartografia Antiga*. São Paulo, Companhia Editora Nacional, 1941.
Biblioteca do Arsenal, MSS H. F. 24 ter, publicado por D'Avezac. *Annales des voyages*, Paris, 1869, v. II e III.
BELTRÃO, Maria da Conceição, *Pré-História do Estado do Rio de Janeiro*. Rio, Forense Universitária, 1978.
BUENO, Consuelo Varela, *Amerigo Vespucci, un Nombre para el Nuevo Mundo*. Madri, Ediciones Anaya, 1988.
CARDON, Dominique, *Guide des Teintures Naturelles*. Paris, Delachaux et Niestle, 1990.
CARDOSO, M. A., Provan, J., Powell, W., Ferreira, C. G. & Oliveira, D. E. de, *High genetic differentiation among remnant populations of the endangered Caesalpinia echinata Lam. (Leguminosae – Caesalpinioideae)*. Molecular ecology 7: 601-608. 1998.
CASCUDO, Luís da Câmara, *História da Cidade do Natal*. Rio de Janeiro, Civilização Brasileira, 1980.
CASTRO, Dario Paes Leme de, "Desastres Marítimos no Brasil", em *Subsídios para a História Marítima do Brasil*. Rio de Janeiro, Imprensa Naval, 1938.
CHEVREUL, Michel-Eugène, *Des couleurs et de leurs applications aux arts industriels à l'aide des cercles cromatiques*. Paris, 1864.
COBO, Bernabé, *Historia del Nuevo Mundo* (1ª edição, 1653), em *Obras do Padre B. Cobo*, tomos I e II. Madri, Ed. Atlas, 1964.
COLOMBO, Cristóvão, *Textos y Documentos Completos*. Madri, Alianza Editorial, 1982.
CORREIA, Gaspar, *Lendas da Índia*. Lisboa, Academia Real das Ciências, 1858.
CORTESÃO, Jaime, *A Carta de Pêro Vaz de Caminha*. São Paulo, Livros de Portugal Ltda., 1943.
_____, *Os Descobrimentos Portugueses*. Lisboa, Livros Horizonte, 1976.
COUTO, Jorge, *A Construção do Brasil*. Lisboa, Edições Cosmos, 1995.
CUNHA, M. W. da & Lima, H. C. de, *Viagem à Terra do Pau-Brasil*. Rio de Janeiro, Agência Brasileira de Cultura/Una Cultural, 1992.
D'ANGHIERA, Pietro Martire (Pedro Mártir de Angleria), *Décadas, IV–5*. Paris, Haklyut Society, 1779.
DEAN, Warren, *A Ferro e Fogo: A História e a Devastação da Mata Atlântica Brasileira*. São Paulo, Companhia das Letras, 1995.
DENIS, Ferdinand (ed.), *Une fête brésilienne celebrée a Rouen en 1550*. Paris, 1850.
DOUMET, Joseph E., "A propósito del tinte con púrpura de los antiguos...", em *Tintes Preciosos del Mediterráneo*. Tarrasa, Centro de Documentación y Museo Textil, 2000.
DUFFY, Eamon, *Santos e Pecadores: A História dos Papas*. São Paulo, Cosac & Naify, 1998.
FERNANDES, Fernando Lourenço, *A primeira feitoria portuguesa no Brasil*. Lisboa, Academia de Marinha, 1996.
_____, *O Planisférico de Cantino*. Lisboa, Academia de Marinha, 1998.
FERNÁNDEZ DE OVIEDO, Gonzalo, *Historia General y Natural de las Indias* (1ª edição Toledo 1525). Madri, Real Academia de la Historia, 1959.
FERNÁNDEZ, Luis, *Tratado instructivo y práctico sobre el arte de la tintura*. Madri, Imprenta de Blas Román, 1778.
FERRAZ, A.L. Pereira, *Terra da Ibirapitanga*. Rio de Janeiro, Imprensa Nacional, 1939.
FICALHO, Conde de, *Garcia de Orta e seu tempo*, Lisboa, Imprensa Nacional, 1983.
FONSECA, Luis Adão da, *Os Descobrimentos e a Formação do Oceano Atlântico, Século XIV*. Lisboa, Comissão Nacional para as Comemorações dos Descobrimentos Portugueses, 1999.
FRANCO, Afonso Arinos de Mello, *O Índio Brasileiro e a Revolução Francesa*. Rio de Janeiro, Topbooks, 2000.
GARCÍA FUENTES, Lutgardo, *El Comercio Español con América*. Sevilha, Escuela de Estudios Hispano Americanos, 1980.

GIL, Juan, *Mitos y Utopias del Descubrimiento; 1. Colón y Su Tiempo*. Madri, Alianza Editorial, 1989.
GIL, Juan & Varela, C., *Cartas de Particulares a Colón y Relaciones Coetáneas*. Madri, Alianza Editorial, 1984.
GIUFFRE, A. (org.), *Un Manuale di Tintoria del Quattrocento*, Giovanni Rebora (ms. circa 1490). Milão, Biblioteca de Como, 1970.
GOODWIN, T. W. (org.), *Chemistry and Biochemistry of Plant Pigments*. Londres e Nova York, Academic Press, 1965.
GUEDES, Max Justo, *O Descobrimento do Brasil*. Lisboa, Vega, 1968.
—————, "O Reconhecimento da Costa Brasileira – 1501-1519: Um Impressionante Feito Náutico e Cartográfico", separata da revista *De Cabral a Pedro I*. Lisboa, Universidade Portucalense Infante D. Henrique, Portugal, 2001.
————— (org.), *História Naval Brasileira*. Rio de Janeiro, Serviço de Documentação Geral da Marinha, 1975.
GUÉNIN, Eugène, *Ango et Ses Pilotes*. Paris, Imprensa Nacional, 1901.
HELLOT, Jean, *Arte de la tintura de las lanas y de sus tejidos*. Madri, Imprenta de los Herederos de Francisco del Hierro, 1752.
HERNÁNDEZ, Francisco, *Historia Natural de la Nueva España (1571-76)*. Cidade do México, UNAM, 1979.
HOLMES, G., *Europa: Jerarquia y Revuelta*. Cidade do México, Sigloventiuno, 1978.
IPANEMA, Cybelle de, *História da Ilha do Governador*. Rio de Janeiro, Livraria e Editora Marcello de Ipanema, 1991.
LEITE, Duarte, "O Mais Antigo Mapa do Brasil", em *História da Colonização Portuguesa do Brasil*, Malheiro Dias *et al*. Porto, Litografia Nacional, 1921-1924.
LÉRY, Jean de, *Viagem à Terra do Brasil* (Sérgio Milliet). Rio de Janeiro, Biblioteca do Exército Editora, 1961.
LEWIS, G. P., *Caesalpinia, a revision of the Poinciella-Erysthrostemon group*. Londres, Royal Botanic Gardens, 1998.
LIMA, Haroldo C. de & Cunha, Márcio Werneck da, *Viagem à Terra do Pau-Brasil*. Rio de Janeiro, Agência Brasileira de Cultura, 1992.
LUCAS-DUBRETON, J., *A Vida Quotidiana em Florença no Tempo dos Médicis*. Lisboa, Livros do Brasil, 1974.
MACQUER, Pierre Joseph, *Arte de la Tintura de Sedas*. Madri, 1771.
MANJARES Y BOFARRULL, Ramón, *Memoria sobre Tintes y Estampados*. Madri, Exposición Universal de Londres de 1862, 1864.
ORTA, Garcia de, *Colóquios dos Simples e Drogas e Coisas Medicinais da Índia*. Lisboa, Academia Real das Sciências, 1891.
PEREIRA, José Manuel Malhão, "A Navegação a Vela e o Condicionalismo Físico dos Oceanos Atlântico e Índico", em *A Viagem à Índia, 1497-1499*. Lisboa, Academia de Marinha, 1999.
PERRONE-MOISÉS, Leyla, *Vinte Luas: Viagem de Paulmier de Gonneville ao Brasil*. São Paulo, Companhia das Letras, 1992.
PLÍNIO, o Velho, *Historia Natural* (tradução para o inglês de W. H. S. Jones). Cambridge, Harvard University Press, 1971.
RAMUSIO, Giovanni Battista, *Delle Navigationi et Viaggi nel quale si conterigono le Navigational Mondo Nuovo*. Veneza, T. Giunti, 1556.
RONCIÈRE, Charles de, *Histoire de la Marine Française*. Paris, Ernest Dumont Editeur, 1906.
ROQUERO, Ana, "Materias tintóreas en la época de Felipe II. Introducción en Europa de los colorantes indianos", em *Los Ingenios y las Máquinas en la Época de Felipe II*. Madri, Ed. Soc. Estatal para la Conmemoración de los Centenarios de Carlos V y Felipe II, 1998.
—————, "Tintorería en la industria sedera europea del s. XVIII", pp. 125-158, em *Arte de la seda en la Valencia del s. XVIII*. València, Fundación Bancaja, 1997.
ROSETTI, Gioanventura, *Plictho de l'Arte de Tentori* (1ª edição 1548; tradução para o inglês de Edelstein, Sidney M. & Borghetty, Hector C.). Cambridge, The Massachusetts Institute of Technology, 1969.
SAHAGÚN, Bernardino de, *Historia General de las Cosas de Nueva España (1547)*. Cidade do México, Ed. Porrúa, 1985.
SANTOS, Francisco Agenor de Noronha, *Freguesias do Rio Antigo*. Rio de Janeiro, Edições O Cruzeiro, 1965.
SIMONSEN, Roberto, *História Econômica do Brasil*. São Paulo, Companhia Editora Nacional, 1937.
SOMBART, Werner, *Lujo y Capitalismo*. Madri, Revista de Occidente, 1965.
SOUSA, Bernardino José de, *O Pau-Brasil na História Nacional*. São Paulo, Companhia Editora Nacional/MEC, 1978 (1ª edição 1938).
VARNHAGEN, Francisco Adolfo de, *História Geral do Brasil*. São Paulo, Edições Melhoramentos, 1978.

Fontes das ilustrações

As fotos atuais são todas de autoria de Fernando Bueno, salvo as que contêm créditos anexos.

As fotos do artigo de Jean-Marc Montaigne, *O índio ganha relevo* (pp. 169 a 183), foram gentilmente cedidas pelo autor, assim como todas aquelas com crédito "ASI / J-M Montaigne", que constam de seu livro *Le trafic du brésil*, publicado em Rouen, em 2000.

ANDRADE, Oswald de – *Pau Brasil. Cancioneirodeoswaldeandradeprefaciadoporpaulopradoilluminadoportarsila*. Impresso pelo "Sans Pareil" de Paris. 37, Avenue Kléber, 1925.
p. 237

ABBEVILLE, Sanson d' – *L'Ameriqve en plusievrs cartes novvelles, et exactes; & en divers traictés de geographie, et d'histoire. Là où sont descrits succinctement, & auec vne belle Methode, & facile... Par le Sr. Sanson d'Abbeville, Geographe Ordinaire du Roy*. A Paris, Chez l'Avtheur, Dans le Cloistre de Sainct Germain l'Auxerrois joignant la grande Porte du Cloistre. 1662. Avec Privilege pour vingt Ans.
p. 154

ADALBERTO, Príncipe da Prússia – *Skizzen zu dem Tagebuche (1842-1843)*. S.l.p., s.c.p., s.d., páginas não numeradas.
pp. 19, 23

BANDINI, Angelo Maria – *Vita di Amerigo Vespucci scritta da Angelo Maria Bandini con le postile inedite dell'autore. Illustrata e comentata da Gustavo Uzielli. Bibliografia delle opere concernenti Paolo Toscanelli ed Amerigo Vespucci per Giuseppe Fumagalli*. In Firenze, Auspice il Comune, aprole MDCCCXCII [1892]. xiv, 143 p.
p. 108

BARLEUS, Gaspar – *Casparis Barlaei Rerum Per Octennium in Brasilia Et alibi nuper gestarum, Sub Praefectura Illustrissimi Comitis I. Mauritii, Nassoviae, &c. Comitis, Nunc Vesaliae Gubernatoris & Equitatus Foederatorum Belgii Ordd. sub Auriaco Ductoris, Histori*a. Amstelodami: Typographeio Ioannis Blaev, MDCXLVII [1647]. 4f.s.n., 340 p., 4f.s.n.
pp. 73

BLAEU, Jean – *Dovzième volume de la geographie blaviane, contenant l'Amérique, qvi est la V. partie de la teera*. Amsterdam, Chez Jean Blaeu, MDCLXIII [1663].
pp. 226-7

CEST la dedvction du sumptueux ordre plaisantz spectacles et magnifiqves theatres dresses, et exhibes par les citoiens de Rouen [...]. Rouen: Robert le Hoy Robert & Iean dictz du Gord, 1551.
p. 162

COLLECÇÃO *de noticias para a historia e geografia das nações ultramarinas, que vivem nos dominios portuguezes, ou lhes são visinhas: publicada pela Academia Real das Sciencias*. Lisboa, Na Typografia da mesma academia, 1825. Com licénça de Sua Magestade. 6v.
p. 28

DE BRY, Théodore – A*mericæ Tertia Pars Memorabile provinciæ Brasiliæ* [...]. Studio et diligentia Theodiru de Bry Leodiensis, atque civis Francofurtensis anno MDXCII [1592]. 8f.s.n., 296 p., 7f.s.n., map.
pp. 129, 221, 234

FROGER, François – *Relation du Voyage de Mr. de Gennes au detroit de Magellan Par de Sr. Froger*. A Paris, Dans l'Isle du Palais, sur le Quay de l'Horloge à la Sphere Royale et Chez Michel Brunet, dans le grande Salle du Palais, au Mercure Galant, MDCXCVIII [1698]. Avec Privilege dv Roy. 7f.s.n., 219 p., 1p.s.n.
pp. 107, 168

GOES, Damião de – *Chronica do Felicissimo rei Dom Emanvel, composta per Damiam de Goes, dividida em qvatro partes, das quaes esta he ha primeira*. [...]. Em Lisboa em casa de Francisco Correa, impressor do serenissimo Cardeal Infante, ahos xvij dias do mes de Iulho de 1566. [...]. Com priuilegio Real. 4 partes encadernadas juntas.
p. 223

LÉRY, Jean de – *Histoire d'vn voyage fait en la terre dv Bresil, avtrement dite Amerique. Contenant la nauigation, & choses remarquables, veües sur mer par l'aucteur: La comportement de Villegagnon, en ce pais là. Les mèusr & façons de viure estranges des Sauuages Ameriquains: auec vn colloque de leur langage* [...]. La Rochelle: Pour Antoine Chuppin, M.D.LXXVIII [1578]. 23f.s.n., 424 p., 7f.s.n. (índice).
p. 21

LINSCHOTEN, Jan Huygen Van – *II Pars. Indiae Orientalis, in qua Johan Hvgonis Linstcotani naugatio in Orientem, item regna, littora, portus, flumina, apparentiae, habitus mores que Indorum & Lusitanorum pariter in Oiente Degentium:* [...]. Francfordii: Ex Officina Woffgangi Reichteri, MDXCIX [1599]. 3v.
pp. 82, 116-7, 222, 244

LINSCHOTEN, Jan Huygen van – *Histoire de la navigation de Iean Hvgves de Linschot Hollandois, Aux Indes Orientales Contenant diverses Descriptions des leiux isques à present descouverts par les Portugais: Observations des Coutumes & singularitez de delè, & autre declarations. Avec annotations de B. Paludanus*. 3ª ed. aumentada. Amsterdam: Chez Evert Cloppenburgh, Marchand libraire demeurant sur le Water à la Bible Dorée, 1638. 3f.s.n., 206 p.
pp. 217, 220

LIVRO DE HORAS. França, século XV. 133 f.
p. 219

MALHEIRO, Pedro Alfonso – *Geschichte Kurtzlich durch die von Portugalien in India, Moreland, und andern erdtrich*. Tradução alemã do texto de Pedro Alfonso Malheiro, capelão do Cardeal Arcebispo do Porto. S.l.p., s.c.p., [1506]. 6f.s.n.
p. 79

MARTIUS, Carl Friedrich Philipp von – *Genera et species Palmarum quas in itinere per Brasiliam Annis MDCCCXVII-MDCCCXX. Jussu et auspiciis Maximiliani Josephi I. Bavariae Regis Augustissimi suscepto. Collegit, descripsit et iconibus illustravit Dr. C.F.P. de martius, Ordinis Regii Coronae Bavaricae Eques...* Monachii, Typis Lentnerianis. MDCCCXXIII [1823].
p. 47

MARTIUS, Carl Friedrich Philipp von – *Flora Brasiliensis. Enumeratio plantarum in Brasilia Hactenus detectarum quas suis aliorumque botanicorum studiis descriptas et methodo naturali digestas partim icone illustrata ediderunt Carolus Fridericus Philippus de Martius* [...]. Monachii: Lipsiae apud Frid. Fleisher, 1840-1906. 40v.
p. 49

MAXIMILIAN, Príncipe de Wied-Neuwied – *Kupfer und Karten zum 1-2ten Band der Reise S. Durchl.des Prinzen Maximilian von Neuwied nach Brasilien in den Jahren 1815 bis 1817*. s.l.p., s.c.p., s.d., s.p.
pp. 42, 75, 228

MONTANUS, Arnoldus – *De Nieuwe en Onbekende Weereld: of Beschryving van Americaen en't Zuid-land, Vervaetende d'Oorsprong*

der Americaenen en Zuidlanders, gederkwaerdige togten derwaerds, Gelegendheit Der vaste Kunsten, Eilanden, Steden, Sterkten, Dorpen, Tempels, Bergen, Fonteinen, Stroomen, Huisen, de natuur van Beesten, Boomen, Planten en vreemde Gewasschen, Gods-dienst en Zeden, Wonderlijke Voorvallen, Vereeuwade en Nieuwe Oorloogen: Verciert met Af-beeldsels na 't leven in America gemaekt, en beschreeven Door Arnoldus Montanus. t'Amsterdam: By Jacob Meurs Boek-verkooper en Plaet snyder op de Kaisersgraft, schuin over de Wester-markt, in de stad Me Meurs, 1671. 3f.s.n., 585 p., 12f.s.n. (índice).
pp. 70, 120, 155, 218

NOORT, Olivier van – *Description dv Penible Voyage fait entour de l'Vnivers ou Globe terreste, par Sr. Olivier du Nort d'Vtrecht, General de quatre Navires, assavoir: de celle dite Mauritius, avec laquelle il est restourné comme Admiral, l'autre de Henry fils de Frederic Vice-Admiral, la troisiesme dite la concorde, avec la quatriesme nommée l'Espérance, bien montées d'equipage de guerre & vivres, ayant 248 hommes en icelles, pour traversant de Destroict de Magellanes, descouvrir les Costes de Cica, Chili & Peru & y trafiquer, & puis passant les Molucques, & circumnavigant le Globe du Monde retourner à la Patrie. Elles singlerent de Rotterdame le 2 Juillet 1598. Et l'an 1601 D'Aout y torna tant seulement la susdite navire Mauritius [...].* Amsterdam: Chez la Vefve de Cornille Nicolas, marchand Libraire, demeurant sur l'eau au Livre à escrire, L'An 1610. 61 p., 1p.s.n., 25 pls. e maps.
p. 128

O Testamento de Adão. Lisboa, 1994. Arquivos Nacionais da Torre do Tombo
p. 235

OSORIO, Jerónimo – *De Rebvs, Emmanvelis Regis Lvsitaniae Invectissimi Virtvte et Avspicio Gestis Libri Dvodecim. Auctore Hieronymo Osorio episcopo Sylvensi.* Olysippone: Apud Antonium Gondisaluu Typographum, M.D.LXXI [1571]. 480 p., 2p.s.n.
p. 223

PIGAFETTA, Antonio – *Primo viaggio intorno al globo terracqueo ossia ragguaglio della navigazione alle Indie Orientali per la via d'Occidente fatta dal Cavaliere Antonio Pigafetta patrizio vicentino sulla Squadra del Capit. Magaglianes negli anni 1519-1522 [...].* In Milano, Nella Stampeia di Giuseppe Galeazzi, MDCCC [1800]. lii, 3f.s.n., 237 p., map.
p. 100

PISO, Willem – *Gulielmi Pisonis, medici Amstelaedamensis, de Indiae utriusque re naturali et medicæ libri quatuordecim, Quorum conenta pagina sequens exhibet.* Amstelædami: Apud Ludovicum et Danielem Elzevirios, 1658. 11f.s.n. 372 p., 2f.s.n. 39 p., 226 p., 1f.s.n.
p. 44

RETRATOS dos grandes homens da nação portugueza e epitomes de suas vidas. Lisboa: Impressão de Alcobia, 1825. 69 p. não numeradas.
pp. 79, 232

RICHSHOFFER, Ambrosio – *Ambrosi Richszhoffers, Brazilianisch und West Indianische Reise Beschreibung.* Strasburg: Bey Josias Städen, Aº 1677. 182 p., 5p.s.n., il., map.
p. 105

RUGENDAS, Maurice – *Voyage pittoresque dans le Brésil, par Maurice Rugendas; traduit de l'allemand oar Mr. de Colbery [...].* Paris: Engelmann & Cie., 1835. 48 p., 30 p., 34 p., 20 p., 51 p., 30 p., 32 p., 20 p.
p. 251

SANTA TERESA, João José de – *Istoria delle guerre del Regno del Brasile accadute tra la corona di Portogallo, e la Republica di Olanda composta, ed offerta alla Sagra Reale Maestá di Pietro Secondo Ré di Portogallo &c. Dal P.F. Gio: Gioseppe di S.Teresa, Carmelitano Scalzo. Parte prima.* Roma: Nella Stamperia degl'Eredi del Corbelletti, MDCXCVIII [1698].
pp. 68, 103, 123, 138-9

[SCHEDEL, Hartmann] – *Liber chronicarum.* Nuremberg [Anton Koberger, 12 de julho de 1493].
    p. 230

STADEN, Hans – *Warháftig Historia vnd beschreibung eyner Landtschafft der Wilden, Nacketen, Grimmigen Menschfresser Leuthen, in der Newenwelt America gelegen, vor vnd nach Christi geburt im Land [...].* Marpurg: [Andress Kolben]. MDLVII [1557].
    pp. 58, 60

TAUNAY, Hippolyte; DENIS, Jean Ferdinand – *Le Brésil; ou, Histoire, moeurs, usages et coutumes des habitans de ce royaume; par M. Hippolyte Taunay correspondant du Muséum d'histoire naturelle de Paris, et M. Ferdinand Denis, Membre de l'Athenée des sciences, lettres et arts de Paris. Ouvrage orné de nombreuses gravures d'après les dessins faits dans le pays par M.H. Taunay.* Paris: Nepveu, Passage des Panoramas; Imprimerie de Pillet Ainé, 1822. 6v.
    p. 25

THEVET, André – *La Cosmographie Universelle.* Paris: Pierre l'Huiller, 1575. 2v.
    pp. 21, 142, 143, 224

THEVET, André – *Les singvlaritez de la France Antarctiqve: & de plusieurs Terres $ Isles decouuertes de nostre temps. Par F. André Thevet, natif d'Angoulesme.* A Paris, Chez les heritiers de maurice de la Porte, au Clos Bruneau, à l'enseigne S. Claude. 1558. Avec privilege du roy. 16 p.s.n., 166 f, 4 p.s.n.
    p. 132

THEVET, André – *Les vrais portraits et vies des hommes illvstres* [...] par Andre Thevet Angoumoysin Premier Cosmographe du Roy. A Paris: Par la vesue I. Keruert Et Guillaume Chaudiere, 1584. Avec privilege du Roy. 2v. enc. juntos.
    pp. 92, 113

VELOSO, José Mariano da Conceição – *Petro Nomine ac Imperio Primo Brasiliensis Imperii Perpetus Defensore Imo Fundatore Scientiarum Artium Litterarumque Patrono et Culture Jubente Florae Fluminensis Icones Nunc Primo Editur.* Vol I Edidit Frater Antonius da Arrabida Biblioth. Imp. in Urb, Rio de Janeiro Profectus Caes. Maj. Bras. Poenitentiarius Episc. titul. Elcemosynarii Imp. Coadjutor Studior q. Principum & Imp. Stirpe Moderator. Paris: Off. Lithog. Senefelder, 1827. 11v.
    p. 43

RECICLATO SUZANO

Em março de 2001 a Cia Suzano lançou o *Reciclato*: primeira linha de papel *off-set* brasileiro 100% reciclado, produzido em escala industrial. Parte das aparas pós-consumo, utilizada em sua produção, é adquirida diretamente de uma cooperativa de catadores de papel, onde a coleta seletiva é um meio de geração de renda e reinserção social. Parte da renda deste produto é destinada aos projetos sócioambientais do *Instituto Ecofuturo*, organização não governamental criada pela Cia Suzano para promover o desenvolvimento local a partir do respeito à natureza e às pessoas. Mais do que um produto, o *Reciclato* é um exemplo concreto de que é possível conjugar crescimento econômico com responsabilidade social, ajudando a traçar um País com qualidade de vida acessível a todos.

Acabou-se de imprimir em São Paulo, em agosto de 2002, nas oficinas da Prol Editora Gráfica, com miolo em papel Reciclato 90 g/m² e capa em papel cartão Supremo Alta alvura 350g/m², produzido com recursos renováveis, ambos da Cia. Suzano de Papel e Celulose. No caso do Supremo, cada árvore utilizada foi plantada especialmente para este fim. Desta edição foram tirados 15.000 exemplares.